人物叢書

新装版

宗《そう》祇《ぎ》

奥田　勲

日本歴史学会編集

吉川弘文館

（賛）

うつしおくも我かげながら世のうきをしらぬおきなぞうらやまれぬる（「宗祇集」所載歌）

老木にもさかすやこゝろ花もがな（「下草」所載発句）

雲なき月のあかつきの空

さ夜まくら時雨も風もゆめ覚て（「老葉」所載付句）

見外老人肖像依彼厳命書所詠之佳作而已

亜槐下拾遺藤（花押）

宗祇肖像（国立歴史民俗博物館所蔵）

宗祇の肖像は多く伝えられているが、これは最晩年の寿像で、生前の宗祇の面影をよく写し留めているとされる。賛は三条西実隆の執筆で『実隆公記』明応４年４月９日の条に、「宗祇法師肖像讃染筆了」とあるのがこれであるとされている。時に宗祇75歳である。

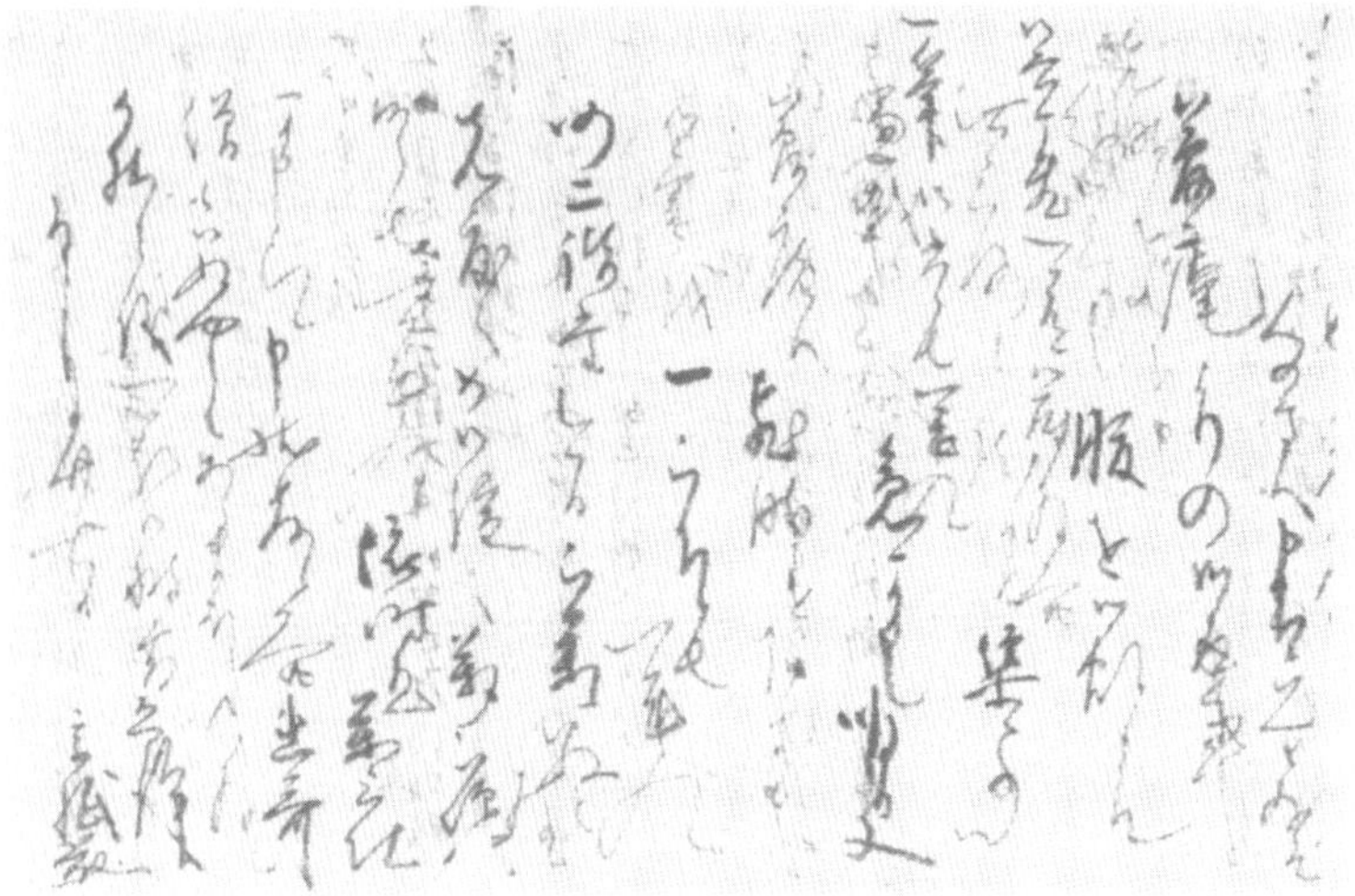

宗祇の筆跡　明応 4 年 4 月27日実隆宛書状
（東京大学史料編纂所所蔵『実隆公記』紙背文書）

『新撰菟玖波集』編纂の途上の書状である。二階堂行二・肖柏・兼載とともに宗祇が三条西実隆のもとへ相談に行く予定だったところ、肖柏が腹病のため上洛できなくなったことを伝えている。なお、詳細については本文178ページ参照。

（釈文）

□□□□人の方へ申下候はんと存候て／
飛脚を又下申候、御六ヶ敷可有御座候へ
共／一筆御書候者可畏入候、
夢庵よりの御返事／進上申候、腹を御煩候て／無
上洛候、然間集之事は／兼載申合急可申候、明日
又／夢庵へ飛脚を下可申候、／御書を一被下候者
可畏入候、／仍二階堂今日被参候はぬと存候、／先
度之如御諚之萬被仰□／候者可畏入候、依時宜参
上仕／可申上候、申状如何に候へ共、連歌／僧候
はぬやうにあらまほしく存候、／か様之儀可預御
披露候、恐々謹言、

卯月廿七日　　宗祇（花押）

はしがき

中世の終りの時代に「中年」の詩人として世に現れ、たちまち同時代者から抜け出て連歌界に君臨した宗祇の評価はすでにほぼ決まっているかに見える。和歌から派生した一段低い評価の連歌を中世詩として磨き上げ、当時低迷していた和歌をしのいでその位置を確かなものにした仕掛け人として、あるいは付合の微妙な呼吸を精細に分析しそれを伝達することで優れた作者を多く養成した詩の教師として、さらに独自の見解に乏しいと批判されはするが、明快で懇切な指導の書としての連歌論の著者として、もちろん生涯数万句に及ぶだろう連歌の実作者として、それぞれに先学の解明評価は皆済しているかのようである。しかし余りにも大きい存在、というより大きささえもつかみかねる不透明な部分がかなり残されているその生涯は、確実な姿をとって我々の前にあるとは言いがたい。

特に前半生は不透明どころか全くの闇の中にあると言ってよい。「人は三十にして名をあげざれば出世叶はぬものなり」と宣言して故郷を後にしたのは宗祇の百年後の後継者紹巴《じょうは》である。宗祇が四十歳に及んでようやく世に姿を現して、しかも大成したのを意識しての言かどうか分からないが、これが一般的な「世に出る」目安だったろうから宗祇はきわめて特殊な例となるのであろうか。

そのような不分明な部分を含む宗祇の伝記を、どのように記述するかは必ずしも容易なことではないという予感がある。けれどもしたたかに、しかも真摯に生きた後半生を詳細に追究してゆけばおのずからその全体像に至る道が開けるのではないかという楽観的な観測も一方で生まれてくる。そのくらい宗祇は魅力ある詩人なのである。

したがって、本書においてとった方法は、ある意味では豊富な宗祇の伝記資料を整序して提示し一定の解読を加えて行くことを基礎にした。それぞれの場面は直接宗祇像に結びつかなくても、それらの場面一つ一つがいわば宗祇像という多面体の一面を形成するものとなり、やがて宗祇像が顕れて来ることを念願している。そのもくろみがどの程度成功したかはおぼつかないが、少なくとも読者諸賢の宗祇像の形成に役立つ材料だけは提供したつもりである。

本書はもとより多くの先学の宗祇研究の上に成り立っている。とりわけ、伊地知鐵男・金子金治郎・木藤才蔵・島津忠夫・鶴崎裕雄・両角倉一氏ら諸先達の研究なくしては本書は成り立ち得なかった。学恩に感謝申し上げたい。それを含め、学恩を蒙った方々は数多く、文中それらを注記することを心がけたが、すべての個所においてそれに言及することはできなかったことを、本シリーズの性格としてお許しいただきたい。なお、巻末の主要参考文献を折々に参照いただければ幸いである。

平成十年十月十日

奥田　勲

凡例

一、文中引用した参考文献は略記した場合がある。詳しくは巻末の「主要参考文献」を参照されたい。

二、引用した文献はなるべく注記するようにした。頻繁に使用した記録類とその略称等は次の通りである。

『後法興院記』（近衛政家の日記、続史料大成所収）

『実隆公記』（三条西実隆の日記）

『言国卿記』（山科言国の日記、史料纂集所収）

『十輪院内府記』（中院通秀の日記、大日本史料による）

『小槻晴富記』（小槻晴富の日記、大日本史料による）

『宣胤卿記』（中御門宣胤の日記、史料大成所収）

『親長卿記』（甘露寺親長の日記、史料大成所収）

『大乗院寺社雑事記』（奈良興福寺大乗院の日記、続史料大成所収、この中の尋尊大僧正の記を『大乗院尋尊記』と略記して引用した）

『北野社家日記』（京都北野神社の社家の日記、史料纂集所収、この中の松梅院禅予の日記を「北野禅予記」と略記して引用した）

三、連歌師の伝記であるからいきおい連歌会の記事が多くなっている。その際、連衆（会に参加したメンバー）をすべて記載したかったが、紙幅の関係で割愛した場合が少なくない。両角倉一氏「宗祇年譜稿」や『連歌総目録』（平成九年、明治書院刊）等によって補われたい。

目次

口絵

挿図

宗祇とその時代――序に代えて――

宗祇の時代、十五世紀から十六世紀にかけてがどんな時代であったかを総括するのは簡単な作業ではない。ここではそれに代えて、西暦一五〇〇年という切り口によって時代と社会を映しだしてみよう。

西暦一五〇〇年

一五〇〇年（明応九）に宗祇は八十歳だった。それからさらに二年の歳月を送って箱根に客死する宗祇はまだまだ現役であった。八十歳という当時としては異例の高齢でありながら、七月に越後へ向けて出立するまでの半年、宗祇は盛年時と変らない連歌活動を行なっている。

時代は戦国時代への道を確実に歩んでいた。第九代将軍足利義尚《よしひさ》の遺志を継いだ将軍義稙《よしたね》は近江の六角高頼《ろっかくたかより》を討って近江を平定したが、翌年管領《かんれい》細川政元《まさもと》に叛《そむ》かれて京を離れ、一五〇〇年には大内の助けを借りて再起を画策しているところだった。大和国には土一揆が蜂起し、古市澄胤《ふるいちちょういん》は徳政を許可せざるを得なかった。

宗祇が越後へ下ろうとしていたのは、すでに前年のことであったらしい。一四九九年正月「身や今年都をよその春霞」の発句を詠み、「都の外のあらまし」を心に期していた。その年は実行されず、翌一五〇〇年帰京を予定しない覚悟で七月十七日京を離れる。京都はすでに宗祇が見捨てる決意をさせる都市であったのだろうか。

京都大火

宗祇が出発して十日後、京都は大火に見舞われた。その範囲は、上は柳原《やなぎはら》、下は土《つち》御門《みかど》、東は烏丸《からすま》、西は室町で「前代未聞」と近衛政家《このえまさいえ》は日記に記しているが、安元・治承の大火（一一七七）に次ぐ焼亡規模であったという。宗祇が数十年の拠点とし、京都の文化活動の大きな部分を受け持っていたであろう種玉庵《しゅぎょくあん》はこの火事で焼失したとされる。旅先で宗祇はこの報を聞いたはずである。宗祇の離京は永遠の不在を予期させるものであったが、それに加えて、種玉庵の消滅は一つの時代の終焉を象徴するかのようである。そして後土御門《ごつちみかど》天皇の崩御は九月二十八日であった。この天皇が長くこの時代の文化的中心であったことは言うまでもない。

世界と日本

一五〇〇年を世界地図に広げれば、コロンブス、ヴァスコ・ダ・ガマ、アメリゴ・ヴェスプッチなどによる大航海時代のただ中にあった。日本の世界への窓はわずかに明に対して開いていたに過ぎないが、対明貿易はかなりの規模で行なわれ、宗祇にとってもその意味が小さくないことは後に述べる。種子島に鉄砲が伝来し、鹿児島にザビエルが来航するのは一五〇〇年から数えてわずか四十数年後である。

第一　宗祇の生涯

一　修業時代まで

1　宗祇誕生の周辺

誕生

応永二十八年（一四二一）誕生。

宗祇が生まれたことを報じる記事はもとより存在しない。われわれは多くの歴史上の人物同様「逆算」の方法によって誕生の年を知る。

この年宗祇が誕生したことは例えば「明応七年五月十八日、暮齢七十八歳老比丘宗祇」（『実隆公記』紙背）等、年齢の明記されている資料から容易に導きだせる。月日については、「廻国雑記」（元禄十四年跋）後付宗祇伝に「時称光《しょうこう》帝応永二十八年歳在辛丑《しんちゅう》夷則念日也」とあるのに従えば七月二十日となるが確証はない。

出生地

生年はこのように確定できるが、出生の環境は詳らかではない。従来、相国寺《しょうこくじ》鹿苑《ろくおん》院《いん》主景徐周麟《けいじょしゅうりん》の「種玉宗祇菴主肖像賛」によって「湖東」、すなわち琵琶湖の東岸が同時代者による唯一の出生環境の情報だった。賛には「宗祇老布衲、身産江東地、名喧天子寰《かん》」（『翰林葫蘆集《かんりんころしゅう》』第十一巻による）とある。ちなみに布衲とは僧衣、天子寰は天子の領地の意である。

この賛は、三条西実隆《さんじょうにしさねたか》が永正四年（一五〇七）五月十三日宗碩《そうせき》を介して宜竹《ぎちく》和尚に依頼し、六月十五日に出来上がった賛（『実隆公記』）とされる（金子『宗祇の生活と作品』）。宜竹和尚とは景徐周麟のことであり、宗祇と直接交渉があったことが『鹿苑日録《ろくおんにちろく》』長享元年八月二十六日の条に見える。「種玉庵宗祇、先づ是へ一貫文を携へ来たる。蓋し予の入寺を賀するなり。今日これを招き斎を喫す」（原漢文）とあり、宗祇は連歌に秀で、いにしえの宗砌《そうぜい》も「三舎を避ける」（おそれて近づかない）くらいだった、また古今・伊勢を講じたと解説している。宗祇とこのような関係の人間が不確実なことは書かないだろうという常識はある。しかし、これ以外に同時代者による証言はない。後世に至れば、むしろ詳細な紀伊国出生説がいくつかある。それぞれきわめて具体的で、生地をピンポイントできるが宗祇没後百年以上たってからの文献であるという弱点がある。これらについては

「第四　宗祇伝説」で述べることにする。

ところで、近年、宗祇の家系について興味ある仮説が提示されるに至った。金子金治郎氏の「宗祇の父と母と」（『国語と国文学』平成七年七月）である。まずそれを紹介しなければならない。金子氏はすでに、宗祇の親を近江の守護職家にまで絞り込んでいた（『宗祇の生活と作品』）が、それをさらに具体的に論じたのがこの論文である。

論旨を次に示す。

（一）　宗祇伝の根本資料である景徐周麟の「種玉宗祇菴主肖像賛」の信憑性を検討し、同賛の「江東ノ地ニ産マレ」を宗祇伝の出発点とし、紀伊説の伝承はとらない。

（二）　明応元年九月（晦）日の蒲生智閑《がもうちかん》宛宗祇書状の解読により、少年宗祇は父親と共に近江守護六角《ろっかく》家の奥向きに伺候しており、父は六角家の重臣であった。

（三）　六角家の重臣たる父は伊庭《いば》氏である。『大乗院寺社雑事記《だいじょういんじしゃぞうじき》』文明十年三月八日の宗祇書状は、六角家の苦境打開に奔走する伊庭八郎を好意的に報じている。宗祇没後二十二年の「伊庭千句」は、六角家との抗争で没落する伊庭貞和《さだかず》が、一族たる宗祇の恒久平和の庭訓に縋り、主家との和解を願っている。『終焉記』の宗祇が故郷近江への帰国を断念したのは、当時すでに六角家と伊庭家の対立が危機的であったためである。

（四）宗祇飯尾《いいお》姓の証拠に『高代寺《こうだいじ》日記』の「元運《（飯尾）》ノ近族」があげられる。これについては藤原正義氏の詳細な研究（『宗祇序説』）があり、示唆的である。しかし同日記の近族の用例は、他姓の間に用いられているから、宗祇は飯尾姓ではない。ただし近族であって、親密な関係は確かであり、母方が飯尾姓と考えられる。さらに伊庭家没落の後、母方の姓で呼ばれるようになった事情も想定される。

（五）晩年の明応五年五月、宗祇は弟（？）と共に摂津で写経供養をしている。これを母の三十三回忌とすれば、十七回忌・十三回忌・三回忌の五月は、宗祇として重要な意味を持っており、母への追慕の情も見える。

これらを、順を追って検証しよう。

（一）の、同時代証言を採り、後世の史料を排除する姿勢は当然納得できる。しかし証言がこれ一つというのは説得性に欠けないとはいえない。

（二）の書状の原文は次の如くである（『昭和四十一年三都古典連合会展観入札目録』所掲の写真による）。

先度八木拝領之時／御返事申候　仍已前申候／伊勢之人神戸方之事候／連ゝ罷下候

蒲生智閑宛
宗祇書状

へと被申候　親／之時ちかつき候し間左様之／儀候哉　度ゝ音信候間　強／可下存候　但宗益　先彼／地へ罷越候て左右可申由に候／其様へ定而可申候　我等事も／承候て可罷越存候　然者／其方までの路次大儀候　三／富殿ニ可申入存候　万事／被仰合て可懸候事候　一向／御扶持を可憑存候　其為ニ／如此申入候　近日仕候発句／　染て待心や木ゝの初時雨／又兼載はあは地までのほり候由承候／兵庫までなと申候　宗長は来月／初京着可仕候　恐々謹言

九月□（晦ヵ）日　　　　宗祇（花押）

蒲生殿　御宿所

金子氏の訳によって大意を記す。

先日御米を頂戴しました時、御返事申しました。すなわち以前申しました伊勢の人で神戸にいる人がたびたび罷り下るようにと申されます。親の時親しくしておりましたので、そのようなことがあるのでしょう。何回も音信がございますので、強いて下らなければと存じております。ただし、宗益がまず彼の地に参りましてあれこれ申し合せる予定です。その結果は必ずそちらへ報告します。私たちもそれを聞いた上で参るつもりでおります。そういうわけで、そちらまでの旅行は大変です。三富殿に御相談しようと存じます。万事御相談の上取りかかるべきことと存じます。ひたすら御助力をお頼みしたいと存じます。そのためにこのように申し入れているのでございます。最近仕りました発句、

染めて待つ心や木々の初時雨

また、兼載は淡路まで上りました由聞いております。兵庫までなど申しております。宗長は来月初めて京に到着いたします。

この書状は明応元年（一四九二）のものと推定されている（金子『宗祇の生活と作品』）。蒲生《がもう》氏は近江国蒲生郡日野《ひの》を拠点とする名族で当時は智閑の世であった。文雅の士で宗祇と親しかった。それに対して宗祇はかなり困難な依頼を行なっている。その辺の政治的環境については金子氏の調査に拠られたいが、この文中に宗祇の親についての言及があることに注意しなければならない。親（金子氏は父親とする）に連れられて六角家の奥向きに伺候していた事実が指摘される。それによって宗祇の父は六角家の重臣であったとするのだが、確認はもとより出来ることではない。

宗祇伊庭氏説

（三）の伊庭氏説である。その着想の基礎となった尋尊《じんそん》の日記は次のように伝えている「宗祇の方より、書状到来、伊庭の弟八郎上洛、六角の進退のこと申し入るるか、

云々」とある。さらにこの蒲生宛の書状で「親の時親しくしておりましたので」とあることから、親に連れられて、宗祇はしばしば近江守護六角家の奥深く伺候しているとし、後年の「伊庭千句」の解読から、この千句（宗祇没後二十余年後に六角家の重臣伊庭貞和によって、宗祇のかつての住居である種玉庵で催された）の追加玉何《たまなに》の貞和の発句「春暮れぬ松に咲きかかれ宿の藤」は宗祇遺愛の松を取りあげ、咲き懸かる藤を詠んでいて、「それは種玉庵の実景であったが、同時に典型的な平和の構図でもある。宗祇の庭訓を守り、その精神の継承を誓うところに、宗祇との近親関係にあることが明示されている」と述べている。ここに至るまでの推論は論文に就かれたいが、金子氏があげている根拠はどれも推測を必要としていて確証に欠ける。否定はできないが肯定するのも躊躇されると言わざるを得ない。

（四）飯尾姓については伊庭氏を父方とするのとバランスをとって母方とするのは説得力に欠ける。他にも三善《みよし》（三好）姓という説もあるのはどう考えるべきであろうか。

このように金子氏があらゆる可能性を探りつつ、データを広く収集し、錯雑した織目の中から浮かび上がらせた宗祇伊庭氏説はきわめて魅力的ながら、あげている証拠はいずれもいわば間接的な資料であり、一定の解読が施されていることになる点が問題である。

ここでは一つの有力な説として紹介し、伊庭氏と決定するのは保留するものの、少なくとも近世の伝記類が称している卑賤の出であるとか旅の人形師の子であるとかは、成立しにくいとだけ述べておこう。

2　青年宗祇はどこにいたか

青年時代

すでに述べたように、宗祇の――といってもこの名を得たのはしかるべき師資相承があってのことだろうから――後年宗祇と呼ばれる青年某の所在は一点を除いて全く分からない。

大成した歴史上の人物で、仮に活躍は盛年に達してからの場合でもこれほどに青年時代の事跡がつかめないのは珍しい。周囲の人々が前半生に興味を持たないはずがない、あるいは老年に及んで本人が問わず語りを始めるのが普通ではないか。よほど堅い意志で宗祇自身が口をつぐんだとしか考えられない、後世に宗祇の出身を卑賤な、つまり語ってはならない出身であるという説が跳梁するに至ったのも当然であろう。

相国寺とのゆかり

その一点とは六十歳の宗祇が中国・九州を旅行したおり書き残した紀行『筑紫道記《つくしのみちのき》』

相　国　寺

宗祇は青年期のある時期ここで過ごした。

の一文である。文明十二年（一四八〇）五月下旬に都を発った宗祇は九月六日、長門《ながと》国船木《ふなき》にさしかかる、

船木といふ所に、昔相国寺にして折々たのみ侍る人、此の山里をしめて吉祥院とてあり。今両夜のちぎり、万年のむかしのかたらひにもおとらず、さまざまの心ざし、せばき袖にはつつみがたくなん。

文意は明らかであろう。「昔」の一時期、相国寺で親交があった人物を宗祇は訪問している。その人の名は記されていないし、吉祥院《きっしょういん》はすでに廃寺となって詳細は不明であるが、相国寺という京洛の大寺の名が登場する。文脈から宗祇がこの寺に住していた時期を有するのは明らかである。連歌師として世に知られるころにはその形跡はないから、青年時代と考えるのが適当であろう。文中に「万年」とあるのはいうまでもなく相国寺の山号万年山《まんねんざん》による。

「折々たのみ侍る人」とはどのような関係を指すのだろうか。修行僧としてかどうかも明確ではない。吉祥院《きっしょういん》の名は宗祇の手でもう一度記される。自撰句集「老葉《わくらば》（初編本）」に、

吉祥院渡唐の帰朝に、聖廟法楽千句沙汰ありしとき、所望発句に
はこざきのあけぼののいかにゆきの松

が収録されている。吉祥院が中国から帰還して、法楽千句を興行しようとして宗祇に発句を所望したのである。これがいつなのか、吉祥院とある人物が船木の吉祥院の旧知と一致するか、確証はない。しかし同じ人物である可能性は高いだろう。句は箱崎を詠む。当時隆盛を誇った国際港湾都市博多である。「宗祇集」には「遣唐使餞」の詞書《ことばがき》を持つ歌が一首記録されていることも合わせ考えるべきであろう。さらに、この時期の相国寺が遣明勘合《けんみんかんごう》貿易に深く関与し、中国貿易の京都におけるひとつの拠点であったこと

などを点と線でつないでゆけば、宗祇が対明貿易のネットワークの中にいたことが浮かび上がってくる。この辺の資料は金子氏『宗祇の生活と作品』の整序がある。

仮説としてここに記しておきたいが、宗祇は青年時代にそのような業に就いていたのではないか。もちろん宗祇という名前ではない。さらに、宗祇は生涯をかけて、摂津住吉・和泉堺などとの深いかかわりを持ち続けるが、それらもまた対明貿易圏にあった。

吉祥院に二夜過ごした宗祇は、別れに際し発句を所望される。

　　ふきしぐるいなばの雲の山おろし

旧友のよしみは中々にて、ただ所のさまを思ひよれり。

とある。「いなば」に「去《い》なば」が掛けられて別れを惜しむ気持ちがこめられているが、「旧友」のよしみは表面的な世辞などで表現できるものではないから、ただ所の様を詠んだに過ぎない、という。両者の間柄がどのようなものか分かる。決して儀礼的な訪問ではない三十余年前の交友を心から懐かしみ合っている気分である。

3　連歌に志す

宝徳二年（一四五〇）、宗祇三十歳、而立《じりつ》の年である。

この頃から本格的に連歌を志したといわれるのは、八十歳の著述「浅茅《あさじ》」の次の述懐によっている。

……我身ひとつの愁には、よろづおもひ残す事はべらぬを、わきて連歌の道、三十あまりよりいかでかと思ひ侍りしかど、心はをそく年月ははやくうつりて、八十の今になを初心の気をはなれず。……

連歌の道は、三十あまりの年から、何とかしてと思い立ったが、心は遅くしか進まず、年月は早く経ち、八十歳の今になお初心の気持ちから離れることがないと述べている。単なる謙辞と受け取れないことはない。しかしそうだとしても心の根底にこの焦燥感が残っていることは否定できないだろう。

五十年の修業と体験の上にこの発言はある。連歌作者として大成した八十歳の宗祇をいまだにとらえていたこの焦燥感は何だったのか。遅いスタートは宗祇を十分に焦らせるものであったろう。その時の焦燥感が悪夢のように後年の宗祇を悩まし続けたというのもうなずけないことはない。しかし五十年の時を隔てて、なおよみがえるこの感覚は単なる焦りではないのではないか。連歌師というのは宗祇にとっては仮の姿で、心に期すものが他にあったか、とでも考えないと理解しにくい。宗祇が連歌師という「たやすき道」（紹巴《じょうは》の言）をまず選択し、それを発条にして歌人になることを予定していたのではないか。ついに歌人になれなかった宗祇を仮定するとこの発言は現実味を帯びてくる。この問題については後述する機会がいくつかあるからここではひとまず措く。

連歌の師

三十歳代の宗祇に戻る。当然連歌を学んだ師がいるはずだ。連歌の師として最も有力視されているのは宗砌《そうぜい》である。宗砌が最初の師であるかどうかわからないが、宗祇の連歌師としての修業を一四五〇年のスタートとするならば、最晩年の宗砌に師事したことになる。宗砌没は一四五五年（享徳四）正月である。師匠については後に述べる。

4　最初の作品

初期の作品

宗祇の連歌作者としてのデビューはいつか。前述のように確かに三十歳以前の作品は現存しない。ごく初期の作品に次の五点がある。

康正三年（一四五七）八月十三日　法楽《ほうらく》何路百韻
寛正二年（一四六一）正月一日　独吟《どくぎん》何人百韻
同　九月二十三日　独吟何人百韻

寛正四年（一四六三）三月　独吟何舟百韻
寛正五年（一四六四）正月一日　独吟名所百韻

康正三年の百韻

康正三年八月十三日の法楽何路百韻は国立公文書館内閣文庫蔵の「賜《し》蘆拾葉《ろしゅうよう》」（新見正路編の写本叢書）所載の一本があるのみで、しかも百句に二十八句欠ける七十二句の残欠本である。年号の「康正」は「寛正」の誤りかとする意見もある（伊地知鐵男『連歌の世界』）。そこに五年の差が生じる。寛正年間は確かに宗祇の活動が顕著になるが、だからといって誤写誤記をとるのは早計であろう。康正三年は九月二十八日に改元して長禄元年となっているから、改元前の連歌興行で、宗祇三十七歳の年に当たる。発句「下草と見るも霧まの梢かな　専順」以下、連衆《れんじゅ》は（括弧内は句上げに記載された句数）、専順《せんじゅん》（一六）・惟仲《これなか》（五）・親度《ちかのり》（九）・日晟《にちせい》（一二）・青阿《せいあ》（九）・宗祇（一〇）・与阿《よあ》（一二）・原春《げんしゅん》（一〇）・久茂《ひさしげ》（三）・正頼《まさより》（四）・光好《みつよし》（七）・師敏《もろとし》（三）である。

作者についていささか検討を加える。親度は『新撰菟玖波集《つくば》』に一句入集の作者で作者部類に宮道《みやじ》氏蜷川《にながわ》周防守とある。宝徳三年（一四五一）の「三代集作者百韻」や「伊呂波《いろは》百韻《ひゃくいん》」の作者でもある。日晟は四句入集、伊勢国司内、垂水《たるみ》氏、宗砌時代を代表する連歌作者の一人。正頼は同じく二句入集の摂津国人衆瓦林《かわらばやし》六郎右衛門正頼であろう。青阿とともにこの年の九月七日に行なわれた「武家歌合」の作者である。与阿・原春は「宝徳四年千句」の作者である。この千句には正頼も加わっている。このように多くの作者は康正三年以前から名を顕しているから、成立を康正三年とするのは不自然ではない。脇を詠む惟仲がこの百韻の主催者であろうが、経歴不詳でこれ以外に作品もなく、この百韻の成立環境がつかめないが、連歌数寄の武士が主要メンバーとなって連歌師専順のサークルに参加している趣がある。宗祇はもちろん専順配下として加わったのであろう。

宗祇の句

宗祇は六番目の出句、都合十句（ただし現存は七句）詠んでいる。作者全体の中での位置は、雪月花の句を一度も出さないなど高くはないが、付合は一応の水準を保っている（金子『宗祇の生活と作品』）。法楽は神仏に捧げる目的で作られたことを意味するが、その対象を特定する内部徴証はない。制作の場所についても不明であるが、末尾三句に粟津《あわづ》・田上《たなかみ》の地名が現れることは注目される。近江の地縁を感じさせるものだが、それ以上の判断はできない。
宗祇の句を二句紹介しよう。

五　暁をまたでや雁はわたるらん　青阿
六　たびねの宿に人ぞやすらふ　宗祇

四八　いづくかやどり秋はくるなり　順（専順）
四九　露の身をおくべき山は風もうし　祇（宗祇）

寛正の独吟百韻

寛正二年は四十一歳の年で、正月一日の独吟何人百韻は発句に専順の「天の戸を春立出る日影かな」を置き、余の九十九句は宗祇の作である（天理本等）。同様に、九月二十三日の「独吟何人百韻」も、発句「岩が根に秋をふる木の小松哉」のみ章棟《あきむね》（『新撰菟玖波集』作者、三句入集、伊勢国司内方穂氏《かたほ》とある）の作で、あとは宗祇の独吟である（野坂本等）。

寛正四年、四十三歳の三月は尾張国丹羽《にわ》郡犬山《いぬやま》郷の荘官の政所《まんどころ》において発句「払ふべき風だに霞む月夜かな」に始まる独吟何舟百韻を詠んでいる（北海学園大学本）。これは寛正二年の二作および次の寛正五年の作が、師匠から得た発句を起句《たてく》として独吟をする、いわゆる稽古連歌であるのに対し純然たる独吟である。ただ、この百韻が詠吟された尾張国丹羽郡犬山郷の荘官の政所についてはまだ考えるところがない。この時期の宗祇にとって依るべき誰かの場所なのだろうが。

寛正五年正月一日の独吟名所百韻の発句は寛正二年と同様、専順の発句「花の春たてる処や芳野山」を起句としている（大阪天満宮本等）。

これらの年号月日は、諸本により異同少なくなく、確実に正しいとも確実に正しくないともいえない。しかし寛正年間に宗祇が自立のための最終的な模索の中にあったことは認められる。康正から寛正の約十年が初心の季節だったのである。

宗祇という名

しかしこういうふうに考えられないだろうか。「宗祇」という名は宗砌の門に入って、師匠の「宗」の字を含む名を与えられた。その名を以て連歌の座に加わるのは当然その名を得てからである。それ以前はこれも当然ながら別の名で世に在った。自分の経歴をあまりにも語らない宗祇はわれわれにそれを教えないだけだと。なお、「宗祇」という名の字義にいささか触れておく。「宗」は出家名としてよく使われる字だが、「祇」は比較的少ない。宗祇の弟子にもこの字を持つ者はいない。江戸時代にはしばしばこの字を含む人名が見えることは周知のごとくである。「祇」はもちろん「神祇」「地祇」などと熟して用いられるように、神、くにつかみを意味する。名前に用いるのは少々不思議な感じを否めない。すでに紹介されているように、明応甲寅《こういん》仲秋日の日付を持つ三条西実隆の宗祇画賛が、柳原本「砂巌」に収録されている（島津『連歌師宗祇』）。そこには「天津やしろを神といひ、くにつやしろを祇といふ、倭歌《やまとうた》は素盞烏《すさのお》の出雲《いずも》よりおこり、連歌は日本尊《やまとたける》の筑波《つくば》にはじまれり、これ地祇の尊宗たると也、公、かの二の才を宗として祇を名とする、ゆへあるかな……」とある。明応甲寅は三年（一四九四）、宗祇七十四歳の八月であるから、実隆が画賛を執筆するのは不自然ではない。これによれば、宗祇とは並々ならぬ才能によって付けられた名前ということになる。実隆が後からつけた理屈という気がしないでもないが、一般には信じやすい由来であったろう。宗砌が目の前の弟子の能力に驚嘆して命名したのであろうか。

康正から寛正にかけての宗祇参加の連歌作品から連歌会の中の宗祇の位置を割り出す、特に専順らの作者と出句順や句数順を比較することで宗祇のポジションを推定することはそう難しいことではない。そしてそれ以前の作品でそのポジションと平行関係にある連歌作者「某」を宗祇に比定するのは魅力的な作業であろう。確かにそれではないかと思われる作者もいないではない。しかし特定に至らないのも事実である。別の世界で活躍していた青年の割り出しとともに今後の研究に俟たなければなるまい。

5 師匠

いままで折々に触れてきたように、宗祇が連歌の世界に名を表わすに至る過程で、教えを受けた人々がいる。宗砌・専順・章棟《あきむね》らである。しかし、世に出るに当たって連歌ばかりを学んでいたのではないだろう。伊地知鐵男氏は宗祇の師をさまざまな資料から次のように整理提示している（『宗祇』）。なお各人名に康正元年（一四五五）における年齢を付記した。

神道——卜部《うらべ》兼倶《かねとも》（二一）
古今伝授——東常縁《とうのつねより》（五三？）
伊勢物語・源氏物語——一条兼良《かねら》（六四）

連歌——心敬《しんけい》（五〇）・宗砌（七〇？）・専順（四五）
源氏物語——したら（幕府の奉公人）（？）
有職——三条西実隆（一）

これらについては以後必要に応じて検討を加えてゆくが、すでに連歌師として自己確立してゆくに当たって、有力な手助けをしたのが専順であった。いわば連歌界にデビューするときの介添え役を専順が果たしていることが、連歌作品の作者の顔触れから理解できよう。しかしそのような表面に表れにくい形で宗祇の成長を助けた人々は、それなりの注意を払って行く必要がある。また、この師匠のリストに仏教がないのは埋めるべき名前が分からないというだけの空欄であることも記しておかなければならない。宗祇の宗教的バックグラウンドとして禅宗が言挙げされることが多い。それは相国寺にいたことがあるという一事と「宗祇禅師」という呼称もしばしば見えることから蓋然性としてありうることだが、どこにその禅的境地を見いだすことができるか、以後跡付けてゆく伝記や言行の中からそれが浮かび上がってくる保証はあるとは必ずしも言えない。

6 熊野千句

寛正五年（一四六四）、四十四歳。

正月一日の「独吟名所百韻」は前述のように、発句「花の春たてる処や芳野山《よしのやま》」のみ専順の作である（大阪天満宮本等）。現存してはいないが寛正二年とこの年に挟まれる寛正三、四両年も、元旦には師専順に発句を所望し稽古の独吟を行なっていたのではないだろうか。

しかしこの年の三月には前管領細川右京大夫《うきょうだいぶ》勝元《かつもと》の家臣安富民部丞《やすとみみんぶのじょう》盛長《もりなが》主催の「熊

野法楽千句」（大阪天満宮本等）に出座する。この千句は成立事情と言い、参加している顔触れと言い、きわめて重要な千句連歌であるが、張行《ちょうぎょう》年月日、場所の記載がない。金子氏は精細な考証を加え、寛正五年春三月という成立時期を導きだしている（金子金治郎『心敬の生活と作品』）。ここでは、その考証の跡は追わないが、要点は、宗祇が東国に下向する以前、心敬《しんけい》が宗匠としてこの千句に臨んでいるから紀州から上洛以後、勝元が管領として臨んでいるから寛正五年九月以前、発句がすべて春の季であるから春の制作、のように絞り込んで得た納得できる結論である。

第一百韻は「音なしの河上しるし花の瀧」という細川勝元の発句で始まる。以下の発句作者は、道賢・盛長《もりなが》・頼暹《らいせん》・賢秀・元綱《もとつな》・行助《ぎょうじょ》・通賢・専順・心敬で、細川配下の武将と連歌師である。連衆は他に、常安・元悦・宗祇・宗怡《そうい》・頼宣・幸綱《ゆきつな》・慶丸・頼秀・元次・鶴丸・光信・能範・安久丸・長明・賢行・成胤・長寿丸。

発句には、音無川《おとなしがわ》、岩田川等の熊野関係の地名が詠み込まれているが、これによって熊野での興行とは断定できない。宗祇は、専順門下として参加し、各百韻に七句もしくは八句をコンスタントに詠み、発句作者には数えられないにしても、初めての千句作者として相応の活躍をしている記念すべき作品である。

熊野千句の意義

この千句の興行の趣旨や意味も、金子氏の考証がある。安富盛長の領国は讃岐《さぬき》であり、京都と讃岐を結ぶ海上交通路は盛長にとって生命線というべきもので、河内《かわち》・和泉《いずみ》・紀《き》伊《い》の沿岸の国々にまたがる畠山家の十年戦争は不都合極まりないものであった。しかし畠山家の和解によってそれが回復され慶賀すべき状態になった。一方、心敬は前年紀州田井庄《たいのしょう》（心敬の出生地）の八王子《はちおうじ》社に参籠し、法楽の「百首和歌」を詠じ、「ささめごと」を述作した。八王子社は熊野路が紀州に入って三番目の王子で、熊野信仰と深いかかわりがあるのは言うまでもない。これらの事実をどう結び付けるかにはまだミッシングリングがあろうが、この連歌興行が人々の環境と時代を色濃く映していることは否定できないであろう。

7　自立の過程

高槻景瑞院

寛正六年（一四六五）、四十五歳。

正月十六日、「何人百韻」に出座。発句「梅をくる風は匂ひのあるじかな　心敬」以下。連衆は、心敬《しんけい》・実中《じっちゅう》・行助《ぎょうじょ》、元説《げんせつ》（元般）・専順・幸綱《ゆきつな》・士沅《しかん》（大況）・宗祇、宗怡《そうい》・公範《こうはん》（野坂本等）。やはり専順の門下としての出座である。宗祇は八番目の出句、十句詠み、月の句が一句ある。実中は『新撰菟玖波集』の読人不知衆の一人に加えられる作者で、摂津国高槻の臨済宗景瑞庵《けいずいあん》の住持である（伊地知『宗祇』）。実中の上京の折とも考えられるが、脇を詠んでいることから実中の坊での作品としたほうがいいだろう。宗祇と摂津国の生涯にわたる関係の端緒の時期である。景瑞庵は応永頃松巌《しょうがん》が中興した寺で、高槻市昭和台町に慶瑞寺として現存する。宗祇はこの寺と近しい関係にあったのであろう。後年であるが、明応九年（一五〇〇）春にも訪れたことが句集「宇良葉《うらば》」によって分かる。

四月十六日は奈良にあった（後述）。その後しばらくは消息不明である。

年末に至り、十二月十四日、「何船百韻」に出座。発句「鳥ねぶる床は氷し波もなし　勝元」以下。連衆は、細川勝元（発句のみ）・元説・賢盛《かたもり》・通賢・心敬、専順・常安・行助・宗祇・具忠《ともただ》、世縁《せえん》・弥太郎・頼宣・光信（広島大学本等）。宗祇は九番目、やはり十句詠むが、雪月花の句はない。この作品は細川の月次の雅会であろうか。通賢・明智頼宣・具忠・細見河内守光信らは細川の被官である。しかし、前年の寛正五年十二月九日もほぼ同じメンバーの百韻が伝来している（大阪天満宮本）が、そこには宗祇の名はない。六年になって細川の連歌圏に受け入れられた形跡が読み取れる。

北野法楽連歌

寛正七年（一四六六、二月二十八日改元して文正元年になった）、宗祇四十六歳。

正月十八日、「北野法楽何人百韻」に出座。発句「ひろまへに匂ひもみちぬ梅の風　左大臣（足利義政）」以下。連衆、左大臣（発句のみ）・能阿《のうあ》・賢盛・行助《ぎょうじょ》・親度《ちかのり》・明猷・元為、宗信・専順《せんじゅん》・貞基、宗祇・清定・祥盛・利在・長阿、宗寿・成胤・成悦（小島三郎氏本）。この百韻の行なわれた正月十八日は北野連歌会所の式日に当たり、統括者の将軍が発句を詠み、会所奉行の能阿が脇を付けるという形式をとった、格式の高いものである。『後鑑《のちかがみ》』所収の義政の句集にはこの発句は記録されていないが、義政は毎年この日に発句を詠むのが恒例であった。宗祇はこれに参加し、十一番目の出句、都合七句詠んでいる。専順に随従しているだろうが、賢盛の十句、行助の八句に比してさほど遜色はない。ちなみにこの専順・賢盛・行助の三人は後に宗祇が七賢と仰ぐ人の内に入る。

二月四日、惣持坊行助興行の「何人百韻」に出座。発句「頃や時花にあづまの種も哉　心敬」以下。連衆、心敬・行助《ぎょうじょ》・専順・英仲・元用・弘仲・宗祇・量阿《りょうあ》・清林・宗怡《そうい》、紹永《じょうえい》・士沅・張通・慶俊・政泰・与阿《よあ》・弘其・常広（国会図書館本等）。元用は浄土宗僧、量阿は幕府の奉公人という。紹永は専順とともに後に美濃国の連歌圏を構成する作者である。この発句はまもなく都を離れ東国に向かう心敬の心境であろうか。実は宗祇自身も近く東国下向を果たすことになる。

宗友との交友

このころまでに宗祇は連歌師としての地歩をほぼ固めたかに見える。ただしあくまで専順・行助・心敬らと共に連歌の座についているのであって、独立した連歌師としての地位はまだ十分には獲得していないようである。そして、宗祇はどこを生活と活動の拠点にしていたのかも明確ではない。ここにひとつの重要な指摘がある（金子『宗祇の生活と作品』）。宗祇は寛正初年に、宗友《そうゆう》という堺の商人と交友が始まっている。宗友は宗祇と連歌の座を共にすることも多く（文明十八年二月六日など）、後年『新撰菟玖波集』に七句（但し読人不知衆として）入集している連歌作者であるが、その句集「下葉《したば》」に宗祇は奥書を寄せ、宗友は「予四十余年知音」であると紹介している。この奥書は明応九年（一五〇〇）に書かれたものであるから、四十年前は寛正元年（一四六〇）になる。「余年」を厳密にプラスアルファとするのは間接資料だから躊躇されるので、そのままとするとちょうど宗祇の連歌作者としての自立の時期に相当することになる。この時期に堺と関係を持ちそれが持続したというのは、後年の宗祇の生活形態からも納得できる。宗祇の自立時代の拠点の一つを示唆する事実である。

前年の四月十六日、宗祇は奈良の大乗院の尋尊を訪問している。そしてこの年閏二月二十日、吉野花見旅行の帰途、奈良にふたたび尋尊を訪問している(『大乗院尋尊記《だいじょういんじんそんき》』)。去年は尋尊はそっけなく「宗祇来、対面」と記すのみであったが、二回目はそれに加えて「此間吉野花一見云〻」とある。尋尊に吉野の花を土産話にしているのである。

二　東国遍歴

1　東国へ

東国での独吟連歌

宗祇自撰の最初の句集「萱草《わすれぐさ》」(「三　都の連歌師として」の「1　蓄積の整理と表出」の項参照)の巻頭は次のように始まる。

正月一日独吟の連歌し侍りしに
月の秋花の春たつ朝哉
同毎年独吟に、あずまにて
富士の根も年はこえける霞哉

両句は正月一日に恒例にしていた独吟連歌の発句であることが詞書《ことばがき》から分かる。これらを発句とする百韻連歌が現存しているが、それぞれ文正二年（一四六七）と文明二年（一四七〇）と成立時期の揺れがある。しかし「月の秋」百韻には「としは五十の浪のはや川」という句がある。これを宗祇自身の述懐の句と見て、宗祇五十歳の文明二年の作とする（金子金治郎『連歌古注釈の研究』）のが有力な説であった。しかし、この百韻の句を含む「宗祇百句」（祐徳稲荷神社中川文庫蔵）の存在から文明元年成立という異説があり（湯之上「連歌小句集」）、さらに応仁二年（一四六八）正月とされる（島津『連歌師宗祇』）に至った。考証の跡は両者に譲るが、ひとまず応仁二年とする。島津氏はその前提に立って「富士の根も」百韻は文明二年とされた。

同じ「萱草」に、

あづまへ下り侍りし時、住吉に詣でて、罷り申し侍りしに、そのわたりにて、
俄に人のすすめ侍りし時

五月雨はいづく潮干の浅香がた（二六九）

同じくあづまへ下りし時、北野十八日の会に、旅行のこころを

かへらばと道芝結ぶ夏野かな（二七〇）

のくだりがある。大意は次のようになろうか。

東国へ下りました時、摂津の住吉《すみよし》神社（現大阪市住吉区）に参詣して、退出しましたが、その近辺で、急に連歌の会を催そうということになって、詠んだ発句、「五月雨《さみだれ》はいづく潮干の浅香がた」（住吉から眼前に潮が引いた浅香の潟が広がっているはずなのだが、折しも降りしきる五月雨が視界を遮って見えなくしている）。同じく、東国へ下りました時、北野連歌会所の毎月十八日恒例の月次連歌会で、旅行のこころを、「かへらばと道芝結ぶ夏野かな」（今から長い旅に出るのだが、必ずまた帰ってこようとこの夏野の草を祈りを込めて引き結んでいる）。

したがって文正元年（一四六六）の五月初旬、東国下向に先だって住吉に参詣し旅の平安を祈念し、京都に戻り、十八日の北野月次連歌会において無事帰着を願う発句を詠んだことになる。そして六月頃、離京し、東国に下向した。京都からの経路を示す資料はないが、再度の下向は伊勢からの海路であったとされており、この初度下向もそうだったのではないだろうか。

七月には駿河《するが》に到着していたのは、同じく「萱草」の秋の部に、

駿河にて

あづまへ下りし時、駿河国にて

世こそ秋ふじは深雪の初嵐（三八七）

同じき国今川礼部亭にて

風を手におさむる秋の扇かな（三八八）

とある。これは駿河府中（現静岡市）の今川義忠《いまがわよしただ》亭においての連歌会である。初嵐が詠まれているから時期は七月と考えられる。宗祇は生涯富士山に強烈な愛着を持ち続けるが、その初めての印象である。

清見が関にて

八月のおそらく十五日、宗歓《そうかん》（宗長）と共に清見《きよみ》が関《せき》（現静岡県清水市）を訪れ、月見をし連歌を作っている。「萱草」に次の記載がある。

清見関にて、これかれ終夜月を見侍りて、暁がた一折とすすめ侍りし時

月ぞ行く袖に関もれ清見潟（四〇九）

この一件は「宗長手記」に後年の回想の記載がある。

二十九日、宗祇故人先年当国下向思ひ出て、折りにあひ侍れば、年忘れの一折張

行、

　　おもひいづる袖や関守月と波

此心は先年此等に誘引して、関にて一折の発句、

　　月ぞ行く袖に関もれ清見潟

思ひ出るといふ愚句なるべし、新古今集に、

　　みし人の面影とめよ清見潟袖にせきもる波の通路

この歌本歌にや、宗祇此寺に一泊、今年五十八年になりぬ、

（『宗長手記』大永四年七月二十九日の条）

　この二つの記事を照合すると、この名所に宗祇を案内したのはいわば地元の宗長であり、宗祇は同行者をわずかに「これかれ」と記しているに過ぎないこと、宗祇はこの寺に一泊したこと、六十年にも及ぼうとする往昔をあたかも昨日のように宗長が懐しんでいることなどが分かる。七月二十九日は、宗祇の忌日で、宗長が「折りにあひ侍れば」と記しているのはそれを意味する。ちなみに宗祇最晩年の名吟とされる独吟何人百韻「かぎりさへ」（「七　最後の旅」の「3　かぎりさへ」の項参照）の初折の裏に、

月にかかる雲もなきまで月澄みて
清見が関戸波ぞ明け行く

の付合があるのは、初めて東国に下向した折の感動が心中によみがえった作ではないかと思われる。

2 東国にて

駿河での滞在や行動は以上の他は明らかにしがたいが、九月二十九日には、武蔵五十子《いかっこ》（現埼玉県本庄市）の陣所で長尾左衛門尉景信《かげのぶ》（関東管領山内上杉氏の家宰、本拠は上野白井《しろい》）らと連歌を詠んでいる（「萱草」）。

五十子の長尾氏

長尾左衛門尉はじめて参会の時、九月尽に
秋をせけ花は老いせぬ菊のみづ（四四〇）

句の大意は、「菊の花が盛りに咲いている。菊の花に掛かる水は不老長寿を保証してくれるというが、それならこの美しい秋が去り行かないようにせき止めてほしいもの

『長六文』の成立

だ」であろうか。そして十月、五十子の陣所にて長尾孫六に連歌論書『長六文《ちょうろくぶみ》』を書き与えた。長尾孫六は、上野惣社《こうずけそうじゃ》（現前橋市総社町）の長尾修理亮景棟《しゅりのすけかげむね》に比定されている（両角「宗祇の東国下向　その一」）。本書はタイトルが示すように書簡の形式をとっている。冒頭は次のような内容である。

　今度初めてあなたの連歌会に参加しまして、お話しを承ることができたのは、私の喜びとするところであります。殊に心静かに申し承りました条々は、私が多年にわたって念願していたことであり、来世への思い出となるのは、

東国の武将たち

まさにこのことでありましょう。とりわけ連歌のことをお尋ねになり、お考えを承りましたが、あなたが自然になさっている趣は私の考え通りで、特に申し上げるべきことはないのです。

これによって宗祇は長尾一族の文化圏にこの時参入したことになる。文飾はあるが、東国に育った連歌愛好の機運を快く思い、励ましているのが分かる。

十二月に武蔵品川の鈴木長敏《ながとし》亭を訪問、そこで越年したようである（「宇良葉」四一七）。鈴木長敏は武州品川に本拠を持つ豪族で、心敬と深いかかわりを持ち、宗祇の東国・京都往返にも力を貸した人物である。この時期の東国文化の一翼を担った重要な人物である。

宗砌追善

文正二年（一四六七、三月五日改元して応仁元年となる）、四十七歳。「名所独吟山何百韻」（発句は「富士の根も」）がこの年正月一日とする説もあることは前述した。年譜的には矛盾はない。

「萱草」に「宗砌十三廻に追善の連歌し侍りしに」と詞書のある付合がある。宗砌は宗祇の最初の連歌の師と目される人物であるが、没したのは、享徳四年（一四五五）一月だから、この年は十三回忌に当たる。祥月《しょうつき》ならば一月に追善連歌を詠んだことになる。宗砌を知る人の少ない東国で、おそらく独吟百韻を手向けたのであろう。

つらきがうへにつらきよの中
わびぬればとぶらふあとにことたえて

には、宗祇の置かれている時代や師宗砌に対する思慕が表現されているように思われる。宗砌については「第二　宗祇をめぐる人々」で詳述する。

「吾妻問答」の成立

三月二十三日　長尾孫四郎（左衛門尉景信の子息景春《かげはる》に比定されている）に連歌論書「吾妻問答《あずまもんどう》（角田川）」を贈った。二条良基《よしもと》の「筑波問答」と双璧をなす連歌論の代表作とされる著作で、その整った構成と行き届いた内容は宗祇の蓄えてきた連歌の力を感じさせるに十分だが、それと同時に宗祇が東国の地に陣を張りつつ連歌に心を寄せる武将たちに深い気持ちを抱いていたことが理解できる。長文の跋文を付しているが、それには、武蔵国隅田川原《すみだがわら》のあたりにしばし宿ることがあり、その折の若い人々の求めに応じて書いたという旨が記されている。この隅田川原というのが現在の隅田川ではなく、今の荒川上流、本庄五十子《ほんじょういかっこ》あたりの利根川流域と見るべきであると考証したことがある（奥田「宗祇独吟百韻何人私注断章」）。現在の利根川の流路は関東平野を西北から東南へ横断して太平洋に注ぐが、中世までは途中で南下して東京湾に注いでいたのである。

「吾妻問答」の諸本は多数あり、それらに付された年月日もまたさまざまである。数次にわたって成立したと考えるのが妥当であろうが、第一次本の成立は、心敬の教えを受ける前の段階での著作と考えられるから、文正二年と見るべきである。内容については「長六文」ともども「第三　宗祇の遺したもの」の部に詳述する。

応仁二年（一四六八）、宗祇四十八歳の正月一日、宗祇は武蔵五十子において、前述の「月の秋花の春たつ朝哉」を発句とする「独吟何人百韻」を詠んだと思われる。七月、相模藤沢において「ささめごと」を書写している（天理本「心敬私語」）。藤沢は東国における宗祇にとって拠るべき場所の一つであったらしい。句集の詞書に藤沢・清浄光寺《しょうじょうこうじ》・道《どう》場《じょう》などが散見し、後年の時宗《じしゅう》僧との交遊を考え合わせられる。四月および七月に品川の心敬の旅宿を訪問したと推測可能な詞書が散見する（「萱草」・「老葉」（再編本）・「下草」）。

このあとの十月の「白河紀行」の旅ははっきりと辿れるが、それに至る行程は明確ではない。ただ順序として筑波山の寺で連歌を詠み（「萱草」）、そのあと日光に行っているから、金子氏の推測（『連歌師と紀行』）にあるように、五十子から南下し、品川から海路常陸へ向かい、那珂湊《なかみなと》辺から陸路をとって筑波へ向かったと考えるのが妥当であろう。白河紀行については章を改める。

3　白河紀行の旅

「白河紀行」は次のように始まる。

　筑波山の見まほしかりし望みをもとげ、黒髪山の木の下露にも契りを結び、それよりある人の情にかかりて、塩谷といへる所より立ち出侍らんとするに、

筑波から日光へ

宗祇はすでに連歌ゆかりの筑波山登山に年来の希望を果たし、日光を訪れて知人を訪問している。応仁二年（一四六八）四十八歳のことである。なぜ筑波、また日光を紀行文に収めなかったのか分からないが、古人のはるかな憧れであった白河関《しらかわのせき》に感動を集中させたかったと考えておきたい。紀行中に示される先人たちと自分自身を重ね合わせての陶酔は、和歌の長い歴史を背景にしているだけに、より普遍性があるといえる。

村松虚空蔵

前述のように宗祇は品川辺から海路常陸沖へ向かい、那《な》珂湊《かみなと》から陸路筑波方面を目指したと思われる。宗祇の家集である「宗祇集」に、

　於村松十首詠沓冠置名号

ながめやる一村松の木の間よりたぐひなみまに寄する舟かな（以下九首省略）

とあるのは、常陸国那珂郡村松の虚空蔵堂《こくうぞうどう》の法楽和歌であることが、すでに金子氏によって明らかにされている。これが白河旅行の往路か返路かは定かではないが、那珂湊近くを経由したことは確かであろう。「萱草」「宇良葉」には、筑波山・日光山・中禅寺《ちゅうぜんじ》（「中善寺」とある）での句が収録されていて、いずれも秋の終りから初冬にかけての作である。また「下草」に室の八島での冬の句が収録されている。いずれもこの旅行にかかわるものであろう。

「白河紀行」の旅程

「白河紀行」は前置きに続いて、塩谷《しおや》を起点として記述が始まる。宗祇との因縁は不明だが、塩谷は宇都宮北方の塩谷城で当時は宇都宮《うつのみや》正綱が城主だったと推定されている。塩谷を出て、まずさしかかる那須野《なすの》の原で武蔵野のゆかりを思い、源実朝《さねとも》の「もののふの矢なみつくろふ」の那須野の歌を想起しつつ大俵《おおたわら》（今の大田原）に到着し、「あやしの民の戸」を宿としてわびしい一夜を過ごす。明けて紅葉や枯野に都近い歌枕を思いあわせ、中川（那珂川）・黒川を渡り、横岡（現芦野町の内）の里長の家に泊まり、そこから白河の関を目指す。関では兼盛《かねもり》・能因《のういん》ら古人を偲び、同行の人々と共に歌を詠む。

白 河 関（二所明神）

下野と陸奥の国境をはさんで二つの明神がある。上が下野側、下が陸奥側。宗祇の時代はここが関の跡と認識されていた。

紀行は短く、かつ内容も必ずしも豊かではない。目に入る景色すべてに都近い景物を重ねあわせる意識はこの時代としてはやむを得ないことに属するかもしれないが、読者の感興を損ねないとは言えまい。またその感傷的な行文は、乱世の悲哀を裏面に感じさせるもの

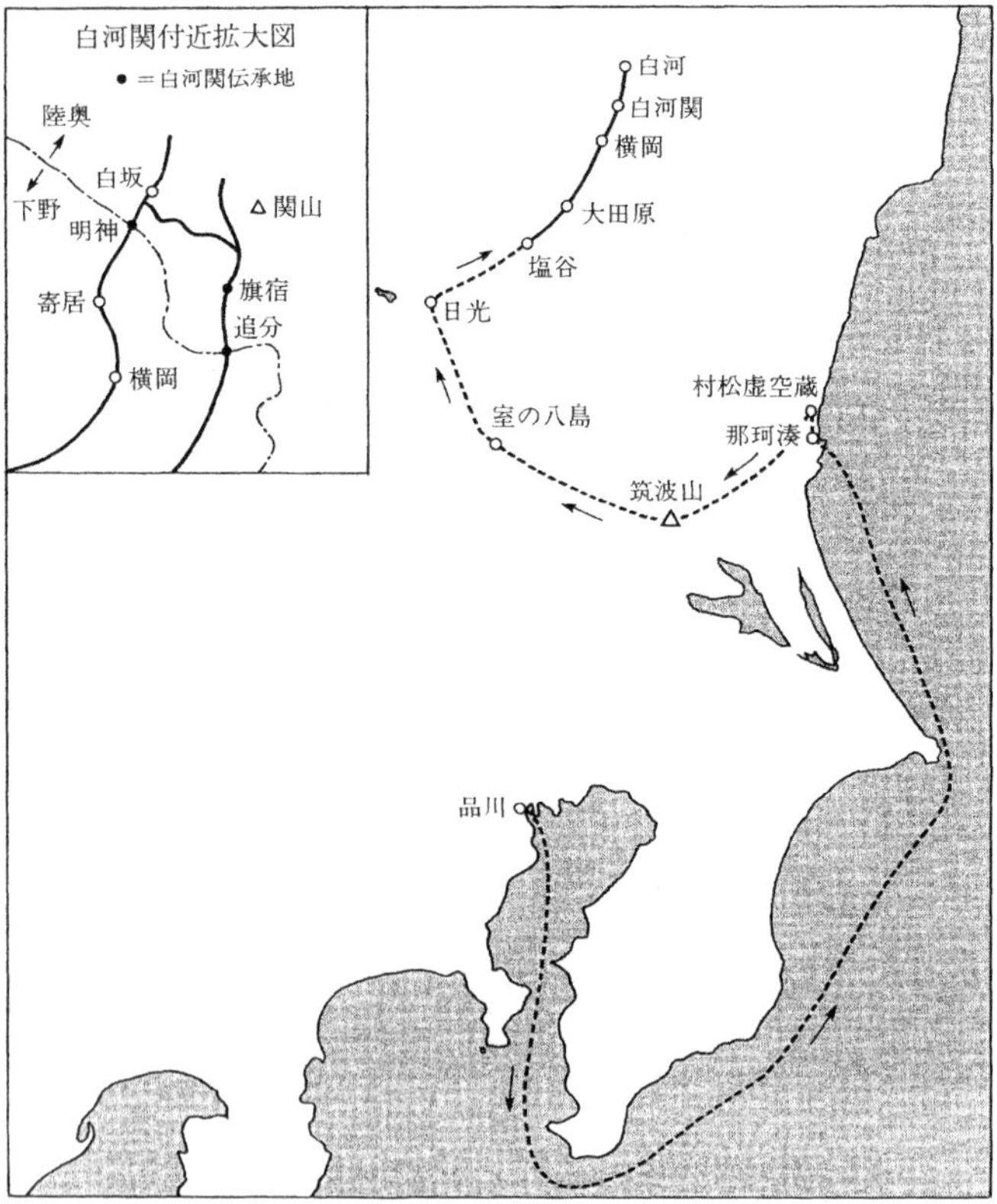

白河紀行の旅程図

であるにしても、紀行を単調な作品にとどめた理由でもあろう。

紀行の旅行が終了して、十月二十二日、白河の結城修理大夫入道《ゆうきしゆりのだいぶにゆうどう》道朝の館において連歌の興行があった。「白河百韻」と名付けられて「白河紀行」の後付に置かれる作品である。発句は「袖にみな時雨《しぐれ》をせきの山路かな　宗祇」。連衆は、宗祇・平尹盛《ただもり》・牧林《ぼくりん》・穆翁《ぼくおう》・句阿《じゅんあ》である。

「白河紀行」の特色

この紀行には和歌が六首収められているが、連歌の方は句はおろか連歌会の記録も一切ない。宗祇の句集「宇良葉」によれば、旅行を終え白河の城下に到り、結城修理大夫入道道朝亭で二回の連歌会に参加し発句を詠み、さらに一行が城下を辞し、関に別れを告げる時にこの白河百韻が巻かれていることが分かる。「袖にみな」の句が関における感慨というより関との離別の気持ちが深いのはそれによるが、この紀行がなぜ連歌を軽視したかは不明である。ちなみに、白河の結城の城下で宗祇が連歌名人の女性に出会うという伝説があるが、それは「第四　宗祇伝説」の部で紹介しよう。

このあと、十二月頃までに武蔵国に帰着したことが、応仁二年冬の何木百韻によって分かる。発句「雪の折かやが末野は道もなし　心敬」に付けた宗祇の脇は「夕暮れさむみ行く袖もみず」であった。白河の道を思いだしての句であろうか。連衆は、心敬・宗

伊勢・宇良・東国

祇・修茂《のりしげ》・覚阿《かくあ》・長敏《ながとし》・宗悦・満助・法泉・銭阿・初阿・幾弘である（大阪天満宮本等）。「河越千句」（次項）と重なる作者が多いことを注意しておきたい。その後しばらく消息は知られない。翌応仁三年（一四六九、四月二十八日改元して文明元年）春には伊勢にあった。しかし九月ごろはまた東国にいる。鈴木長敏の便船によって海路を往復したようである。

二月、三月ごろ、伊勢大神宮法楽の千句を中心とした連歌活動を展開している（『宇良《うら》葉《ば》』・『老葉《わくらば》』（再編本））。大神宮法楽の千句の興行目的は何か、また誰が主催したか。金子氏は「願主は関東の有力者」であり、長尾景信の要請により、管領《かんれい》上杉顕定《あきさだ》のために行なわれたという推測を立てている。

七月十一日、奈良に疎開中の一条兼良を訪問し、法印行助《ぎょうじょ》の動向を報じている（『大乗院尋尊記』）。尋尊は「宗祇、東国より上洛、殿下に参り申す」（原漢文）と記しているから、奈良の人々にとっては、宗祇は東国からまっすぐ奈良へやってきたと感じていたのだろうか。十三日には大乗院の連歌会に参加し、兼良・尋尊らと座を同じくしている。「花もがな嵐やとはん夏の庭」という宗祇の発句は、「萱草」に「納涼の心を」と詞書して載るが、「老葉（再編本）」には「伊勢国司館にて千句侍りしに納涼の心を」とある。伊勢国司つまり北畠教具《きたばたけのりとも》主催の千句連歌があったことを示している。教具は連歌に熱心で、連歌界の盟主として、撰集の企画を持っていたようである。撰集資料らしいものの提出を宗祇に求めていた形跡があるが、文明三年の死没がそれを阻んだ。しかしこの年は、八月に「北畠家連歌合」を計画した。それは教具を中心に国司家関係を糾合し、宗祇・宗怡《そうい》らの連歌師を加えて、十四人の作者の連歌を二百五十番に番《つが》えたものであった。残念ながら上下二冊の上冊は失われて今はない。しかし下冊によって北畠家の意気込みが感得できる（宮内庁書陵部本）。

「北畠家連歌会」の成立

宗祇はこの連歌合を携えて、奈良の一条兼良のもとを訪問した。連歌合には兼良の加判が残されているのは、宗祇の仲介があったからであろう。ただし兼良の判詞は翌年正月六日の日付を持つから加点の依頼はしばらく後のことかもしれない。

九月頃、関東に再び下向したと思われる。その間京都へ赴いた痕跡はない。関東から伊勢への慌ただしい往返と述べた所以である。少なくとも応仁の乱以来混乱している京都はこの旅行の場合、さして重要な意味を持たなかったのではないか。

十月頃、東国で心敬と連歌を巻いている。発句は「秋も猶あさきは雪の夕哉　心敬」脇は「水こほる江にさむき雁がね　宗祇」である。この事実はたまたま残された二種の情報をすりあわせることによって浮かび上がってきた。「所々返答第三状」にこの二句、つまり付合が記録されている。それは心敬による宗祇の付句評として記載されたもので、心敬はこの句が水辺・冬の素材を盛り込み過ぎていると非難している。また心敬の発句は「吾妻下向発句草」に収録され文明元年の作としてある。ちなみに「所々返答第三状」は文明二年心敬が宗祇に宛てた返書である。

宗祇は心敬に倣って、東国定住を考えたのであろうか。「武蔵野のあたりに草庵を結びしころ」として「虫も住め花のませゆふ草の庵」（「宇良葉」）の句がある。場所は特定できないが、秋の句であること、前述の連歌で心敬の発句に宗祇が脇を付けているのを、心敬が客、宗祇が亭主という定型を踏んでいると解釈すれば、心敬を自分の草庵に迎えての会と見ることができるからである。場所も推測されているように、鈴木長敏の支配下の品川辺りだったかもしれない（金子『宗祇と箱根』）。

またこの年、東常縁《とうのつねより》との間に手紙の往復があったと考えられるが、それについては項を改める。

4　河越千句

文明二年（一四七〇）、宗祇は知命五十歳を迎えた。

「月の秋花の春たつあしたかな」に始まる独吟百韻をこの年正月一日の作とする考えがあることはすでに述べた。その場合は、長尾景信の陣所五十子《いかっこ》にいて新年を迎えたということになる。

河越千句

引き続いて太田道真《おおたどうしん》主催「河越千句」に出座した。山田という興行場所が記されている本がある。また、「老葉（再編本）」に「太田備中入道のやどり」での句として次に掲げる宗祇の発句「遠く見て」が収録されていることを合わせて、今の川越市の北部、入間《いるま》川《がわ》右岸の地山田に道真の館があり、そこで行なわれたことが分かる。千句は正月十日から三日間行なわれ、第一朝何百韻の発句は心敬の「梅園に草木をなせる匂ひ哉」、第二何人百韻の発句が宗祇で「遠く見て行けばかすまぬ春野哉」であった。発句作者は他に中雅・印孝《いんこう》・幾弘・長敏《ながとし》・修茂《のりしげ》・満助・義藤・道真。他に連衆は、永祥・義藤・長剰・興俊（大阪天満宮本等）。道真はこの年六十歳、家督はすでに道灌に譲り越生《おごせ》に退隠していたとされるが、道真が家宰を勤めた扇谷《おおぎがやつ》上杉家と古河公方《こがくぼう》との緊張関係の持続する時期に川越と越生を行き来していたと推測されている。宗祇は道真・道灌とすでに旧知の間柄であった（島津『連歌師宗祇』）。この千句が文明元年成立の説もあるのは前述のとおりである。

この千句で宗祇は第二百韻の発句と第十百韻の挙句「老いをやしなふ瀧ぞ久しき」を詠んでいる。第一百韻から順に宗祇の句数を示すと、十三、十三、十一、十三、十五、十三、十四、十二、十四、十三で、合計百二十六句、師心敬の百五十五句に次ぐ句数を残し、この一座で枢要な位置を占めているのが分かる。道真も百十句に及び、巻軸の発句を詠んでいる。中雅は禅僧、印孝は日蓮宗僧、幾弘は千葉被官栗原入道、長敏はもちろん鈴木氏、修茂は大胡《おおご》氏、満助は鎌田氏、義藤は上杉被官である。発句は詠んでいないが、永祥・義藤・長剱・興俊もそれぞれ『新撰菟玖波集』の作者として名が残る人々である。とりわけ興俊は後の兼載《けんざい》であり、この時期に心敬の門下に入ったと推測されている。この千句では五十二句詠んでいる。後年兼載は、道真が『新撰菟玖波集』に入集（二句）したことを「口惜しき事也」と弟子に語った（『兼載雑談』）。道真・宗祇と出会ったこのとき以来持ち続けた鬱積である可能性も否定できない。

東国で宗祇が交渉を持った在地の武士たちは数多かったと思われる。句集の詞書からも、太田左衛門太夫（道灌）、上野国赤井綱秀（文屋康秀《ふんやのやすひで》の子孫、館林《たてばやし》城主）、新田《にった》礼部（治部大《じぶたい》輔《ふ》家純《いえずみ》、上野新田庄）らが出現することを書き添えて置く。

三月二十三日、この日付を持つ「吾妻問答」が存することはすでに述べたが、第二次成立本という見解（島津『連歌師宗祇』）に従っておく。

心敬の宗祇評

その夏、みちのくに足を踏み入れていたと想像される心敬はかねての宗祇からの質問状に対し返事を書いた。現在「所々返答」と呼ばれる返書集の第三状である。その内容から宗祇の依頼内容はある程度推測できる。返書の冒頭に「愚句瓦礫ども黙止《もだし》がたく」、つまり自句の抄出の依頼があったのを断りかねてとあることから、心敬の近作の抄出を宗祇が求めたこと、また「今回の御句ども、いずれもおもしろく思われます。しかしながら、その内いささか覚束《おぼつか》ないと思います句について少しばかり記し申します」という文面から、宗祇が句の批評を依頼したことの二点が明らかになる。

心敬の句の抄出は今伝わらない。宗祇の句に対する心敬の姿勢はかなり辛辣である。「境に入り過ぎ」「いりほが」「ひとへに不便」「心寄らず」などと手厳しく評価している。知命の齢の宗祇にとって心敬がどんな存在だったかを窺わせる。この心敬の批評については島津忠夫氏『連歌師宗祇』に分析があるのでここでは省略する。なお注意したいのはこの返書の中で心敬は初中後の理論に言及しているが、これは宗祇が「吾妻問答」や「長六文」で東国の連歌好士に、初中後のことは聞き及んでいないと返答しているのと呼応する。宗祇はここではじめて心敬の初中後理論に触れえたのであろう。心敬については「第二　宗祇をめぐる人々」において再説する。

5　東国の人

以上、宗祇の東国における行動を跡付けてきた。近代の宗祇研究において、宗祇の東国における行動が大きな関心事であり続けたのは、宗祇の《初期》の解明が重要だという観点からである。しかし、資料の年次の混乱が多く、いかに矛盾が少ないかという見地から年譜を作成することになり、いきおい諸説錯綜する結果となった。次に最も最近の説として島津忠夫氏の整理による宗祇の行動記録を掲げておく。

文正元年（一四六六）
六月、京都出発。
七月、在駿河国。
秋、在武蔵国。
十月、長六文。

応仁元年（一四六七）
一月、宗砌十三回忌追善連歌。
三月、吾妻問答。

応仁二年（一四六八）
一月、「月の秋」百韻。
九月、在筑波山。
十月、在日光・白河。
十二月、心敬・長敏らと連歌。

文明元年（一四六九）

文明二年（一四七〇）

一月、「富士の根も」百韻。

二月、河越千句。

三月、海路伊勢へ。

七月、奈良に兼良訪問。

十月、心敬と連歌。

これをもってこの数年間の宗祇の足跡がすべて明白になったわけではない。あくまでも一つのモデルである。伊地知・金子・両角らの説によっても、年月の食い違いはあるものの、同じような宗祇の行動パターンが描かれる。つまり、宗祇はこの間、《東国の人》だったのではないか。京都から一時的に東国に下り、やがて都に戻る旅人ではなく、あずま人として生活し、一時的に伊勢・奈良に旅行した人ではなかったか。宗祇を都の人と見る先入観を捨てることが実態に即しているのではないか、というのがとりあえずの結論である。

6　東常縁と古典学習

「東野州消息」

「東野州消息」と呼ばれる宗祇宛の常縁《つねより》の手紙がある。書き出しに、十月十六日付けの手紙を十九日に受け取ったとあるので、宗祇から来た手紙に対する返事と分かる。しかし末尾の日付は十月四日（群書類従本）である。この日付の混乱をどう処理するか、その上で何年の書状かという問題をめぐって多くの説が提示されて来た（島津『連歌師宗祇』）。たとえば「十月四日」付を「十一月四日」の誤りとする説、「閏十月四日」の誤りとする説などである。島津氏は内容の逐条的分析で、応仁二年（一四六八）と結論づけている。ちなみに閏十月があるのは応仁二年である。しかし、金子金治郎氏は書陵部蔵『官暇文章』所収の「東野州消息」を紹介し、十月二十日が常縁の差出し日として正しいこと、また内部徴証から文明元年の手紙であることを証明された（「宗祇と常縁」）。現在最も首肯されるべき説である。文明元年前半の慌ただしい伊勢・奈良への旅行が終わって、秋に東国へ戻った頃の往返とするのが自然であろう。内容の概略を示しておく。引用は読み下し文である。ただし本文が不安定で解読不能な点が少なくない。

冒頭に宗祇の言を受けて「春は江戸辺に御住居あるべきにて候ふ間、時分柄不運にて当所に在陣候ふ」とあり、来春、宗祇が江戸に住むようになる予定と、「当所」に在陣のため思うにまかせぬ常縁の無念さが語られている。次いで、「常縁進退の事、并に馬の事」として馬の不足による不如意を訴え、かつ宗祇の常縁に対する懇意に感謝している。「一夜帰りにも江戸辺へ罷りたく」思うが、事情が許さないと嘆いている。「藤沢辺に小庵を作り候て、十方旦那にてありたく候ふ」という述懐も宗祇が藤沢遊行寺《ゆぎょうじ》で詠んだ句があることを考え合わせて興味深い。さらに、木《き》戸《ど》孝範《たかのり》に常縁が面談して冷泉《れいぜい》家の道の立て様について聞いたこと、歌人名の読み方や新古今集歌などについての宗祇の質問に対する解答などがそれぞれ詳細に語られ、両者の親密な間柄と歌道に対する篤い思いが伝わって来る。

『古今集』講釈受講と「三島千句」

文明三年（一四七一）は宗祇五十一歳の年である。正月二十八日、宗祇は三島において常縁の初度『古今集』講釈の受講を開始した（『古今和歌集両度聞書』）。四月八日に至って受講は終了した。その間、三月には二十一日から二十七日にかけて「三島千句」を独吟している（松崎神社本等）。第一何路百韻の発句は「なべて世の風をおさめよ神の春」である。この千句には、宗祇自身の跋文が数種残されている。それによれば、文明三年の春、『古今集』の講釈を東常縁から受けていたが、そのころ常縁の一子竹一丸が風邪に冒され、その平癒を祈って発句を三嶋明神に捧げたところ快方に向かったので報賽《ほうさい》のために千句をなしたという。しかし、この病気平癒祈願に、古河公方を迎え撃つ常縁の戦勝祈願を重ねあわせる見方（金子『宗祇の生活と作品』）がある点に注意を払うべきである。

六月十二日、後度『古今集』講釈の受講を開始した。今回は大坪基清《おおつぼもときよ》が陪席同聴している。大坪基清は上総の武士で出家して道暁《どうぎょう》、常縁系の伝授のキーパーソンの一人として最近解明が進んでいる。七月に受講終了。八月には常縁から『古今集』切紙伝授を受けた（書陵部「古今秘伝集」、鶴見大学「切紙伝授」）（井上宗雄『中世歌壇史の研究　室町前期』、東香里「東常縁から宗祇への古今伝授の時処について」参照）。また、このころ常縁から「百人一首」の講釈を受講している（「百人一首抄」）。

初度の終了と後度の開始の間の二ヵ月の空白はなぜ生じたのか。従来常縁が三島から美濃国郡上《ぐじょう》へ移動したためだとされてきたが、金子氏はその間に古河公方方の伊豆侵攻があったためとする。三島千句の意味付けとかかわる重要な指摘であろう。

翌文明四年（一四七二）五月三日、「古今和歌集両度聞書」の編集を完了し、常縁から「門弟随一」の加証奥書を受けた。さらに、六月二十九日、『伊勢物語』講釈を受講。八月七日、「当流之説」を伝授された（中田本「古今和歌東家極秘」等）。

この古今伝授の間、春に常縁から『無名抄』（俊頼髄脳）の正本を与えられて書写している（醍醐寺本）以外に宗祇の動向を知ることができる資料は他にない。句集の詞書もそれらしいものはないのは不思議である。古今伝授とその整理に沈潜していたのは確かではあろうが。

また、この伝授にかかわる費用はどのような額でどのように調達されたかも全く分からない。しかし莫大なものであったことは想像できる。東国の人々の後援がそれを可能にしたのであろう。

古今伝授とは何か

ところで、古今伝授とは一体何なのか。近代においてこれに対する評価はきわめて低い。形骸化した権威のみの授受が本質で、したがって無内容、というより内容はなくてもよい、といった通念がいつの間にか醸成されてしまったかに見える。しかし、《伝授》というのは『古今集』に限らず、また用語も《印可《いんか》》《免許》《印信《いんじん》》など分野によってさまざまだが、花道・香道・書道・武道から仏教・神道・有職《ゆうそく》などにいたる文化全般の次世代への伝達につきものの営みであったことを忘れてはならない。近来、古今伝授の資料精査が行なわれるのに並行して、《伝授》の再検討が活発になり、我々に中世の伝授に対する認識の変更が迫られている感がある（新井栄蔵「古今伝授の再検討」など）。ここで多くを触れる余裕がないが、伝授はきわめて有効性を有する、ある意味では合理的なものであり、かつ、宗祇流の伝授が卜部《うらべ》神道を、堯恵流が天台《てんだい》教学をそれぞれの思想的背景として、対立的関係にあったという指摘でも分かるように、中世の文化全般を解読する上で重要なキーを内包していることが明らかになりつつある。

7　美濃千句

美濃へ

宗祇はこのように集中的に東常縁《とうのつねより》から教えを受けて、やがて東国から美濃への旅に出る。その途中、十月、遠江国浜名湖東岸の国人堀江《ほりえ》駿河守《するがのかみ》賢重と「両吟山何百韻」を詠む。発句は「しぐれきやさ夜の嵐の朝ぐもり　宗祇」である（金刀比羅本等）。現在の館《かん》山寺《ざんじ》町に堀江の城はあった。鳳来寺《ほうらいじ》での句（「萱草」）もこの途次であったか。

十月二十六日、美濃革手の正法寺（永禄年間に廃絶し、岐阜市薬師町に跡地が残る。土岐《とき》氏歴代の尊崇を得た寺であった）において、聖護院《しょうごいん》道興《どうこう》下向を迎えての連歌「何路百韻」に出座。発句は道興の「風や雲木の葉はぬれぬ時雨哉」。道興（一四三〇～一五〇一）は近衛房嗣《このえふさつぐ》の子、和歌に傾倒した聖護院門跡《もんぜき》であった。宗祇伝の付されている「廻国雑記《かいこくざつき》」（前述）の著者である。

「美濃千句」の環境

連衆は、言（道興）・専順・宗祇・紹永《じょうえい》・慶菊丸《けいきくまる》である（大阪大学本等）。この連衆は道興を除いてそのまま次の「美濃千句」の作者に移行する。専順は応仁の乱後の都の混乱を避け地方へ下向した一人であったが、美濃の守護土岐成頼《しげより》、その守護代斎藤利藤《としふじ》、出家して持是院《じぜいん》妙椿《みょうちん》を頼り、革手城下に春楊坊《しゅんようぼう》を結庵《けちあん》して滞在していた。妙椿の父利永《としなが》は正《しょう》徹《てつ》門の歌人であり、妙椿も和歌・連歌・漢詩文を能くし、しかも応仁の大乱の都から下向して来る貴族・文人らを保護した人物として知られる（米原正義『戦国武士と文芸の研究』）。この時期の美濃がきわめて文化的な雰囲気に満ちていたのは各種の史料が物語るところである（鶴崎裕雄『戦国の権力と寄合の文芸』）。なお、専順は文明八年三月二十日、美濃で没したことが『大乗院尋尊記』（四月二日条）に記されているが、そこに持是院に扶持《ふち》されていたことが書き添えられている。

十二月にはその専順の坊での「美濃千句」に出座した（天満宮本等）。十六日から二十六日にいたる長期の千句興行で、発句は四季題であった。第一何船百韻の発句は「人やいつ春のとひくるやどの梅　専順」、宗祇は第二何人百韻の「かすみさへ槇たつ山の夕かな」、第四何路百韻の「郭公ほどは雲井のはつ音哉」、第八何心百韻の「露にきえ木葉にちりて秋もなし」、番外何舟百韻の「冬ぞ見る一木がうへの四の季（とき）」の発句四句を詠んでいる。他の発句作者は紹永で、連衆は、他に、梵掲・慶菊丸・守保・経泰・重光・源泰・師阿・圭祐、永兼・蘭仲の名が散見するが、実質は専順・宗祇・紹永の三吟千句である。宗祇の到達した位置と力量が分かる。紹永という作者は京都での活動も散見するが、美濃での活動が顕著な作者である。『新撰菟玖波集』に十句入集し、作者部類に美濃国と注記があるが、「六角能登入道弟法師」（「諸家月並連歌抄」）という伝承もあって判然としない。「万里集九《ばんりしゅうきゅう》作品拾遺」（『五山文学新集』第六巻）に「連歌之紹永表号歌幷序」があり、連歌作者として認められていたことは分かる。専順の弟子として行動を共にしていたかとも考えられる。専順とともに美濃の文化圏の一角を担っていた連歌師である。

文明五年（一四七三）、宗祇五十三歳。

旧年に引き続いて、美濃で迎春だったろうか。『常縁集』や「老葉」に見える郡上での作はこの年の春のものとされる。四月には常縁からの伝授が完了する（書陵部「古今秘伝集」、井上宗雄『中世歌壇史の研究　室町前期』による）。常縁の奥書に「古今集之説悉以僧宗祇に授申畢」とあり、郡上篠脇城における伝授の総仕上げとされる。やがて美濃を離れ、都に向かう。

美濃滞在の意味

この美濃滞在の目的や意味は何だったのか。郡上に居たとされる常縁、また師専順への随順は勿論だろうが、常縁と妙椿の関係を視野に入れるならば、常縁の意を体して斎藤氏への表敬と考えられるだろう。応仁二年、郡上の東家の所領を奪った妙椿が常縁の愁訴の和歌に感動して返還したという説話（『鎌倉大草紙』）の真偽は確かめえないし、すでに過去のことだが、両者の間に問題があったことは否定できない。

なお、近年、東常縁の居城篠脇城や館のあった岐阜県郡上郡大和町に常縁を顕彰する「古今伝授の里・フィールドミュージアム」が設立された。またそれにちなんで論文集『東常縁』（井上宗雄・島津忠夫共編）が刊行され、宗祇と常縁とのかかわりを知るには便利である。

八月十九日には、近江志賀の辺で「何路百韻」に出座している。発句は「波にさけ花園近き秋の海　宗祇」。連衆は宗祇・宗元《そうげん》・元用・東照（国会図書館本等）。この発句は藤原良経《よしつね》の「明日よりは志賀の花園まれにだに誰かは訪はむ春のふるさと」（『新古今集』・春下）を踏まえているのは明らかである。宗元は小笠原美濃守入道《みののかみにゅうどう》、『新撰菟玖波集』に四句入集の作者である。

十月八日に、奈良成就院《じょうじゅいん》の一条兼良の連歌会に出座、また、兼良に銭五百疋を進上している（『大乗院尋尊記』）。兼良の連歌会には初参のような書き方がしてある。銭五百疋進上はその挨拶代りだったのか。

三　都の連歌師として

1　蓄積の整理と表出

文明六年（一四七四）、宗祇五十四歳である。この年は在京してこれまでの蓄積の整理と洛内外の交友に当てている。東国から帰ったというより東国から上洛して新しく京都の生活を始めたという印象である。京都での活動の拠点は種玉庵《しゆぎよくあん》造営以前であるから、後年紹巴《じようは》が「桂の枝橋」と表現した庵だったろう（後述）。

正月五日、元盛と「両吟何木百韻」を巻いた。元盛はおそらく地下《じげ》歌人としてこの時代活躍していた左衛門尉紀元盛《きのもともり》であろう。発句は「きのふより山の端遠し霞むらん　元盛」である（国会図書館本等）。同じく二十六日に、「心付事少々」（連歌心付之事）に自署奥書を記している（書陵部本）。要語をいくつかあげ、それにどのような言葉で付けるかを具体的に示した付合の入門書（これも質問に答えた返書が一篇として流通するようになったものであろう）である。この日付で誰かに献呈したのであろうが、長尾氏に宛てたと奥書にある本もあるから、もとは関東滞在時代の作かも知れない。末尾の注意もいかにも初心者に宛てた宗祇らしい心配りの文言である。

「萱草」の成立

二月下旬、句集「萱草《わすれぐさ》」の青蓮院准后尊応《しょうれんいんじゅごうそんおう》清書本が成立している。この日付は宗祇の手によって句集が完成した時ではなく、完成した「萱草」を尊応が清書し、外題と奥書は時の将軍足利義政《あしかがよしまさ》が執筆した日付であることが明らかにされている。しかし通例のこととして、それを遠く遡らない時期に成立していると思われる。この句集は宗祇にとって記念すべき第一自撰句集である。関東下向中の作を中心に、発句二百余、付句七百余を編んだものだが、これ以後成立した異本間の出入りは激しく、成立・書写伝播が複雑な経過を辿ったことが想定される、当初成立した本は句集の理想的な形を追い求めた宗祇の努力の軌跡と考えられている。ちなみに宗祇は句集のネーミングにも、「萱草」「下草」「老葉《わくらば》」「宇良葉《うらば》」と「ことのは」の寄せで一貫している。一種の完全癖を窺わせる。

後土御門天皇と宗祇

文明七年（一四七五）、宗祇五十五歳。

四月六日、後土御門《ごつちみかど》天皇より山科言国《やましなときくに》に対し「宗祇沙汰ノ連歌事」の書写の下命があった。内容は不明だが、「双紙」と表現され、書写に四日かかり、しかも天皇が重ねて校合を命じているところから、それなりの重要な本だったようである。可能性として考えられるのは、完成したばかりの（まだ名前がなかった）句集（『萱草』）か編集が進行しつつあった『竹林抄』の草稿本であろう。前年の青蓮院本の例から可能性が高いのは『萱草』ではないかと考える。十日、言国はその書写を完了し進上した（『言国卿記』）。同二十日、飛鳥井雅親・蒲生貞秀（智閑《ちかん》）等の歌会に出座した（『智閑集』）。近江に下向中のことであろうか。蒲生智閑は「一　修業時代まで」の「1　宗祇誕生の周辺」の項で紹介した人物である。

七月下旬、興俊（兼載）のために『源氏物語』を講釈した（広島大学蔵「弄花抄」、湯之上早苗「兼載と興俊」による）。このあたり、宗祇と兼載の師弟関係は成立していたらしい。興俊が宗祇の「宗」を得て「宗春」と名乗るのはこの状況下であろうか。

九月十日、奈良成就院の一条兼良を訪問（『大乗院尋尊記』）。同十五日、「ささめごと」に識語を記した（「日本歌学大系本」ほか）。奈良滞在中のことであるから、当地の人の求めに応じて書写したのかも知れない。同じく二十三日から二十五日まで、奈良における千句連歌会に出座している。この千句は第九山何百韻しか現存していないが、連衆は是《ぜ》観《かん》・宗珍・賢林・宗祇・果般・春海・証了・一覚・快宿・良（大阪天満宮本等）。宗祇が奈良において、兼良・尋尊以外のところで連歌活動を展開していたことを示す貴重な資料である。連衆はほとんど南都在住の連歌作者だったと思われるが、一覚は『新撰菟玖波集』に一句入集している一条道場の僧であろうか。三十日は再び成就院の一条兼良の連歌会に出座している（『大乗院尋尊記』）。なお「堀河院百首」の講義を兼良から受けたかと推測されている（「堀河次郎百首抄出」）。

「種玉編次抄」の成立

十二月、「種玉編《しゆぎよくへん》次抄《じしよう》」が成立した（三手文庫本等）。宗祇の古典注釈の第一作である。その序に言う。「光源氏の物語の巻序は所々乱れていて、内容がうまくつかめないことが多いようです。とりわけ薫大将の巻から宇治の椎本までことに雑乱して分別しにくいと思います。『源氏物語』を深く理解できる人々には問題ないでしょうが、すべてのことについて、その方面に暗い人を導く方法は必要だと思いますので、管見の憚りを顧みず書き付けることにしました。」

薫大将の巻とは匂宮《におうのみや》巻を指すが、そこから宇治十帖の椎本までの五帖について、物語の時間的な配置と筋の展開によって巻序を考察したものである。短い著作であるが、登場人物の官位や称呼を分析して合理的な理解を提示しようとしている。末尾に文明七年十二月の日付があり、宗祇がこれを完成した日付と理解されるが、その後に三条西実隆が文明十三年に付した識語があり、それには「宗祇法師がこの物語を講義した時に、巻の順序について所々でいささか質問をしたところ、これを示されたので早速書写した」という旨が語られている。「種玉編次抄」の成立と実隆が聞いた講義との時間的な前後関係は明確ではないが、実隆の疑問に対してすでにあった著作を提示したと見るべきであろう。したがってこの著作が最初誰に宛てて書かれたものかは分からない。文明七年の興俊（兼載）に対する源氏講釈がその機縁だった可能性はある。

文明八年（一四七六）、宗祇五十六歳。

正月二十八日、幕府連歌会に出座した。前年文明七年九月十七日に征夷大将軍《せいいたいしょうぐん》に任ぜられた足利義尚《よしひさ》の主催である。弱冠十一歳の義尚は、「とけにけりさ浪の花のひもかがみ　相」と発句を詠んでいる。連衆は『言国卿記』の記述に従えば、二条太閤（持通）・青蓮院（尊応）・実相院《じっそういん》（増運）・前内府・シヤウゴ院（聖護院道興）・馬頭《うまのかみ》（細川政国）・伊勢・杉原（宗伊法師）・ハガ（羽賀垪和）・杉原（長恒、執筆）・三井・アケチ（明智政宣）・初参宗祇・ヱイアミ、である（括弧内は推定）。もちろん日記の筆者である山科言国も参加している。宗祇は注記にあるように、初参である。二条持通・青蓮院尊応（「萱草」を清書した）らが宗祇のかねてからの知己であり、この時期の宗祇の名声からすれば参加を許されるのは自然の成り行きであったろう。

ところで、これに先立つ正月十一日、宗祇は春日末社左抛《さなげ》明神法楽の「独吟何路百韻」を詠んでいる。発句は「朝なげにさしそふ春の光哉」である。諸伝本少なくないが、「宇良葉」にも百韻全体が収録され、その奥書に「此百韻は将軍家の御会にはじめて召し加えられ侍りし時」とあり、年齢五十六歳を添え書きしてあるから、まさしくこの年、弱冠十二歳の将軍義尚の連歌会に召し加えられた時の作となる。左抛明神法楽としたのは年少の将軍のために、人の和を尊ぶ神への祈願であったという推測がある（金子金治郎「宗祇の謎」）。

2　再びの美濃千句

「表佐千句」の成立

文明八年三月六日から八日の三日間、美濃国において「表佐《おさ》千句」が興行された。文明四年の「美濃千句」に対して「後美濃千句」と呼ばれることもあり、「阿弥陀寺千句」「河瀬千句」「十花千句」「美濃十花千句」等とも呼ばれる。興行場所もテクストにより美濃国河瀬方、革手、阿弥陀寺などと記載されていて判然としない。興行場所が日によって変わったためかもしれない。なお表佐《おさ》は阿弥陀寺（時宗）の所在地（現岐阜県不破郡垂井《たるい》町）である。第一何人百韻の発句は「花ぞ雲かけても吹な天津風　専順」、宗祇は第二・第八百韻の発句を詠んでいる。発句作者は他に紹永《じょうえい》・氏忠・俊重・甚昭・猿君で、「十花千句」の別名の通り、各発句に花を詠み込む。連衆は、以上の他、清玉・正玄・承世・玄初・続家・重阿・実永・経泰（大阪天満宮本等）。専順は同月二十日に死去しているから最後の作品といってよい。専順は不慮の死を遂げたらしいことは『大乗院寺社雑事記』の記事から推測可能だが、詳細は分からない。宗祇が師専順の死に際しての感慨を残した資料は残っていない。

美濃文化圏

この時期の美濃が一つの文化圏を形成していたことはすでに述べた。連歌の興行でもそれは裏付けられる。文明四年の「美濃千句」は四季題千句であった。前年文明七年「因幡千句」（美濃国因幡で興行された千句。宗祇は参加していないが、専順・紹永を中心に、宗春時代の兼載も出座している）は発句すべてに雪を詠む、いわゆる雪千句であった。この「表佐千句」は花千句である。月千句がこれに加われば壮大な連歌世界が完結することになる。専順の急逝がそれを果たさせなかったとしてよいであろう。これを演出したのは紹永（前述）であると推測されている（鶴崎『戦国の権力と寄合の文芸』）。

種玉庵開き

「表佐千句」のあと美濃国郡上《ぐじょう》に東常縁を訪問したらしい（伊地知『宗祇』）が、四月二十三日には宗祇はすでに京都に在る。管領畠山政長《はたけやままさなが》の発句「ことの葉の種や玉さくふかみ草」に始まる何船百韻に参加しているからである。連衆は、畠山政長・宗祇・杉原賢盛《かたもり》・長興宿禰《ながおきのすくね》等（京都大学本）。発句は明らかに「種玉庵」を詠み込んでいるから新営した草庵開きの連歌会であろう（次項参照）。種玉は中国の古典『捜神記《そうしんき》』にある故事に依ったとされる。漢の羊公《ようこう》は、その篤行によって、石を種《う》えて美玉と好妻を得たという。誰がこの名を選んだか、宗祇がどのような思いでこの庵に住んだかはまったく分からない。指摘されているように宗祇の号の一つ「見外斎《けんがいさい》」の「見外」も『捜神記』を出典とすることを考えると、宗祇自身の思い入れがあっての命名だったかも知れないが、周辺の禅僧のかかわりも否定できない。

『竹林抄』の成立

五月二十三日、奈良の一条兼良に『竹林抄』の序文を請うている（『大乗院尋尊記』）。「宗祇申す、連歌相続七人の作者を十巻と為す。序のこと、これを申し入る。名は竹林抄」（原漢文）とある。『竹林抄』は宗祇の先達七人――宗砌《そうぜい》・専順《せんじゅん》・賢盛《かたもり》・智《ち》蘊《うん》・心《しん》敬《けい》・能阿《のうあ》・行助《ぎょうじょ》――を竹林の七賢人になぞらえてそれらの優れた句を収集し、整然とした分類編集した連歌句集で、宗祇の連歌の淵源を知るべき撰集であり、『新撰菟玖波集』の中心的な資料ともなった重要な作品集である。それが完成したので兼良に序を依頼したのである（「第三　宗祇の遺したもの」の部参照）。

ちなみに、同じ文明八年五月の日付を持つ、一条（兼良）加点の百韻連歌が伝来している（松平文庫本）。形態から後土御門天皇の作に兼良が点を加えたと見られ、宗祇が同じ時に持参し兼良の点を求めたという推測がある（岩下紀之『連歌史の諸相』）。宗祇と天皇との関係は、同年十二月十八日、『古今集』一部を進上している事実によっても知られる（『言国卿記』）。

3　種玉庵造営

種玉庵《しゅぎょくあん》の草庵開きの会が催されたことは前項で述べた。宗祇の号としてもしばしば用いられる「種玉庵」は、西洞院正親町《にしのとういんおおぎまち》の入江御所《いりえごしょ》の南に造営された。文明五年秋のころ東国から帰京し、奈良・美濃への旅行はあったが、ほぼ京都中心の生活になった。後世、紹巴は「桂の枝橋とて、宗祇在京の始め住める所」（「富士見道記」）という記事を残している。「在京」の意味するところは曖昧だが、無名時代から関東遍歴時代を経て次第に名を挙げてゆく経過を考えれば、人々の目に映った宗祇の在京の始まりは、関東から帰京した文明五年がふさわしい（金子『宗祇の生活と作品』）。文明五年以前の宗祇は《京にはいなかった》のである。紹巴の記事は種玉庵という宗祇の文事の拠点が造営される前という含みのある表現と取ることも可能である。この桂の枝橋は、今は廃絶した桂橋寺とされ、現在の高台寺《こうだいじ》塔頭《たっちゅう》岡林院《こうりんいん》の地だという（「京都坊目誌廿二」）。

他にも宗祇の旧跡は京洛内外に数箇所ある。「嵐（山）の紅葉見にまかりぬるに、古寺の門前に草庵ありて、宗祇源氏物語見るとて、こもりゐたりしあと……」（「再昌草」文亀二年九月二十四日）は嵐山法輪寺《あらしやまほうりんじ》のかたわらの草庵とされる。これは宗祇の『源氏物語』講釈が目立つようになる時期を考慮すれば、桂の枝橋の次に住んだ庵室ではないか（後述）。また、晩年に住んだ、摂津の住吉と和泉堺の間の「摂津国の閑居」（「宗祇集」）もあった。当然、東国に滞在していた時期は「あづまにて、かりそめの草庵を結びしころ」（「萱草」）のような住居もあったはずである。

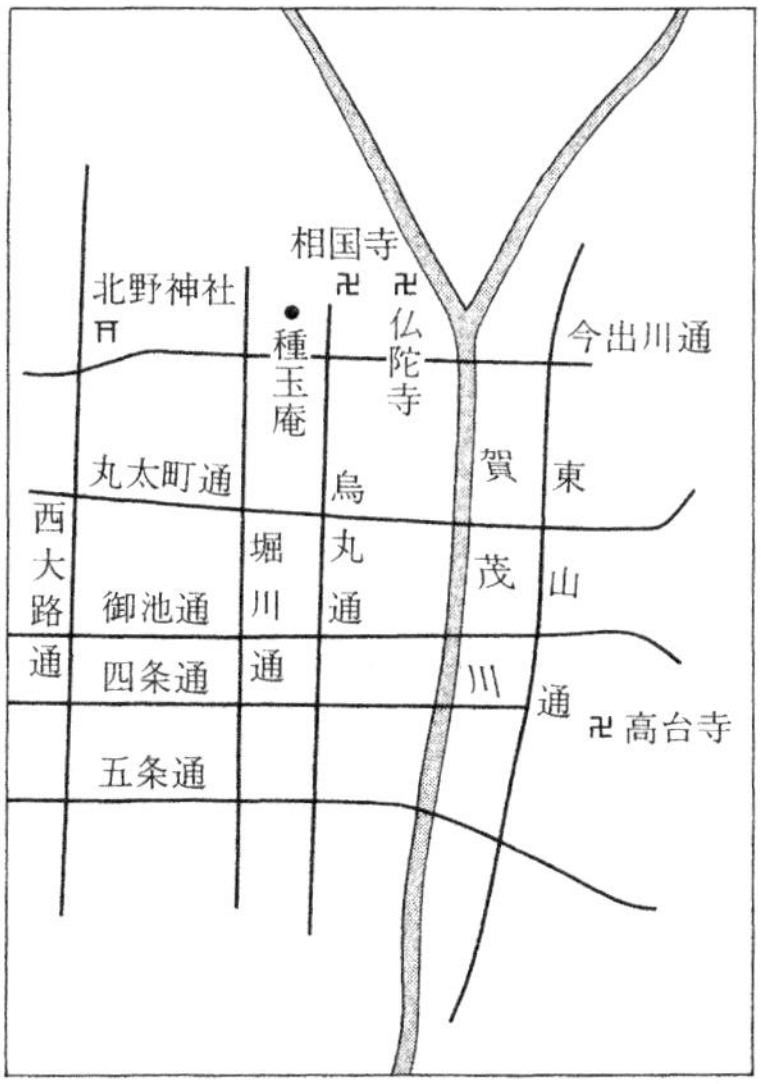

種玉庵の位置

それらの中で最も著名なのがこの種

玉庵である。どこにあったかは詳細な考証がある（金子『連歌師と紀行』）。しかし入江殿《いりえどの》つまり三時知恩寺《さんじちおんじ》（現在の上京区上立売町）の当時の位置が確定できないこともあって、それに隣接していたという種玉庵の位置は曖昧な点が残る。しかし、重要なのは場所の特定よりも、その庵がこれから宗祇の、いや当時の京都在住者、来訪者を問わず文雅の人士の文化的活動の重要な拠点として機能してゆくことにある。

杉重道との連歌

文明九年（一四七七）、宗祇五十七歳。

正月二十二日、京都の杉美作守重道《みまさかのかみしげみち》の陣所における「何船百韻」に出座した。杉美作守重道は大内家の重臣の一人である。発句は「風ふかぬ世になまたれそ春の花　宗祇」。連衆は宗祇・杉重道・大内政弘《まさひろ》・光知・日与・弘朝・伊訓・弘相《ひろすけ》・国観・武道・房行・利玄・正任《ただとう》（大内重臣、相良氏）・弘実・日顕・立承・基佐《もとすけ》・宗親（天理本等）。この杉や大内との交遊関係は後の中国・九州の旅に役立つものになるのはいうまでもない。

二月二十日、三条西実隆は『竹林抄』冬部の書写を内府三条公敦《きんあつ》に依頼され、二十七日に公敦のもとに持参した（『実隆公記』）。『実隆公記』によれば、宗祇と実隆の具体的な交友関係はこの年九月であるから（後述）、それに先んじてのことである。宗祇の編纂物がこのように需要があり、宗祇が関わらない場所でその流通が行なわれているのは前述した「宗祇沙汰の連歌」と同様だが、そのように注目を集めていたことが知られ興味深い。

4　宗祇の長歌

常縁へ贈った長歌

「宗祇集」に「文明三の年、東下野前司常縁より古今伝受《ママ》の後、年を重ねて相伝のうへに猶のぞむことありて、奉りし長歌」という詞書を持つ長歌と反歌が収録されている。つまり、文明三年に東常縁から古今伝授を受けて以来の年月にいくつか相伝の機会があったが、なおその上に希望があって、この長歌を奉ったというのである。長歌の趣は、和歌の道を賞揚し、あやしい身の私ながら、あなたの深い恵みによって伝授を受けてから、すでに早くも五、六年経って、わが身の老いを嘆いていたが、このような嬉しい春にめぐりあって、今一度の御言葉を聞きたく、さらに深い道を教えて下さい、というものである。この長歌の成立は、一節に「すでにはや　五とせ六とせ　すぎぬれば」とあるから、文明三年から数えて五、六年の文明八、九年の作ということになる。

　ところで、某年二月晦日、宗祇は常縁に書状を送り、三月三日、常縁はそれに返信した。宗祇の書状は残っていないが、常縁の返書（書陵部本）からそのいきさつがわかる。

その中で常縁は、『千載集《せんざいしゅう》』についての説、切紙調進のこと、円雅《えんが》との交渉のこと、高倉の高足であったこと、宗祇所持の高倉の筆跡についての無心などを縷々述べている。高倉というのは堯孝《ぎょうこう》を指すと考証されている（井上宗雄「堯憲・堯恵・円雅・常縁」）。

返信の中で触れられている切紙は、現存する文明九年四月五日付けのもの（書陵部「常縁文之写」）と一致すると推定され、したがって常縁書状の日付は文明九年三月三日となり、宗祇はそれの少し前の二月晦日に常縁に書状を送っていることになる。この経過の中に先の長歌はうまく収まる内容を示している。したがって、長歌は文明九年二月晦日の宗祇書状に添えられたものとしてよいことになる。

以上を整理すれば、

文明九年二月晦日　宗祇、東常縁宛に伝授を求める書状に一編の長歌を添えて送る。
同年三月三日　常縁、宗祇に返書を送る。
同年四月五日　常縁、宗祇に切紙伝授を行なう。

この常縁から宗祇への伝授は、講釈の終了後、重要なあるいは解説漏れの生じた個所を文章化したもので、きわめて合理的な内容である。五月二十日、常縁は宗祇を介して伊勢の貞宗に美濃紙二束を贈っている（「親元日記」）。したがって四月五日の伝授は美濃郡上で行なわれたのであろう。

文明九年の足跡をさらに追ってゆく。

七月十一日、実隆は日記に「早旦於宗祇草庵、有源氏第二巻講釈」と記した。種玉庵における源氏の早朝講座に実隆（時に二十五歳）が出向いているのである。これが現存資料によって知られる実隆と宗祇の直接的交流の最初とされる。都に帰った宗祇が、嵐山の古寺のほとりの草庵（前述）で『源氏物語』を集中的に学習し、この日に備えたという推測（島津『連歌師宗祇』）は興味深い。種玉庵の《公開的性格》については既述したが、この年と翌年に正宗竜統（東常縁の弟）の「三体詩」講釈があったことを注意しておきたい。

三条西実隆との交友

七月十八日、三条西亭で南都下向について禁裏の命を受け、二十九日、奈良成就院の一条兼良を訪問し、禁裏歌会「七夕七十番歌合」判詞依頼の件を伝えた。また大乗院尋尊に京都の近況を語っている（『大乗院尋尊記』）。八月二日、成就院の一条兼良の連歌会に出座した。

この年、宗祇講釈肖柏聞書《しょうはくききがき》「伊勢物語肖聞抄」が成った（片桐洋一『伊勢物語の研究　資料編』）。ただし、成立については不分明な点が多い。

5 越後へ

相国寺での和漢聯句

文明十年（一四七八）、宗祇五十八歳。

春、「和漢聯句百韻」に出座した（彰考館本等）。発句は「雲は花なぎたる山のあさけかな　旅」。旅は飛鳥井雅親の一字名。雅親は発句のみであるが、作者の顔触れは、蘭坡《らんぱ》景茝《けいし》・正宗竜統《しょうじゅうりゅうとう》・顕室等誠《けんしつとうじょう》・景徐周麟《けいじょしゅうりん》ら五山の禅僧、武田大膳大夫《だいぜんのだいぶ》宗勲《そうくん》（国信《くにのぶ》）・寺井賢仲（宗巧）・蜷川親元《にながわちかもと》（智蘊《ちうん》の子）ら武家、北野の禅椿《ぜんちん》・吉田神社の卜部兼致《うらべかねむね》ら神道関係者、宗祇・肖柏・宗春（兼載）ら連歌師などによって構成されている。漢句を詠むのは五山僧、和句は武家・連歌師、卜部兼致は漢句、北野禅椿は和句である。興行場所は脇を詠む蘭坡の住している相国寺であろうか。宗祇の禅僧や神道家との具体的な交流が見られる貴重な資料であるが、実はこの和漢聯句には年月日の記載がなく、文明十年春の作とするのは金子氏の考証（「兼載伝の再吟味」）による。

第一回越後下向

三月十五日、宗祇の尋尊宛書状が大乗院に届いた。帰洛した一条兼良の近況や宗祇の越後下向予定などを報じている（『大乗院尋尊記』）。兼良からはすでに二月に有職書『代始和抄』を受けている。そして三月下旬頃、越後下向のため離京した。生涯七度に及ぶ宗祇の越後行の第一回目であった。宗歓《そうかん》（宗長《そうちょう》）が同行した。

四月十八日、宗歓に「百人一首抄」を伝授している（書陵部本等）。また、十一月、関東の連歌作者広幢は自作の連歌付句と発句の合点を宗祇に所望している（「広幢句集」）。これが関東でのことであれば、宗祇は北陸道経由ではなく、東国から越後を目指したことが想定されるが、詳細は不明である。

十二月二十五日夜半、京都で火事があり、小川と室町の間が約四時間ほど焼けた。「宗祇之在所同焼了」と『大乗院寺社雑事記』が記しているように、留守中の種玉庵も焼亡した。第一次種玉庵は三年余で失われたことになる。

越後から越前へ

文明十一年（一四七九）、宗祇五十九歳の春は越後で迎えたらしい。

二月、越後府中において『伊勢物語』の講釈を行ない、宗歓は聞書「伊勢物語宗歓聞書」をまとめた（京都大学本）。同じ頃上杉家千句連歌会に出座している（「老葉」（初編本））。越後をいつ出立したか分からないが、三月、越前一乗谷《いちじょうがたに》の朝倉弾正左衛門《だんじょうさえもんのじょう》尉孝景《たかかげ》に「老のすさみ」を贈っている（尊経閣本等）から、その頃は帰京の途中であったようだ。しかし、九月上旬頃、若狭小浜《わかさおばま》の武田光録《こうろく》（光録は光禄が正しく、大膳大夫の意。ここでは国信を指す）の館の千句連歌会に出座したと推測されている（「老葉」（初編本））ので、越前周辺の逗留もかなり長期にわたったことになる。一乗谷がこの時代の地方文化の拠点の一つであったことは有名な事実である。都から多くの文人が訪問し滞在していた様子は驚くべきものがある（米原正義『戦国武士と文芸の研究』）。宗祇の訪問も九回を下らないとされる。

帰京後の活動

九月下旬頃、帰京したらしい。閏九月五日に実隆は種玉庵を訪問している。前年の暮れに焼けたのがすでに再建されていたのであろうか。八日には宗祇が三条西亭を訪問、肖柏《しょうはく》が同行した。十日、実隆は大内家領国に在住の三条公敦《きんあつ》への書状の便を宗祇に依頼した。先日宗祇が九州に「便風」があることを実隆に語ったことによる。

十二月十八日は年内立春であった。沼田三左貞胤亭の連歌会に出座した。発句は「梅ぞまつとなりにほはす春の花　賢盛」、連衆は、賢盛《かたもり》・賢仲・政孝・親宣・頼宣（明智）・貞胤、宗祇など（「諸家月次聯歌抄」）。

十二月、卜部兼致から「大嘗会之事《だいじょうえ》」一書を伝授された（書陵部本）。兼致とは前年の春、和漢聯句で同座したことを紹介した。また、伝記冒頭で紹介した周麟の「種玉宗祇庵主肖像賛」に「公の卜部氏に就きて一書を伝ふるを聞きては鶏卵の天綻び」（原漢文）とあるのと符合する可能性も指摘されている。ちなみに公とは宗祇を指し、鶏卵の天綻ぶとは暁天を迎えることを言う。なお、文明十五年四月八日にも兼致から神道伝授の切紙を得ている。

四　筑紫への旅

1　『筑紫道記』の旅その一　山口から九州へ

筑紫へ

文明十二年（一四八〇）、宗祇は六十歳の還暦を迎え、中国・九州への長途の旅を試みる。正月二十三日、在京中の寺井賢仲《かたなか》（若狭武田氏の臣）の連歌会に出座。発句は賢仲の「梅遠き匂ひの宿や春のかぜ」であるが、「梅遠き匂ひ」に太宰府への旅に出ようとする宗祇への挨拶が込められている。宗祇の脇は「雪に霞の白妙の袖」であった（「諸家月次聯歌抄」）。このほか、時期は春とだけで明確ではないが、摂津の富松三郎左衛門尉の宿所で『伊勢物語』を講釈している（池田本「伊勢物語聞書」）のが出発前の事跡である。

山口まで

五月上旬頃離京したようである。宗歓《そうかん》（宗長《そうちょう》）と宗作が同行している。紀行『筑紫道記』は「文明十二の年、水無月《みなづき》のはじめ、周防《すおう》国山口といふに下りぬ」と始まり、京都から山口までの行程は記述されていない。備中笠岡《かさおか》（現岡山県笠岡市）での発句「山松の

大内政弘の墓
政弘の菩提寺であった法泉寺の裏手の杉林の中にある。

かげやうきみる夏の海」が「老葉」に収録されているのがわずかな途上の記録である。「下草」に見える、笠岡・書写・備中国庄春資などは復路か、別の時かはっきりはしないが、縁のある土地柄なのであろう。なお、庄氏は猿掛城（現岡山県小田郡矢掛町）を本拠とする名族。

この旅行は、「左京兆のかぐはしき契り深うして」実現したものである。左京兆は当時の西国の雄、大内氏二十九代の政弘である。応仁の乱に際して在京中だった政弘が宗祇と接触したのが両者の交遊の初めであろう。文明九年正月二十二日、大内重臣の杉重道の陣所で行なわれた連歌会に宗祇と政弘が同席していることはすでに述べた。

さて、六月上旬、山口に到着した宗祇は当然大内氏の庇護のもと、所々の雅会に参加している。大内政弘の館での発句「池はうみこずゑは夏のみ山かな」(「老葉」(初編本))はそのひとつであろう。今は土居の一部が残るだけで往時を忍ぶべくもない築山館《つきやまやかた》であるが、詞書に「この所のさま」を詠めと宗祇に所望した政弘の自信からその結構の見事さが想像される。

山口滞在中の作は、八月、周防神光寺《じんこうじ》(現山口市上宇野令の神福寺の前身神光寺か、当時八幡宮の神宮寺であったという)の旅宿での八幡宮法楽「何路百韻」、発句「月を風あらはす竹のは山哉　宗祇」による宗祇・宗歓(宗長)・宗雅《そうが》の三吟(大阪天満宮本)や同じころの「独吟百韻」が残る。後者は発句「見るまゝにさながら月の心かな」のみ大内政弘の作である(東京大学本)。

約三ヵ月の山口滞在ののち、九月六日、九州へ向けて出立する。その旅の準備も道中の保護も政弘の沙汰によって万全に行なわれたことが紀行の文面から分かる。

津の市(現在の小郡辺)、周防・長門の国境を経て、舟木の吉祥院に立ち寄り二泊する。ここに、すでに述べた相国寺修行時代の旧友が住していたのである。

旅を続ける一行は、今宿(現在は厚狭《あさ》市の中に含まれる、厚狭川東岸の村落)を過ぎて舟で埴生の浦に到着する。川を下り海岸に沿って短い船旅をしたのであろう。一泊してさらに船

満珠島・干珠島

旅を続け、途中で、満珠《まんじゅ》島・干珠《かんじゅ》島を見ながら豊浦《とようら》に上陸し、豊浦宮に宿泊した。九月八日であった。その夕方、紀行に「夕月夜のかげをかしき程に、海の上もなぎわたりて心澄めり」と発句「月にみつ夕しほさむし秋の海」を詠んだ状況が記される。翌九日、豊浦宮参拝の後、宮司武内忠国《たけのうちただくに》亭で連歌の会が催された。発句は宗祇が前日詠んだ「月にみつ」である。この「何人百韻」は幸い現存していて(天満宮文庫等)その連衆や句の運びが知られる。ただし日付は八日である。作者は、宗祇・忠国、明猷、宗賀・良性、宗作・宗歓《そうかん》・貞泰・千代丸・乗盛である。脇は忠国の「風見え初むるうす霧の松」であった。

長門住吉神社

門　司（赤間神宮）

翌十日早朝、長門住吉神社に参拝した。宗祇は神さびた雰囲気に感動し、神主に需《もと》められた発句を「松風やけふも神代の秋の声」と詠んでいる。次いで赤間関《あかまがせき》に行き、海流の激しい早鞆《はやとも》の瀬戸の向こうに九州豊前国を眺め、その日は阿弥陀寺を宿とする。この寺には、目の前の海で命終した安徳《あんとく》天皇や平家の人々の影が祀られていて、宗祇はそれらにかなりの筆を費やし感慨を述べている。今、阿弥陀寺は名前を安徳天皇陵にとどめて、本体は赤間神宮となっている。この地で宗祇は門司家親《もじいえちか》、門司能秀《もじよしひで》らと交遊、発句「舟みえて霧も迫門こすあらしかな」、「戸ざしせぬ関にせきもるもみぢかな」を詠み、十二日夕刻には亀山八幡宮に詣でて、発句「あきとほし亀の上なる峰の松」を詠じている。なお、このあたり、日付は紀行によれば矛盾する点無きにしもあらずで、以上の復元も確定的ではなく、一日二日の違いが生ずる可能性もある。

九州へ

九月十三日早朝、能秀の差配で門司より乗船、安徳天皇行宮《あんぐう》の跡である柳《やなぎ》の浦《うら》を過ぎ、菊の高浜を眺め、船中で連歌一折があった。発句はそれに因んで「花ならぬ真砂もきくの浜路かな」である。やがて、筑前若松の浦に上陸し、土地の麻生《あそう》氏兄弟に迎えられ、ある寺に入る。

この寺は「筑前続風土記」によれば「正法寺といふ禅寺なり、今は廃してなし」とある。麻生兄弟は紀行に「この二人は将軍家奉公の人に侍れば、都の物語こまやかにして」と紹介されているから室町幕府出仕の経験を有する地方武士ということになるが、この文面から京都での交流はなかったようである。

2　『筑紫道記』の旅その二　筑紫周回から山口へ

天神の夢

九月十四日、木屋瀬（今の北九州市八幡西区木屋瀬《こやのせ》）に宿った暁の夢に、「をとこ天神」と名乗るものが現われ、宗祇に扇を賜ると見た。太宰府《だざいふ》に近く、しかも連歌の神として尊崇されていた天神の夢ということで、同行者ともども神の冥助と喜びあう。

明けて十五日、筑前守護《しゅご》代《だい》陶《すえ》弘詮《ひろあき》の館に至り、傍らの禅院に宿る。翌日宗祇の一行は陶弘詮の館でもてなしを受け、千手《せんじゅ》治部少輔・杉弘相《ひろすけ》らと連歌を巻いた。宗祇の発句「ひろくみよ民の草葉の秋のはな」は、この国の守護陶氏に対する挨拶である。陶弘詮は周防国守護代陶弘護《ひろもり》の弟で文明十一年（一四七九）筑前国守護代になった。守護代居館の場所は特定されていない。千手・杉両氏は陶、広くは大内配下の武将の家系である。特に杉弘相は応仁の乱に上京した大内氏に従った武将で「都より志浅からねば」という宗祇との親交もその時が始まりという。

十六日、杉弘相のゆかりの長尾（今の嘉穂《かほ》郡筑穂町長尾）で百韻連歌会に出座する。長尾は太宰府へ越える米の山峠の登り口にあたり、かつては駅館があったという（『嘉穂郡志』）。宗祇の発句「もみぢしてなをみどりそふ深山かな」は山深いその辺りの描写であり、杉氏の杉の緑を含ませた挨拶でもある。

そこから宰府聖廟を目指して、蘆《あし》城《き》山《やま》（今の米の山峠とされる）の険しい山道をしのぎ、太宰府宿坊満盛院《まんじょういん》に到着したのは夕暮であった。土地の郡司深野筑前守が扇を携えて歓迎のあいさつに来ると、天神の夢との符合に神慮を感じたと紀行は記している。満盛院は宮司三家の一として枢要の位置を占める坊で、ここにも大内の威勢が及んでいることが知られる。

太宰府天満宮

十八日早朝、かねて念願の太宰府天満宮に社僧一人を伴い参拝する。西行《さいぎょう》・源《みなもとの》俊《とし》頼《より》ら古人を想起しながら、宗祇はここに在ることに深い感動を覚えている。そして「ただ敬神の心一筋にまかせて」歌を詠む。紀行にはこれまで平家の公達《きんだち》を偲ぶ一首、蘆城山越えの心細さを詠んだ一首の都合二首の和歌が記録されているが、この霊地では三首の和歌を残している。宗祇の歌人意識とかかわりがあるかもしれない。

天満宮の神さびた壮麗さに比して、「安楽寺いたう廃して、かはら落ち軒破れて」の状態であったことが記述から分かるのも興味深い。宗祇は柿本人麻呂の木像のある所が連歌会所と聞いて「菊はただ梅に親しき匂ひかな」と詠んだ。菊の季節を天神の梅によそえた句である。この日、宿坊の連歌会に出座し、発句「とりもあへぬ幣はあらしの紅葉哉」を詠み、人々と聖廟法楽の一巻を巻いた。

十九日、前日の菊の発句で連歌会があり、杉弘相も来会し興を添えた。次いで、観音堂・阿弥陀堂・戒壇院《かいだんいん》のみわずかに残り、昔日の面影を失った観音寺を訪れる。南都東大寺の末寺として東大寺の衆徒《しゅと》が寺主をつとめ、都の風情を保っていることを宗祇は評価している。

翌二十日、天満宮花台坊《けたいぼう》の連歌会に出座した。この坊を杉弘相は宿所にしているという。発句は「染川はしぐれし山の雫かな」。染川は前日、宗祇が帰坊の途中見かけた川の名である。未《ひつじ》の刻（午後二時頃）、思いがけず早く終わった連歌会のあと、兵部の君という法師があたりの名所の案内を買って出て、かまど山・思川・染川・木の丸殿跡（都府楼跡）・天拝が嵩《たけ》・刈萱《かるかや》の関・水城《みずき》跡・三笠の杜を回遊また遠望する。およそ有名ポイントはすべてカバーしている感がある。いわゆる観光案内の態勢

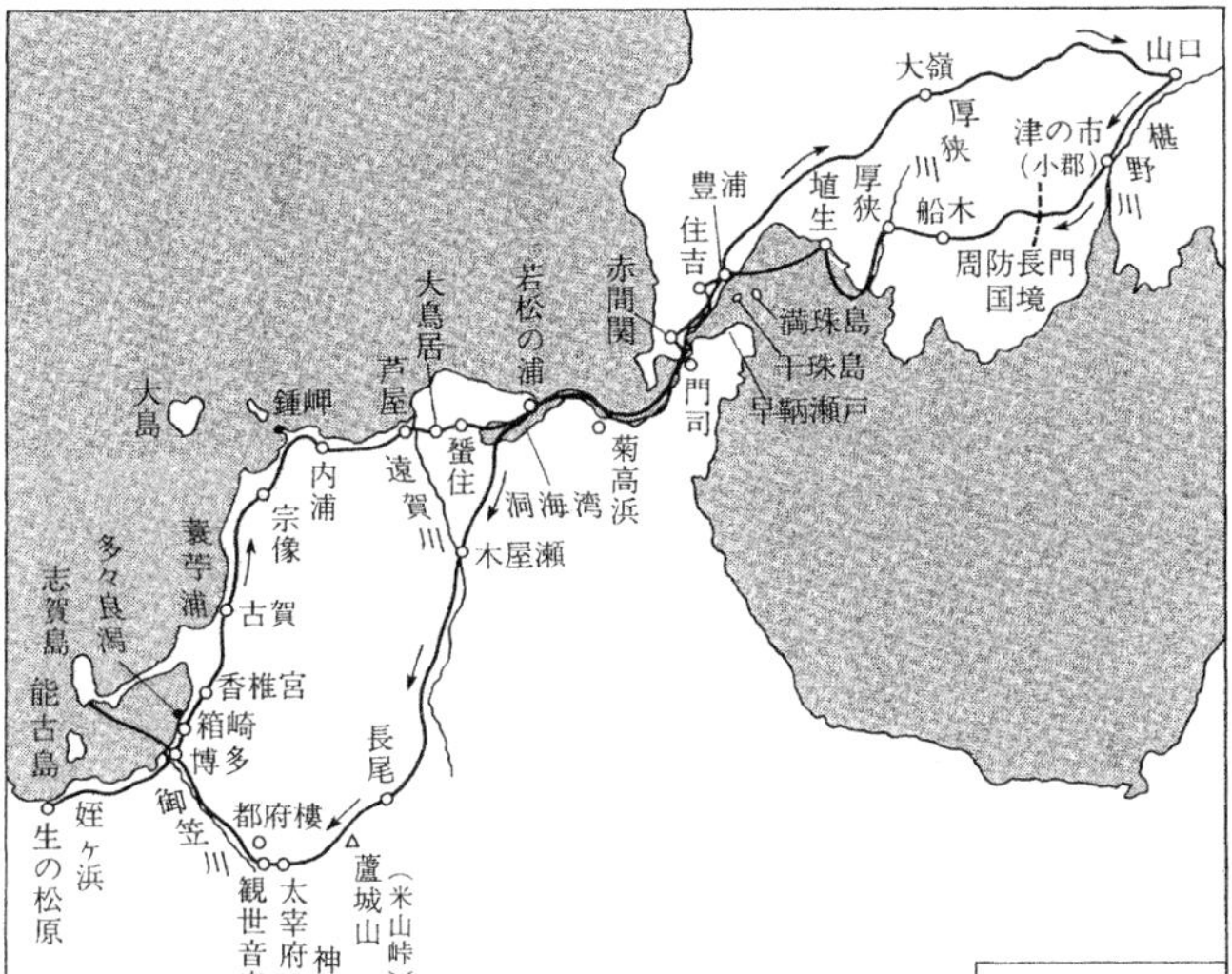

『筑紫道記』の旅程図

がこの時期すでに出来ていたことが分かる。この小旅行は馬で行なわれている。

3　博多から山口へ――松に寄せる思い――

夕刻、博多に到着し竜宮寺に宿をとった。博多を知行する山鹿《やまが》壱岐守《いきのかみ》がなにくれと宗祇の世話をする。宗祇は所の様を、

前に入り海はるかにして、志賀の島を見渡して、沖には大船おほくかかれり。もろこし人もや乗りけんと見ゆ。……仏閣僧坊数も知らず、人民の上下門をならべ軒をあらそひて、その境四方に広し。

と、博多が当時貿易港として賑わっていて、住民も多かったことを記している。

翌二十一日、船を出し志賀島《しかのしま》に渡る。志賀海神社に参拝し接待を受け、そこから野古の島（おのころ島か）・たたら潟・香椎《かしい》の浦《うら》を望む。竜宮寺に帰り、住吉神社に詣でると、この十年余りの戦乱で荒廃している様があらわであったが、松の大木が顕した奇跡に宗祇は感動して歌を詠んでいる。松に対する宗祇の思い入れは後にまとめて述べる。

二十四日から二十六日の三日間、杉弘相主催の千句連歌会があり、宗祇は第十百韻の発句「夕浪にかへるもあきやにしの海」を詠んだ。この旅行中唯一の千句連歌であるし、

「弘相宿願の千句」と紀行は記している注目すべき作品なのだが、残念ながら断片すら現存していないので、作者や規模についてはこれ以上知るところがない。おそらく杉氏を中心として、関わりのある人々を糾合した一大興行だったろう。

ここに興味深い指摘がある。この宗祇の発句は「帰る」「秋」「西の海」がキーワードになっているが、それを、

光俊朝臣よませ侍りける住吉社三十首に、神祇を　卜部兼直
西の海やあはぎの浦の潮路よりあらはれ出し住吉の神
（『続古今集』七二七）

を媒介として、大内氏が行なっていた対明貿易の船路の安全を住吉の神に祈念する意が込められているとし、この千句の興行目的が大内氏の遣明船の海路平安を祈ることであったとするのである（金子『宗祇の生活と作品』）。すでに述べた、貿易港和泉堺と宗祇を結ぶ線上に住吉神社と相国寺があることやこの千句の句上げの杉弘相の作者注記に「津役」、すなわち港湾の役職、とあることも示唆的である。

二十八日の竜宮寺張行「博多百韻」は紀行の記す発句「秋ふけぬ松のはかたの興津

風」以下百韻が現存している（小倉図書館）。連衆は宗祇・空吟《くうぎん》・弘相《ひろすけ》・朝酉・英誉・岸孝・宗歓《そうかん》・宗賀・良本・永賀・昭阿《しょうあ》・鶴寿の十二人であった。竜宮寺の院主は脇を詠んでいる空吟ということになる。この発句は自撰句集「老葉」に収められ、さらに『新撰菟玖波集』にも載せられた。「松の葉」と「博多の沖つ風」を掛けて、ここでも松を意識している。

生の松原

二十九日、生《いき》の松原《まつばら》を目指し、那珂川《なかがわ》・姪《めい》の浜《はま》・浦山《うらやま》を経て生の松原に至り、熊野権現を祀る生社に参り、老松に自らをなぞらえて感慨に耽り、

明日知らぬ老のすさみのかたみをや世をへて生の松にとどめん

の一首を詠む。後からこの遊山に参加した竜宮寺の院主をはじめ老若を問わず、この歌に落涙したと紀行は記している。渚の酒宴もあって、暮れかかるころ博多へ帰った。明日は箱崎《はこざき》へと心に期している折しも、同行の宗作が病を得て留まることとなる。

箱崎

十月になった。時知り顔に時雨が少し降った。博多を出立し、箱崎八幡宮に参拝した。ここでも、住吉・生の松原と同じように宗祇は松に特別な感慨を抱く。松に永遠性を見ている宗祇の心中は何なのであろうか。すすき・かるかやなどにも心引かれるが、「け

ふは松よりほかに心うつるべくもあらず」とまでいいきるほど、とりわけ箱崎の松には深い感動を覚えている。その日の宿は箱崎の神宮寺の勝楽寺《しょうらくじ》であった。

松に寄せる感慨

理由はともかく宗祇が松を好んでいたことはこの紀行からも十分理解できる。松を言挙げするのは三十三回にも及ぶ（松風のような熟語も含む）。しかしそれ以上に注意しなければならないのは、宗祇が松に寄せてどのような感慨を述べるかという点である。すでに金子氏が指摘している宗祇の正道意識は世上の混迷と反比例するかのように強烈になってゆく。宗祇がその「道の正しさ」を言挙げする場面で、松は常に象徴的な意味を担わされているようである。箱崎のしるしの松に寄せて、

いにしへの法のためしに秋の霜を陰におさめよ箱崎の松

と詠み、「これはただ国家安全の願ひ事なるべし」と書き添えるのはその典型である。和歌の道の正しさを願う住吉も、人の世を思う生の松原も基本は同じである。宗祇はこの紀行の中に発句二十句、和歌二十首を収録しているが、松をモティーフにするものは、それぞれ四句、四首である。

二日、箱崎での連歌会に出座した。発句は「松の葉におなじ世をふる時雨かな」であ

る。この会には杉弘相も加わった。翌三日、香椎宮《かしいのみや》に詣でる。箱崎の松に対し香椎の神木は杉であることに注意を払っている。

香椎から山を越えて蓑苧《みのう》の浦に出る。宗祇は海の生き物に寄せて、「すべて生をうくるたぐひほどかなしきものはなし」といい、「うらやましとはただこの貝のからをやいふべからん」と自分の境涯についての思いを述べている。蓑苧の浦のうつせ貝を呼び出すための文飾とばかりいえないような実感が行間に漂っている。大内氏の歓待に送る日々とうらはらに、この時期の宗祇を支配していたのは厭世的な心情と見てよいであろう。

次に宗像に至り禅院に宿り、翌四日朝神社に参拝し、祭神の田心姫《たごりひめ》が歌道の元祖であるとして、

人の代の末まで守れ千早ふる神のみおやのことのはの道

と詠み、ここでも道の正しきを祈念している。宗像を出発し、内浦《うつら》浜を通りつつ、鐘の岬・大島を眺め、和歌の持つ力に思いを致す。やがて芦屋《あしや》（遠賀《おんが》郡芦屋町）に到着し、麻《あそ》生兵部大輔《うひょうぶたいふ》の接待を受ける。この人物が若松の条で登場する麻生兄弟の一人ならば、九

大嶺へ

月十三日以来同行したことになるが確かではない。しかし九月十七日から同行した陶弘《ひろ》詮《あき》の侍二人を十月五日に帰している。

そして帰途についた一行は山中の堀江（遠賀川河口から東へ、大鳥居、庄の江、蜑住を経て洞海《どうかい》に通ずる山中の水路）を船でのぼり、海を渡り、門司の阿弥陀寺に到着し宿る。さらに長門に戻り、豊浦《とようら》竜泉院の明猷律師《めいゆうりつし》の坊を宿としたのは七日である。翌八日朝、同所で連歌会があり、宗祇の発句は「おくりきてとふ宿過ぐるしぐれかな」であった。

十月九日、往路とは異なる道筋を辿る。豊浦から山を越えて、大嶺《おおみね》の杉美作《みまさか》入道重道《しげみち》亭を訪うた。杉重道も大内の重臣で文明九年正月、京都で連歌に一座して以来の宗祇の旧知であった。そこに逗留し、十日の連歌会の宗祇の発句は「木がらしを菊にわするる山路かな」であった。

十二日早朝、山道を思いやる重道の用意した輿に乗って宗祇は大嶺を出発し山口に帰着する。これで『筑紫道記』の旅は完了した。この紀行は山口帰着後、年内に成立したのではないかと思われる。

4　長途の旅の後に

文明十三年（一四八一）、宗祇六十一歳。

記念すべき旅を終えた宗祇は年が明けた正月は山口で迎えたであろう。

二月二十四日の「何船百韻」は、発句「とふ人に花の春しる老木哉　宗祇」で、連衆、宗祇・俊賀・直珍・正任・長界・宗作・唯阿・宗歓《そうかん》（宗長）・安利・能孝・宗親・光永・良性（早稲田大学本等）である。

この年の三月の宗祇の署名を持つ「発句判詞」が伝わる（岩瀬文庫本等）。宗祇自作の発句を百数十句選び、初心者向けに解説したもので、「相良《さがら》小次郎」に宛てている。この人物を、親交のあった肥後八代《ひごやつしろ》の相良為続《ためつぐ》、またその子長毎《ながつね》とする説もあるが、周防滞在中の宗祇が宛てた相手として大内配下の相良氏とするのが自然で、陶弘護《すえひろもり》の臣の相良小次郎弘恒《ひろつね》であるとしてよいであろう（米原『戦国武士と文芸の研究』）。

この数ヵ月の宗祇の動向はこのように断片的にしか分からないが、周囲の需《もと》めに応じて、雅会に参加し、著作をし、講釈をするなどの毎日であったろう。宛名を欠くが、同じ三月の日付を持つ「吾妻問答（角田川）」（大阪天満宮本等）の書写も一連であろう。

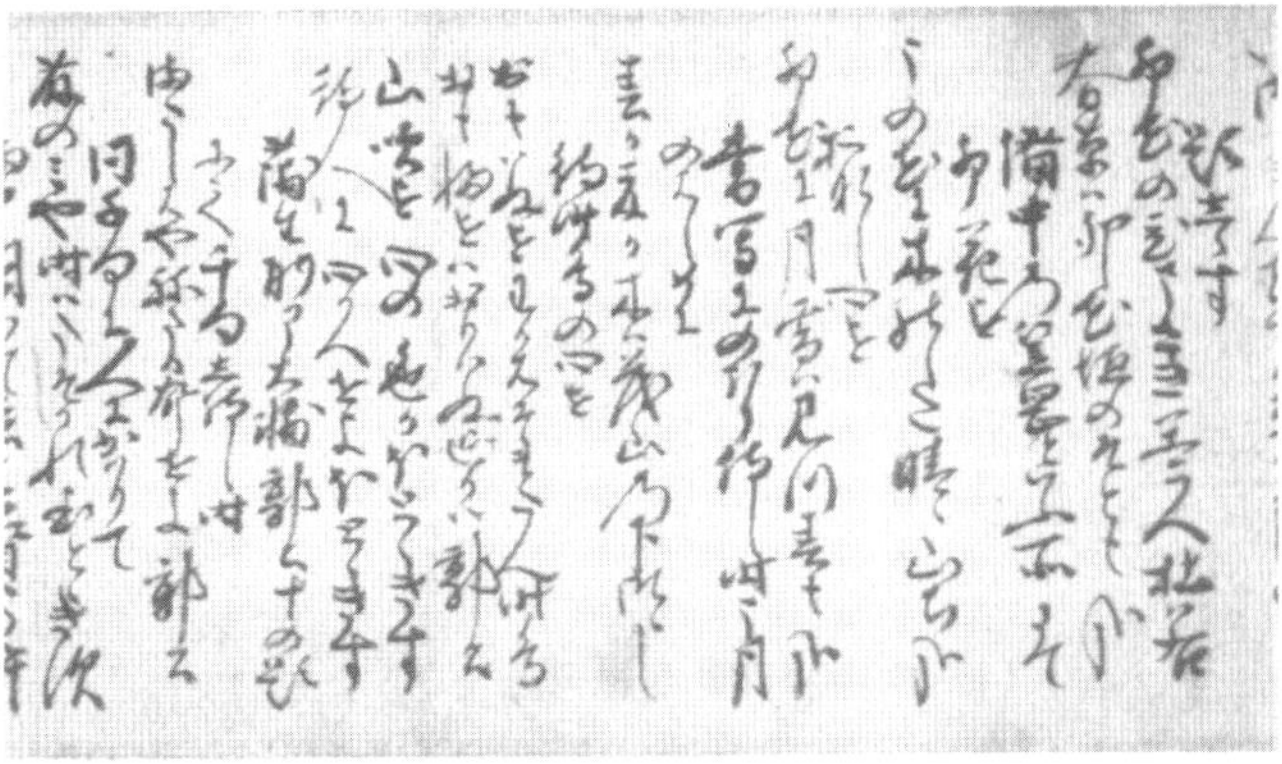

「下草」（聖心女子大学所蔵）　備中笠岡・書写山においての句が見える。

四月上旬には山口を出立し、帰洛の旅を開始したと思われる。四月十一日、往路での雅会が記録される備中笠岡で、友竹亭張行《ちようぎよう》の「薄何百韻」に出座している。発句は「山吹を心の色かほとゝぎす　宗祇」、連衆は宗祇・宗藤・宗歓・宗貞・宗知、宗作・高安・茂椿・友竹・元通・安長である（大阪天満宮本）。ただしテクストには「明応三年甲寅《こういん》四月十一日」とあるのを内部徴証からこの年と比定されている（両角「宗祇年譜稿」）のによる。

こうして四月下旬には帰京したと思われる。また、京都における活動が再開される。六月八日、中院《なかのいん》通秀《みちひで》に『日本書紀』第三巻を貸している（「十輪院内府記」）のがまず指摘できる。宗祇の文庫が果たしていた機能の一端が知られる記事である。

八月十八日以後、種玉庵において宗祇の『古今集』講釈が開始され、肖柏が聴講している。肖柏への古今伝授はこの年と翌年にかけて行なわれているが、項を改める。八月二十一日には京都所司代浦上美作守則宗（赤松政則の重臣）亭連歌会に出座している。発句は宗伊《そうい》（杉原賢盛《すぎはらかたもり》）の「花をおり空に木をきる野分かな」である。連衆は、宗伊・宗般・世縁・則宗・厳阿・肖柏《しょうはく》・写阿・経忠・宗祇などであった（「諸家月次聯歌抄」）。

九月二十一日、三条西実隆は宗祇の依頼により「種玉編次抄」を書写している（三手文庫本等）。『実隆公記』はこの辺の記事を欠くので奥書によるしかなく多少不分明だが、宗祇の講釈について実隆が質問し、それに対する解答として文明七年に出来上がっていたものを提供したらしい。同二十八日、寺井賢仲家の連歌会に出座。発句は「菊につぐ花は霜なるまがきかな　宗伊」。連衆は宗伊・紹永・常通、宗祇・肖柏・世縁らである（「諸家月次聯歌抄」）。

「老葉」の成立

この年の夏頃に第二自撰句集「老葉（初編本）」の編集が完了したと推測されている（伊地知『宗祇』）。山口滞在中の産物かどうか分からないが、大内関係の句を多数含む。「下草」の末尾に「そのかみむそぢの比にや、愚句を集めて老葉といへるあり」とあるのと呼応する。この「老葉（初編本）」は兼載（時に宗春）の句が百二十句ほど撰入されている。宗祇と宗春の師弟関係の蜜月時代で、大内氏に有能な弟子宗春を紹介する意図があったのではないだろうか。

五　栄光と権威

1　古典の講釈と注釈

『古今集』講釈

前述したように、文明十三年八月十八日以後、随時、種玉庵において『古今集』の講釈が開始され、肖柏が聴講していた（『古今和歌集古聞』）。十月三日に至り、宗祇は肖柏に古今伝授を行ない（東京国立博物館「古今伝授書」）、五日、肖柏は宗祇に古今伝授の誓状を送っている（書陵部「古今相伝人数分量」）。翌十四年三月、宗祇は肖柏への『古今集』講釈の証明を書いている。そして七月十八日、肖柏への古今伝授は終了した。

摂津下向

文明十四年（一四八二）は宗祇六十二歳である。

正月頃、摂津に下向したらしい。二月二日、摂津の池田若狭守正種《わかさのかみまさたね》亭の「何人百韻」に出座している。発句は「消ねよしふるをみ山の春の雪　正種」、連衆は、正種配下の

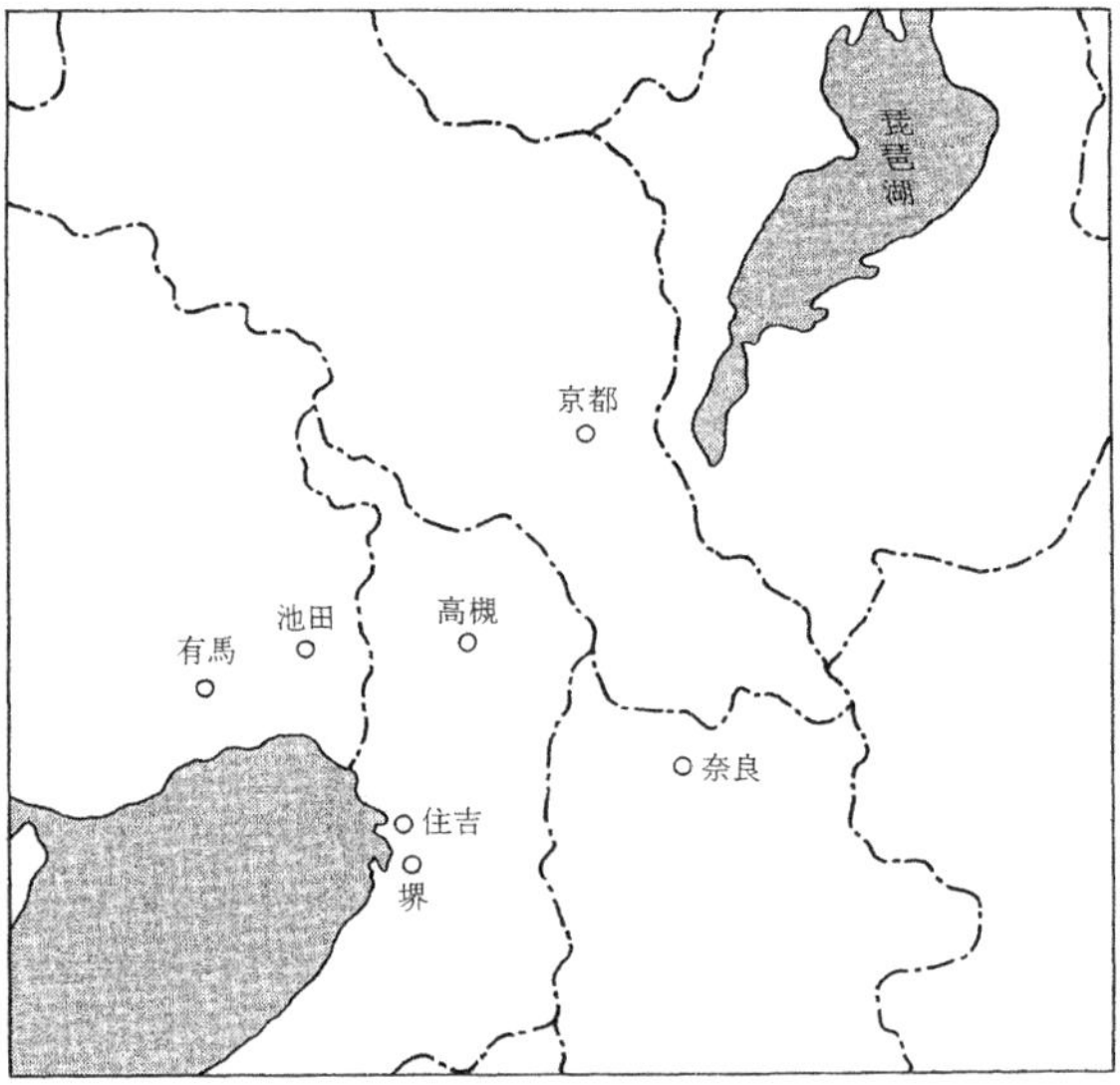

京都近郊図

武士が主体で肖柏とともに宗伊《そうい》・宗祇が加わっているという体である（大阪天満宮本等）。この摂津下向については正広の「松下集」に「同（文明）十四年春、摂州池田若狭守正種所へ宗祇・杉原伊賀入道宗伊など下り侍るに、予も下れかしなど申さるるに」と別資料から具体的な状況が分かるところが興味深い。このあと五日、摂津有馬で宗伊と「両吟何路百韻」を巻いた。発句は「鶯は霧にむせびて山もなし　宗伊」、宗祇は「梅かをる野の霜寒きころ」と脇を付けた（静嘉堂文庫本等）。この百韻は「有馬両吟」と呼ばれ、宗伊六十五歳、宗祇六十二歳の円熟期の作品として古来名作の誉れ高い。特に、宗祇の自注があり、作者自身の作意や評価を知ることのできる希有の連歌作品の一つである。

またこの頃、式目の検討が宗祇・宗伊によってなされたらしい。「連歌嫌様事」または「於湯山式目条々」と呼ばれる式目の追加・改訂集がそれである（書陵部本等）。

二月下旬頃までには摂津から帰京したらしく、三月七日の「薄何百韻」に出座している。発句は「咲くを見よ都は花の山桜　宗祇」、連衆は、宗祇・正善・玄清《げんせい》・宗歓《そうかん》（宗長）ら（「弘文荘待賈書目」七・伊地知『連歌の世界』）。

将軍義政の連歌

三月二十日には聖護院道興の長谷坊において張行された足利義政主催「何人百韻」に出座している。長谷坊は岩倉《いわくら》にあった道興の別荘で、義政の別荘もここにあったと推測されている（金子『新撰菟玖波集の研究』）。発句は「ちぎりあれや一樹の陰の花の宿　桐」で、桐は義政の一字名である。連衆は義政・聖護院門主・実相院門主・旨宗・芸阿・道空・宗伊・宗祇・頼宣・中納言入道（雅康）・調阿・徳阿（静嘉堂文庫本）。実相院門主は義運、芸阿は能阿の子、中納言入道は飛鳥井雅康《あすかいまさやす》、道空は細川成之《ほそかわしげゆき》である。この百韻は後に『新撰菟玖波集』の編集資料となって、義政の発句（三六四七）と付句（一五一八）と雅康の付句二句（七三八・二〇六三）の都合四句が収録されている。これらの句の詞書によると、連歌の興行場所として長谷の道興の坊とあるものと義政将軍家とあるものとの不統一があり、前述のように義政の別荘が道興の坊内にあったと推測されている。

「雪の烟」の成立

七月、『竹林抄』の古注釈書の一つ「雪の烟《けむり》」は『竹林抄』から百十四句抄出して注を加えた小冊子だが、その奥書にこの日付がある（大阪天満宮本）。本書は宗祇作と見なされている「竹林抄之注」（成立年未詳）の系統を引くもので、宗祇作としてもよいかと思われる。例えば、

関も関梢も秋の梢かな

という心敬《しんけい》の句（『竹林抄』三二九四）に、

この発句などを面白しと思はん時、はやその人は、連歌の上手たるべしとなり（「竹林抄之注」）

これは白川の関にて侍りし会の発句なり、誠その人のものと見えたり、これを面白くおもはん時や、すこし連歌を心得るなどもや言ふべからん、……（「雪の烟」）

のように共通する注が施されている。宗祇はみずから作った抄注をこの時誰かの求めに応じて書写したのではないだろうか。

「大原三吟」

十月、この日付を持つ「大原三吟」は、大原十如院《じゅうにょいん》に、宗祇・宗歓《そうかん》（宗長）・桜井基《もと》

佐《すけ》の三人が訪れて詠んだ三吟百韻である。発句は宗祇の「雪霜は花よりほかの春辺かな」である。この百韻は古活字本・版本によって早くから流布している。普通の形態は、この百韻連歌に加えて三人の作者による前句付四十番と互いの批判が添えられている。しかしその仏教色や荒唐無稽《こうとうむけい》な面から成立に疑問ありとされることが多いが、簡単に偽書とするには取るべきものが少なくないし、年譜的にも矛盾しないので、少なくとも成立にこの三者が関わった可能性を示唆しておく。

この年の終わりごろ、常縁との交渉があった。十一月十六日、東常縁は『拾遺愚草《しゅういぐそう》』の歌五十八首の別紙口伝《くでん》（常縁口伝和歌）を宗祇に贈り、十二月十八日には宗祇に書状を送り、『後撰集』『拾遺集』付与のことを記している（大阪市立大学本等）。師弟関係の継続性がどのようなものであったかを窺わせる。

文明十五年（一四八三）、宗祇六十三歳。

正月八日、三条西亭を訪問したのは恒例の年賀であろう（『実隆公記』）。

正月十六日、下京の森左衛門尉盛家《もりいえ》亭の「何人百韻」に出座した。発句は宗祇の「手折るなと袖にや匂ふ宿の梅」である。連衆は、宗祇・盛家・泰諶《たいじん》ら（『連歌俳諧研究』八〇）。第三を詠む泰諶は青蓮院《しょうれんいん》坊官の法印大谷泰諶（一五一八没）で、延徳四年の宗祇の『古今集』講釈を宗長とともに聞いている人物である。

正月十八日、「手爾波《てには》大概抄之抄（手爾波大概抄聞書）」が成った（国会図書館本等）。

四月十八日、卜部兼倶から神道伝授を受けた（陽明文庫「切紙」、新井「古今伝授の再検討」他による）。

このあと翌年九月までの動静は不明である。その間越後に下向していたと推測されている。この時の旅程は美濃・関東を経由して翌年越後に入ったという（金子『宗祇と箱根』）。その根拠として、将軍家と古河公方《こがくぼう》成氏との和議の成立で関東が平穏になったことが指摘されている。

「老葉（再編本）」に「上杉典厩《てんきゅう》の亭にて」と詞書して、

二声のいまぞききしもほととぎす

とあるのは、都を四月下旬出発し、上野国白井《しろい》の陣所で上杉定昌《さだまさ》に会った折とすれば、確かにほととぎすの季節としておかしくない。江戸の木戸孝範《たかのり》が家集に「種玉庵宗祇老後に京より下り来たりける」と記したのは、このときという考証も説得的である。

なお七月十八日、実隆は種玉庵滞在中の飛鳥井雅親《まさちか》（栄雅）を訪問している（『実隆公記』)。宗祇の留守中のことだと考えると、この時期の種玉庵にある種の公開的な性格を付与しなければならない。

文明十六年（一四八四）、宗祇六十四歳。

この年は前述のようにしばらく宗祇の足跡は不明だが、関東から越後への旅の途上であったとしてよいだろう。七月十六日、旧作の「名所独吟山何百韻」の加注本を人に与える旨の奥書を書き残している（天理本）が、これも旅先のことであろう。

九月初旬には帰京したようであるが、肖柏《しょうはく》から書状が到来した九月十六日、宗祇は病臥していたらしい（橋本政宣「肖柏と中院家」）。二十六日には実隆が種玉庵を訪問し、やはり病臥中の宗祇に会っている。実隆によれば宗祇は「病気散々無力之躰也」であった（『実隆公記』）。

十月になり、二十五日に小河殿《おがわどの》（義尚の母日野富子の居所）西御所において興行された足利義尚《よしひさ》の月次《つきなみ》連歌会に宗祇が出座している（『実隆公記』）。

「自讃歌注」と『古今集』講釈

この年も残りわずかになって、宗祇は古典研究の分野で二つの目立った仕事をしている。十一月中旬、かねて進めていた「自讃歌注」の定稿本を完成した（版本等）。初稿本はすでに存在が報告されているが、いつごろの着手であったかは不明である（石川常彦

「自讃歌宗祇注の周辺」)。

もう一つは『古今集』の講義である。片桐洋一氏『中世古今集注釈書解題三』によって明らかにされたように、宮内庁書陵部蔵「鈷訓和歌集聞書」は宗祇の講釈が基礎をなしているが、その中に記された講釈の日程を検してみると、文明十六年は、

十二月六日、巻一・二〇首 ―― 十日、巻一・二八首

七〜九日、泉州へ下向のため闕日 ―― 十一日、巻一・二〇首

と行なわれていることが分かる。この講釈は翌年に再び集中的に行なわれる（後述）。

2 宗祇と肖柏

文明十七年（一四八五）、六十五歳。

この年は健康も回復したらしく、京都での制作・講義関係の記録が豊富に残る。

三月二日、二楽軒《にらくけん》飛鳥井宋世（雅康）亭で催された春日社法楽百首続歌会に多くの公家が参集し、宗祇も宗巧・肖柏《しょうはく》などとともに出座した。これは宋世が得た夢想による（『実隆公記』）。同二十七日は細川被官波々伯部《ははかべ》盛郷《もりさと》亭の「何路百韻」に出座。発句は宗伊の「つみのこす花を春野のかたみ哉」であった。連衆《れんじゅ》は、宗伊・盛郷・宗祇ら（熱田神宮

本、伊地知『連歌の世界』による)。閏三月には、池田若狭守正種主催千句連歌に参加し、発句「一日にもくははると思ふ春日哉」を詠んでいる(「老葉(再編本)」)。八月三十日は、

仏陀寺連歌

仏陀寺会法楽連歌「何人百韻」に出座。発句は「秋風もをとせぬ庭の小松哉　明鏡」。連衆は、明鏡・肖柏・盛郷・宗祇ら(天理本等)であった。仏陀寺は上京区鶴山町に現存する(『山城名勝志』によればもと春日万里小路にあったという)浄土宗の寺院で、由緒は平安時代に遡るが、『宣胤卿記』(永正十五年四月二十七日条)によると文明十年(一四七八)邦諌《ほうかん》上人暁堂によって中興再建されたという。邦諌上人は『新撰菟玖波集』に一句入集の作者でもある。発句の作者明鏡はその別名かと思われるが確証はない。仏陀寺は連歌の場として記録にしばしば現れる。宣胤のかかわりのある寺であることが示唆的である。

『源氏物語』と『伊勢物語』の講釈

閏三月二十一日、宗祇は肖柏と三条西亭を訪問し、三人で歌道清談に時を過ごした。この会合を前触れとして、この年三条西亭で『源氏物語』と『伊勢物語』の講釈が宗祇と肖柏によって継続的にしかも頻繁に行なわれる(『実隆公記』)。源氏講釈は、閏三月二十八日の葵巻に始まり、十一月の夕霧巻に及ぶ。さらに翌文明十八年に継続するのでそれも合わせて表示してみよう。『伊勢物語』の項目は一字下げて表示した。

閏三月二十八日、葵、宗祇講、肖柏同
　聴
四月三日、葵完了、同
四月八日、榊、肖柏講
四月十三日、榊、同
四月十七日、花散里・須磨、同
四月二十三日、須磨、同
五月三日、(明石)、同
五月八日、明石完了、同
五月十三日、澪標《みおつくし》、同
五月十八日、澪標完了、同
五月二十八日、蓬生《よもぎふ》、肖柏講、宗祇同
　聴
六月一日、伊勢物語、宗祇講、実
　隆・中御門黄門・滋前相
　公・肖柏等同聴
六月三日、関屋・絵合、肖柏講
六月六日、伊勢物語、宗祇講、実
　隆・頭弁・藤中納言・肖
　柏等同聴
六月八日、松風、肖柏講
六月十一日、伊勢物語、宗祇講、実
　隆・中御門中納言等同
　聴
六月十三日、肖柏故障のため休講
六月十三日、伊勢物語、宗祇講、実
　隆等同聴
六月十六日、伊勢物語、宗祇講、実
　隆・政行・宏行等同聴
六月十八日、薄雲、肖柏講

六月十九日、伊勢物語、宗祇講（如例）
六月二十一日、伊勢物語完了、宗祇講
七月三日、薄雲・槿《あさがお》、肖柏講
七月十九日、乙女、宗祇講、宗歓同聴
七月二十三日、乙女、宗祇講
七月二十六日、乙女完了、同
七月二十八日、玉鬘《たまかずら》、宗祇講、肖柏同聴
八月七日、（源氏物語講談）、宗祇
九月一日、梅枝、宗祇講
九月六日、若菜、同
九月十一日、（源談如例）、同
九月十四日、（源氏講釈）、（宗祇講）

九月十六日、同、同
九月十九日、同、同
九月二十四日、同、宗祇講
九月二十六日、若菜下完了、（宗祇講）
十月三日、柏木、肖柏講
十月十一日、柏木完了、同
十月十三日、横笛、同
十一月十三日、夕霧、肖柏講、宗祇同聴
十一月十九日、（源氏講釈如例）、肖柏講
十一月二十三日、夕霧完了、肖柏講、宗巧・元成等同座
文明十八年
正月十一日、竹河、宗祇講、肖柏・宗

作・元成同座
二月三日、橋姫、肖柏講
二月八日、橋姫完了、肖柏講
二月十三日、椎本《しいがもと》、肖柏講
二月二十八日、総角《あげまき》、肖柏講
三月二十三日、宿木《やどりぎ》、肖柏講、宗巧同座
五月十四日、宿木完了、肖柏講
五月十八日、東屋《あずまや》、肖柏講
五月二十三日、(源氏講釈如例)、肖柏講

六月十日、浮舟、宗祇講
六月十一日、(源講如昨日)、宗祇講
六月十二日、(源講如昨日)、宗祇講、宗巧同座
六月十三日、(源講如昨日)、宗祇講
六月十四日、(昼間有源講)、宗祇講
六月十五日、(早朝有源講)、宗祇講
六月十六日、(源講両度有之)、宗祇講
六月十八日、(源講今日終功了)、宗祇講

このように宗祇の古典講義の活動は三条西亭を中心にきわめて規則正しくしかも長期にわたって継続された。またその間、六月二十一日には、徳大寺実淳《とくだいじさねあつ》亭で『源氏物語』帚木《ははきぎ》巻を講釈している。

「帚木別注」の成立

七月七日には、実隆に「帚木巻抄出新作一帖」を示し、実隆は「一見有興」と感想を述

べている。これが「帚木別注（雨夜談抄、帚木巻抄出）」と一致することは、その自跋に「文明十七のとし文月のはじめつかた」とあるから明らかである。翌文明十六年も六月十日から十六日の毎日、浮舟巻を講釈している。

『古今集』講釈の場所

ところで、前年十二月の『古今集』の講釈はこの年、四月十一日の巻三に始まり、ほとんど欠ける日なく五月二十日まで継続し、巻十九に及んでいる（記載のないのはわずかに、四月二十三日・二十五日、五月九日だけである）。さらに文明十八年二月八日と十日にも追加の講釈があった。

この一連の講釈は『実隆公記』に記事がなく、その日付に相当する源氏の講釈は全面的に肖柏が担当し、宗祇は不在である。後述するように、文明十八年二月の『古今集』巻十の講釈が摂津下向の間と推測されるので、この足掛け三年の『古今集』講釈は京都を離れて行なわれたことが確認される。宗祇は京都と某所の掛け持ちの講釈をしていることになる。

これらの中に、『蔗軒日録《しやけんにちろく》』文明十七年五月二十一日の記事を挿入してみると状況はより明確になる。『蔗軒日録』は季弘大叔《きこうだいしゆく》の日記であるが、当時大叔は堺の海会寺《かいえじ》に住していた。

二十一日、……京師歌客宗祇、近頃在当所、是日問而至、行年六十五云、予同甲也、

……

と日記にある。海会寺（堺市南旅籠《みなみはたご》町に現存。今は南宗寺《なんしゅうじ》境内地にあるが、かつては開口《あぐち》神社西門前にあったという。ちなみに南宗寺には肖柏の墓がある）は堺南荘にあったから、五月下旬宗祇は堺あたりに滞在していたことになる。さきの文明十六年十二月の泉州下向のための欠講を考えあわせると、宗祇の『古今集』講釈は堺に近い摂津のさるところで行なわれたと考えられよう。それが具体的にどこか、誰に対する講義かは、さらに次項で考察する。

　これらの講義活動の間の余滴を記しておく。

七月二十二日、中院《なかのいん》亭を訪問した（『十輪院内府記』）。

七月二十三日、実隆に「老葉（再編本）」の清書を料紙持参で依頼した。実隆は八月三日から八日間ほどをかけて清書し、十日に完了し校合も終えている。宗祇は十一日にその清書本を受け取っている。また、八月十三日は扇を受領、十一月十六日は実隆に『万葉集』十四冊を贈った。巻一から六までが欠本だが、「古本美麗物也、重宝自愛々々」と実隆は喜んでいる。両者の交際はきわめて密である。

3 都と鄙と

文明十八年（一四八六）、六十六歳。

住吉社参籠

正月十日、冷泉為広《ためひろ》は宗祇勧進の住吉社法楽和歌を詠じている（『為広詠草』）。宗祇の住吉に対する崇敬の念は前に述べたようにきわめて篤い。宗祇は二月六日、摂津住吉神社参籠の折、白州亭百韻連歌に出座、発句「よるは月さぞ住の江の夕霞」を詠んでいる。この勧進と一連のものであろう。連衆は、宗祇・進・浄誉・宗友らであった（大阪天満宮本）。進が白州亭の主人であろうか。浄誉は『蕉軒日録』にしばしば見える（後述）人物である。

正月十一日は三条西亭で継続している『源氏物語』の講釈で竹河巻を講じた。肖柏・宗作・元成が同席している。二月二日、実隆は宗祇所望の『源氏物話』桐壺巻の書写を終了している。そしてこの頃、摂津に下向して二月六日の参籠があったのであろう。

『古今集』講釈

二月八日および十日は『古今集』を講釈している。前年集中的に行なわれた講釈のうち巻十（物名）の一巻は未了であった。それを補ったものと思われる。この講釈を宗祇の年譜に位置づけてみると、講釈の場所として京都以外がふさわしくなるのはすでに述べた。それに、この年の二月六日の住吉参籠と白州亭連歌と二月二十一日の摂津よりの帰京（『実隆公記』）の事実を加えてみると、住吉あるいはその近辺での講釈の可能性が高くなって来る。さらに、講釈の開始された文明十六年十二月の泉州下向のための三日間の欠講、同十七年七月の『蕉軒日録』の「近頃在当所」の記事はこの推定と整合性を持つ。これらのデータから講釈の相手を宗友に比定したのは両角氏であった（両角『宗祇連歌の研究』付載年譜）。それは金子・島津両氏の追尋によってより確実性が増した（金子『宗祇の生活と作品』、島津『連歌師宗祇』）。整理してみよう。

一、宗祇は住吉社関係の人々の要請によって『古今集』の集中的講義を行なった。

二、それは文明十六年の十二月、十七年の四、五月、十八年の二月の三回の短期集中の講釈であった。

三、そしてその講釈の聞き手の一人がまとめた講義録が「鈷訓和歌集聞書」である。

四、その編者は二月六日の連歌の参加者の一人宗友である。

宗友は宗祇と深いかかわりを持ち、句集を編むほどの連歌執心の人だったことはすでに述べた。

なお、この時期に宗祇が住吉近くにいたことはこのように確かめられるが、在所は明らかにしがたい。しかし、さきの『蔗軒日録』九月十日の条に、大叔が浄誉に宗祇の庵について問い合わせたのに対し浄誉から返書が届いた旨の記事がある。問い合わせも返事も内容は不明だが、宗祇の庵について、大叔が知りたいと思い、浄誉がそれについて教えたことが分かる。金子氏（『宗祇の生活と作品』）の推測するように、近在の宗祇の居宅についての関心から発せられた質問であろう。もしそうでなく、京都の住居についての質問ならば、当然日記にその解答を摘録するはずである。五月に宗祇の来訪を受けた大叔であれば、宗祇の近在での動向をより詳しく知りたいと思うのが当然であろう。それについて住吉白州亭の浄誉に聞いているのは、宗祇のこの時期の居宅が住吉社に近い所だったことを示唆する。

再びこの年の宗祇の行動の記述に戻る。二月二十一日摂津から帰京した宗祇は、翌二十二日、実隆より勝仁《かつひと》親王筆『源氏物語』外題を贈られ「歓喜無極」であったという（『実隆公記』）。

「細川千句」

二月二十五日、細川政元主催千句連歌があった。天神忌の二月二十五日の細川千句は文明十七年からの恒例である。この千句は「三つ物」のみ現存している。三つ物とは百韻のうち発句・脇・第三の三句の記録だけをいう。第一百韻の発句は「文字ををる錦か

花に帰る雁　常徳院殿様(義尚)」、宗祇は第十百韻の発句「夜も見よ戸ざしせぬ代の春の花」を詠んでいる。連衆は、足利義尚・細川政元・細川右馬頭政国《まさくに》・細川政春《まさはる》・具忠《ともただ》、慶《けい》琳《りん》・小早川元平《もとひら》・光清《みつきよ》・恵俊《えしゅん》・薬師寺元長《もとなが》・景有《かげあり》・通秀《みちひで》・弥阿《みあ》・元家《もといえ》・世縁《せえん》・賢盛《かたもり》・明《あけ》智《ち》頼連《よりつら》・憲俊《けんしゅん》・元秀《もとひで》・物部賢家《もののべかたいえ》・実道《さねみち》・宗春《そうしゅん》・宗祇など枢要な人物によって興行されている(京都大学本)。

三月二十七日は「何船百韻」に出座。発句は「かへれとておもひな立そ春がすみ　宗祇」、連衆は宗祇・賢仲《かたなか》・盛郷《もりさと》・頼連《よりつら》・肖柏等(天理本)。賢仲は武田被官寺井氏、のちの宗功《そうこう》法師(『新撰菟玖波集』三句入集)である。

このあと、三月二十八日に三条西亭を訪問(『実隆公記』)して、しばらくの間の動静は不明である。前述のようにまた摂津に滞在していたのであろう。

六月になり、九日に三条西亭を訪問し、翌日から八日連続で『源氏物語』浮舟巻の講釈が行なわれた。十八日の最終講釈終了後、実隆は謝礼のため種玉庵を訪問している(『実隆公記』)。

七月にかけての時期も宗祇は頻繁に三条西亭を訪れ、実隆の種玉庵訪問もあり、両者の交流が密であったことが分かる。その中で特に注目すべきは、実隆が、宗祇が新たに書写した『源氏物語』五十四帖のために外題を書いて贈っているという八月四日の記事である。すでに、二月二日、実隆は宗祇所望の『源氏物語』桐壺巻の書写を終了している。また二月二十二日に、宗祇は実隆から勝仁親王筆の『源氏物語』の外題を贈られている。この場合は実隆が仲介したのであろう。このころ宗祇は数セットの『源氏物語』写本を制作している上に実隆にも書写を依頼していることになる。この事実を八、九月の越前一乗谷下向と結び付けるならば、宗祇が朝倉氏関係から源氏の写本を求められていて、それに応じたものと考えられる。また、十月二十三日には、『後拾遺集』と『新古今集』、さらに十二月二十六日には『後拾遺集』『新勅撰集』『続後撰集』『続古今集』等の外題の染筆を依頼している。勅撰集のしかも八代集の範囲ではない『新勅撰集』『続後撰集』『続古今集』が含まれていることは、二十一代集の書写が宗祇のもとで行なわれていたことを示唆する。これが越前から帰洛後であることは、『源氏物語』と同じような依頼を朝倉氏関係から受け、それに応じているのではないか。写本の権威付けに外題を然るべき貴人に執筆してもらうというのはよくあったことで、地方武士などの要望に沿った有効な方法だった。

六月二十二日、実隆より長歌が到来し、翌日答和の長歌を実隆のもとへ持参した。その後、三条西亭を訪問した。二年がかりの源氏講釈完了の感慨を述べ合ったものであろうか。

六月二十六日、仏陀寺連歌会に出座。発句は「日をさへて秋を吹こせ松の風　宗祇」。仏陀寺については前述した。

七月一日、三条西亭において『古今集』等について語り、その中で「故藤(東)常縁云」と師説を引いた。東常縁の没年は不明だが、これによって文明十六年に没したと考えられる。この日の座談については次項で触れる。

越前一条谷下向

七月頃、越前一乗谷に下向した。この旅行は七月四日に没した朝倉氏景の弔問のためである。氏景は宗祇とかかわり深かった孝景の子で、「器量骨柄人ニ勝レ」「智謀無双也」と言われ(『朝倉始末記』)、「威仁兼備」(『三十三年忌陞座』)でありながら文事に深いたしなみを持っていたことが知られている。越前においての宗祇の動静は不明だが、九月十四日には帰京している(『実隆公記』)。そして十六日、三条西亭において、独吟連歌故実・源氏物語寄合等について実隆と語っている。翌十七日は「国名々所《こくめいめいしよ》(『頓阿法師抄』)」(堯孝法印自筆本が近江にあったのを宗祇が写したもの)を持参し、実隆を介して禁裏への進上を依頼している。

九月二十七日、近衛政家《このえまさいえ》より書状が到来した。その文面が政家の日記に記録されている（『後法興院記』）。内容と政家のコメントから考えると、越後守護上杉相模守房定《さがみのかみふささだ》から宗祇を通してなにかの援助があったことに対する礼状を宗祇に託す件らしい。宗祇は早速翌日近衛亭に参上して書状の礼を述べている。都の近衛政家と越後の上杉房定の間のメッセージを伝達する役を宗祇は果たしていたのであろう。

九月三十日は、種玉庵連歌会で「山何百韻」を張行した。発句は「風にたちし秋も木葉に暮にけり　宗祇」で、連衆は、宗祇・孝清《こうせい》・日与《にちよ》・肖柏《しょうはく》・頼連《よりつら》らであった（書陵部本）。

十月一日、三条西亭において連歌発句の事を談合し、前日の「風にたちし」の句、来る十月四日の会の発句「秋そめぬ」も話題になっている（『実隆公記』）。このように連歌会の発句がどのように用意され、またどのように話題になるかが分かる点でも『実隆公記』のもたらすものは大きい。

十月四日、近衛亭月次和漢会に出座した。肖柏らも同座（『後法興院記』）。また、今述べたこの日張行の本能寺連歌会に発句「秋そめぬ山もありきや初時雨」を送っている（『実隆公記』・「下草」）。

十月二十七日、飛鳥井栄雅《えいが》主催の歌会に出座した。姉小路基綱《あねがこうじもとつな》・遊佐新右衛門尉《ゆさしんうえもんのじょう》・寺井賢仲《かたなか》・小槻長興《おづきながおき》らが参会している（『小槻長興記』、米原『戦国武士と文芸の研究』による）。遊佐氏は越中の武士で畠山の被官、礪波山《となみやま》のほとりが本拠であった。宗祇と交渉の跡が「老葉」「老葉（再編本）」の『遊佐新右衛門尉許にて』の詞書から知られる。この人物が『新撰菟玖波集』作者遊佐加賀守長滋《ながしげ》（二句入集）であることは「下草」によって分かる。

離京の時期も行く先も不明だが、十二月十三日の『実隆公記』は宗祇の帰京を伝えている。約一ヵ月の短い不在であるから、摂津滞在であろうか。

歳末は十二月二十二日、宗春（兼載）の句を実隆と話題にし、高く評価しているのが注目されるほかは、三十日、『竹林抄』を書写し、一校を加えたこと（野坂本等）、冬の間に二十首和歌を詠作したことしか知られない（『実隆公記』）。

4　宗祇の座談

文明十八年の『実隆公記』は二度にわたって宗祇の座談の聞書を記録している。七月一日と九月十六日である。いつもは宗祇が来たとか宗祇と清談に及んだとか、せいぜいその内容が和歌や源氏と紹介されるだけなのに、この両日は一つ書きで整然と宗祇の談話を記録している。実隆にとって印象的かつ有益であったのだと思われる。それを以下抄録して、宗祇と実隆がどのように啓発しあっていたかを検証することにしたい。

七月一日は話題が『古今集』に集中している。

一、不立不断事については、定家《ていか》の流れが二条と冷泉に分離する前に東家の先祖である素暹《そせん》法師が為家《ためいえ》から説を受けているから東家が伝承していると故東常縁から聞いているということ。

一、為世《ためよ》卿と為兼《ためかね》卿六問答についての東常縁の談話。

一、『古今集』を習う時は先ず以て心操を本とすべきであるということ。

一、清濁声等事について堯孝法印の伝えている内容は東常縁の伝えているのと少々異なること。

一、「とはに浪こす」の「は」を円雅《えんが》の弟子の某が濁って読むこと。

一、昨日行なわれた仏陀寺連歌での宗祇の発句「日をさへて秋を吹きこせ松の風」について。ただし内容は不明。

一、明智頼連の句「河岸をこえつる波やかへるらん」の「らん」の用法をめぐって、歌と連歌では相違があることの指摘。

一、宗祇が明後日の連歌会に用意すべき発句について「月の秋立つ夕かな」の上五に、「雲井より」がよいか、「日をもへず」がよいか、実隆に判断を求め、雲井に落ち着いたこと。九月十六日はもっぱら連歌の実作に関する話題だった。

一、独吟連歌には故実がある。表の連歌には「山路の旅の宿とひて」などのように多くのことを詠みこんだ句は詠まないなど。

一、『源氏物語』を連歌に利用する場合は、その心を取って自分の心に用いたようになるのがよいとして、「いく秋かへし桃うへし人」に付けた宗砌《そうぜい》の句「古宮の露のあさがほ咲きのこり」、「車も三の子を思ふ道」に付けた宗祇の句「行く名残おほいの宿の雪の日に」を引く。

一、「涙をば鬼もおとすときくものを」という句に宗祇が「かわらの雨の暁のこゑ」と付けたのを、人々は俳諧の句として褒めたが、これは我も涙を落とす山里や山寺の暁の雨を詠み込んだうえに、前句に鬼とあるので瓦としたのが本当の作意である。

「長六文」「分葉集」との一致

このうち二項目の句と解説は宗祇の著作である「長六文」と「分葉集」にそれぞれ掲載されているものと一致することは注目に値する。「長六文」はすでに述べたように、文正元年（一四六六）関東においての著作であるが、文明から明応にかけてのころも宗祇は盛んに人の求めに応じて書き与えていることが諸本の奥書等から知られ、「分葉集」はまさしくこの談話のすぐあとの長享二年（一四八八）の成立であることが確認されていて、ともども宗祇の問題意識を刺激していた例であることが確認できて興味深い。

十月二十三日も具体的な談話の記録がある。『新古今集』の賀の部に七条后五十《いそじの》賀《が》屏風に伊勢が歌を詠んでいるが、件の后は三十六歳で薨じているから五十の賀算はないはずだ。温子《おんし》の姉穏子《おんし》は七十歳まで生きたからこの人ではないか。そうすれば時代も合う云々。このような宗祇の推理を実隆は「有興、々々」と感想を記し止めている。これは七一四番の伊勢の歌であるが、現在は詞書の記載の誤りとされて宗祇の言う通りになっている件である。

文明十九年（一四八七）、この年は七月二十日に改元され、長享元年になった。宗祇六十七歳である。

正月八日、旧冬詠作の二十首和歌の批評を実隆に乞うた（『実隆公記』）のを初めとして三条西実隆との交渉はこの年もきわめて密である。十九日は宗祇所望の扇歌、『後撰集』『拾遺集』銘等を実隆が染筆している。

二月四日、肖柏と共に三条西亭を訪問した宗祇は実隆の「源氏物語系図」の整理に協力している。この系図は十一日「源氏物語系図事今案」として完成した。

二月中旬は摂津に下向していたが、二十三日頃、帰京したようである。二十四日には、三条西亭にて『続古今集』不審の事を談じている。

実隆への古今伝授

ここまでも頻繁に三条西亭を宗祇は訪問していたが、三十日に至って古今伝授について談合が行なわれる。これは実隆が宗祇から古今伝授を受ける予備的な会合であったらしい。同日実隆のもとで『源氏物語』青表紙正本帚木巻を閲覧しているのは、伝授に対する返礼の意思の表れであろうか。

四月九日、さらに古今伝授について談合があって、十二日から特別講義が開始される。十八日に、実隆は宗祇に古今伝授の誓状を渡した（書陵部「古今相伝人数分量」）。二十五日、『古今集』特別講義が恋一まで行なわれた。

「老葉」再編本の成立

四月二十七日、近江に下向した（『実隆公記』）宗祇は五月二日、近江で「老葉（再編本）」に次のような内容の奥書を記した（書陵部宗訊本）。

私の連歌の詠草に「萱草」「老葉」の二冊があります。その中から選び、またこの二、三年の句を少々加えてこの一冊としました。しかし老木の朽ち葉のような句集なので、あえて名前を改めず「老葉」のままにしておきます。

これが近江国の誰かに宛てたものであろうが、明記していない上、場所も近江以上は特定していない。さまざまに想像できるし、生国近江との関係も気になるところだが、ここでは省略する。そして五月中旬には帰京している（『実隆公記』）。

六月三日、近衛政家亭月次和漢会に出座。肖柏《しょうはく》も同座している（『後法興院記』）。同十八日、宗祇は実隆に古今相伝証明状を送った（書陵部「古今相伝人数分量」）。六月中には、肖柏の聞書「古今和歌集古聞」に加証奥書を記している（高松宮本等）。

七月二十日、種玉庵《しゅぎょくあん》において歌会があり、二十首和歌披講が行なわれた。参会者は、飛鳥井大納言父子・姉小路基綱・三条西実隆らである。そして夜は三条西亭を訪問している。この歌会と同様の催しが二日おいた二十三日にも行なわれている。その時は連歌一折も張行された（『実隆公記』）。

七月二十四日、実隆に書状を送っている（『実隆公記』紙背）。実隆からの手紙に感謝し、柏木殿（飛鳥井雅親、二十日の歌会で同席した）の来臨を「大慶身に余ると存じ候」（原漢文）と感激している。宗祇の歌人意識の深さを窺わせるに足りる。八月二日には、実隆に「古今序時十代事口決」を相伝した。

周麟の宗祇評

八月二十六日、鹿苑院《ろくおんいん》の景徐周麟《けいじょしゅうりん》を訪問した（『鹿苑日録』）。宗祇は周麟の入寺の祝いに一貫文を持参している。周麟は斎を供し、等持《とうじ》大将軍（足利尊氏）の甲冑姿の肖像と和歌の軸を掛け、焼香し経を読んだ。将軍家の武運長久を祈るためという。そして宗祇について、連歌の達人で、かの宗砌《そうぜい》も三舎を避けるほどだと褒め、古今・伊勢などを講じて公家衆以下、弟子の礼を執る者が少なくないと記している。これが当時の一般的な宗祇評なのであろう。

「葉守千句」の成立

十月九日から十一日にかけて、種玉庵において「葉守千句」が張行された（天満宮本等）。別名「珠玉庵千句」ともいう。第一何人百韻の発句は「我もとてちるか葉守の神《かん》無月《なづき》　宗祇」、以下、第二は泰諶《たいじん》、第三は宗悦《そうえつ》、第四は宗友《そうゆう》、第五は宗般《そうはん》、第六は恵俊、第七は宗長《そうちょう》、第八は玄清《げんせい》、第九は宗恕《そうじょ》、第十は肖柏《しょうはく》、追加平野は恵林《えりん》。連衆は他に、眼阿《げんあ》・重阿《じゅうあ》・盛安《もりやす》である。千句連歌は多く地方武士などのいわゆる豪族の主催であるが、この千句は宗祇一門の連歌作者が集まって巻いている点に大きな特徴がある。この時期の宗祇が形成しえた地下文化圏のあり方を象徴する作品といえよう。この千句から、『新撰菟玖波集』へ宗祇の二句、宗友の一句が入集している。宗友の存在は宗祇一門の中でかなり大きいものとなっていることが注意される。また、宗長の名が初めて現れる資料でもあり、宗歓からの改名はこの興行の直前だったかと推測されている。第十百韻の発句を担当させるところに、周囲の祝意があったのかもしれない。

この千句興行のあとも相変わらず三条西亭へしばしば通い、また実隆の来訪も受けて歳も暮れてゆくが、その間、閏十一月五日から十六日まで断続的に伏見宮邦高《くにたか》親王御所において『伊勢物語』の講釈も行なっている。閏十一月十六日には勝仁親王も来聴した。

5 「水無瀬三吟百韻」と連歌会所奉行就任

長享二年（一四八八）、六十八歳。実隆との交流は次項でまとめて述べるので、ここでは省いてある。

正月一日、種玉庵において宗長と「両吟何木百韻」を巻いた。発句は「若水のかゞみやきのふ雪の影　宗祇」である（京都大学本等）。改名した宗長に対する祝意の両吟であろうか。

「水無瀬三吟百韻」の成立

正月二十二日「水無瀬《みなせ》三吟《さんぎん》何人百韻」を張行し、水無瀬廟に奉納した。古来最も優れた連歌の作品として喧伝されてきたこの百韻の成立事情は、しかしあまり明確ではない。小西本古注の端作りによって、肖柏の案内で宗祇が摂津に下向した時に途中の山崎で張

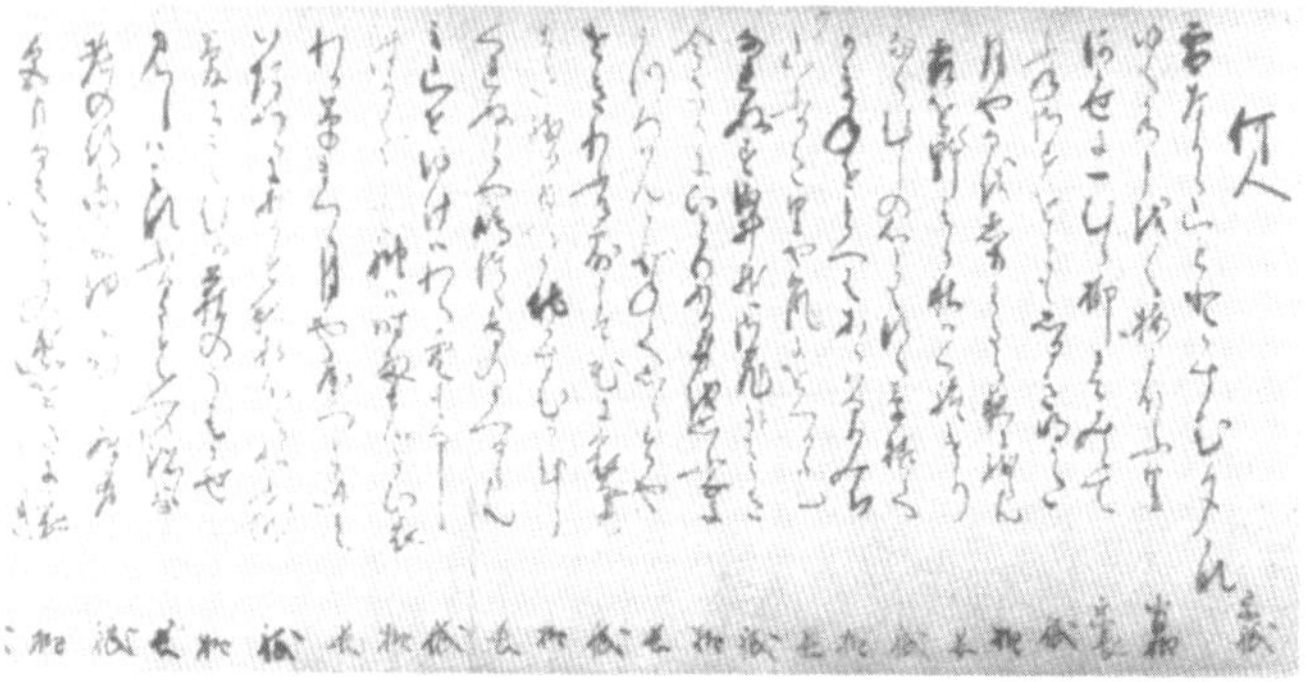

「水無瀬三吟百韻」冒頭（柿衞文庫所蔵）

行したという説と多くの伝本にある「長享二年正月二十二日　後《ご》鳥《と》羽《ば》院《いん》御影《みえ》堂《どう》奉納」という端作りから、あらかじめ種玉庵で作られ、後鳥羽院の月忌に水無瀬の後鳥羽院御影堂に奉納したとする説があり、どちらとも決めがたいが、水無瀬で制作されたものではないことは確かなようである。後鳥羽院が隠岐島《おきのしま》で没したのは延応元年（一二三九）二月二十二日である。この年長享二年は二百五十年の遠忌に当たる。宗祇・肖柏・宗長の三人が後鳥羽院の遺徳を讃える連歌を奉納するというのは自然なことであろう。この年三人の年齢はそれぞれ、六十八歳、四十六歳、四十一歳の円熟・完成期に当たっている。百韻は次のように始まる。

雪ながら山本霞む夕べかな　　宗祇
行く水遠く梅匂ふ里　　肖柏
川風に一むら柳春見えて　　宗長

後鳥羽院の「見渡せば山本霞む水無瀬川夕べは秋となに思ひけん」（『元久詩歌合』三七番右、のち『新古今集』巻一春上）を本歌取りした発句がこの百韻の基調を作ったと言ってもよい。「人におしなべ道ぞただしき　長」の挙句――これも後鳥羽院の「奥山のおどろが下も踏み分けて道ある世ぞと人に知らせむ」（『新古今集』巻十七・一六三三）を下においている――に至るまで格調の高さは維持されている。

二月三日、近衛政家亭月次和漢会に出座した（『後法興院記』）。政家は、毎月の顔触れのほかとして、勧修寺大納言・江辺三位・宗祇の名を挙げている。

「摂津千句」の成立

同十日、奈良に下向し、十一日、大乗院尋尊《だいじょういんじんそん》を訪問している（『大乗院尋尊記』）。三月上旬から中旬にかけて、摂津に下向し、摂津の国人能勢頼則《のせよりのり》が主催した「摂州千句」に出座した。この千句は、前述の細川政元主催の千句と同じく、三つ物だけが伝わっている。第一百韻の発句は「花遠し鳥啼く野べのあさ霞　政元」、第二の発句は宗祇で「花やあらぬ思ひかへせば世々の春」（宗祇句集「下草（初編本）」にも記載される）であった。連衆は、他に、頼則・肖柏・正存《まさあり》・正時《まさとき》・正種《まさたね》・宗長・正頼《まさより》らが知られる（大阪天満宮本）。能勢頼則は管領細川政元の被官で、摂津国芥川（現大阪府高槻市）在の豪族であるが、宗祇との交渉は文明五、六年頃から始まるとされる。『新撰菟玖波集』二句入集の連歌作者である。後年、肖柏が「若年より勇者の名、人に知られし人となん、風雅の道にもこころざし深かりき」(「春夢草」)と追悼しているほどの人物であった。頼則と同じく細川被官の池田正種・池田正存・瓦林正頼らによって構成される武士集団が連歌師を呼び寄せて興行した千句である。ちなみにこの三人もそれぞれ『新撰菟玖波集』二句入集の作者である。これら、能勢・池田・瓦林・伊丹などの国人衆が形成していた摂津文化圏の様相は鶴崎裕雄『戦国の権力と寄合の文芸』に詳しい。

『分葉』の書写進上

三月十五日、『分葉』を「尊命」によって書写進上している(太田本)。『分葉』(分葉集)は宗祇句集と同様のネーミングだがこれは連歌語彙集である。つまり、多義的で使い方のむずかしい言葉を解説したものである。意味が分かれる言葉、という書名だと理解できるであろう。例えば「すさむ」が風が激しく吹く意と、雨などが降りやむの意と使い分けなければならないというような指摘を用例をあげながら解説している。このときの「尊命」は諸本を突き合わせて蒲生《がもう》氏(貞久か)かと推定されているが、摂津滞在中であれば能勢・池田氏関係者の可能性もある。

北野社連歌奉行就任

三月二十八日、足利義尚により北野社連歌奉行(宗匠)に任命された。宗祇の身辺はにわかに慌ただしくなる。松梅院禅予《しょうばいいんぜんよ》に書状を送り(「北野禅予記」)、その任に耐えない

宗匠開き連歌

北野神社

ことを義尚の近江の陣所まで参上して嘆き申したが「武命堅固」のためやむを得ず引き受けたと実隆に報告している。五日の会所開きの会についても話題にしている。二十九日、四月四日と北野松梅院を訪問しているが、新たな宗匠として披露の段取りの相談であろう。

四月五日に北野社連歌会所において宗匠開きの連歌「何路百韻」を張行した。発句は「あらぬ名をかるや天びこほとゝぎす　宗祇」、宗祇の自負と謙遜の入り交じった句である。連衆は、宗祇・政春《まさはる》・禅予・寿《じゅ》官《かん》・政信《まさのぶ》・肖柏《しょうはく》・賢仲《かたなか》・政宣《まさのぶ》・光信《みつのぶ》・臨《りん》招《しょう》・堯珍《ぎょうちん》・盛郷《もりさと》・恵俊《えしゅん》・木阿《ぼくあ》・宗長《そうちょう》・珍《ちん》海《かい》・成衡《しげひら》・全藤《ぜんとう》である（国会図書館本等）。宗祇周辺の作者が勢揃いしているが、結果的に次期宗匠となる兼載の名前はない。脇を詠むのは紀伊国小松原の豪族湯川政春である。同時代に管領細川家の族の細川政春がいて武家歌人として知られるが、別人である（鶴崎『戦国の権力と寄合の文芸』）。寿官は俗名小槻《おづき》長興《ながおき》、連歌作者よりも『長興宿禰記』の筆者として知られる弁官の家柄の人であるが、早くから連歌活動をしており、宗祇との関わりも、すでに述べた種玉庵開きの百韻（文明八年四月二十三日）に一座しているのを初め少なくない。『新撰菟玖波集』にも七句入集していて、宗祇もこの九歳年長の連歌数寄にひとかたならぬ気持ちを持っていたようである（石村擁子「新撰つくば集中の作者『寿官法師（小槻長興宿禰）』について」）。

四月六日、禅予は種玉庵を訪問した（『北野禅予記』）。五日の礼参であろうか。同八日、香川《かがわ》亭連歌会に出座し、禅予に書状を送った（『北野拾葉』、棚町知彌「宗祇兼載伝考」による）。四月九日、盛輪院法楽連歌会に出座し（『北野禅予記』）、さらに三条西亭で、上杉民部大輔《みんぶのたいふ》定昌の急死（三月二十四日没）について語り、そのための越後下向の予定などを話題にしている（『実隆公記』）。宗祇と親密であった定昌は房定の嫡子で上野国白井城に拠っていた武将であることはすでに述べた。三十六歳で急死した定昌を宗祇は「去る二十四日頓死、若しくは切腹か、言語道断云々」と嘆き「無双の仁慈博愛の武士なり」と語ったようである。

将軍義尚の陣所における『伊勢物語』講釈

この頃数多く連歌会に参加しているが、その一つ「朝何百韻」は四月上旬頃の作である。発句は「春草はうの花がきのそともかな　宗祇」、連衆は、宗祇・正善《しようぜん》・肖柏《しようはく》・紹宣《じようせん》・光信《みつのぶ》・宗長《そうちよう》ら（京極家本等）。正善（「普広院東隣正善都聞」、金子『兼載伝考』）亭での百韻であろう。

四月十六日から、近江の足利義尚《よしひさ》の陣所において八回連続の『伊勢物語』講釈を行なった。その間、義尚と両吟百韻連歌を巻いている（『実隆公記』）。二十九日にはその両吟連歌と宗匠開きの連歌の懐紙を北野社に奉納している（「北野禅予記」）。

越後下向

五月九日、越後下向のため離京した（『実隆公記』）。そして六月十七日には上杉定昌の墓所に参詣し、追悼歌を詠じている（「宗祇法師集」）。

上杉民部大輔定昌逝去のよし聞きて、越路のはてまで下りて、六月十七日かの墓所に詣で侍りしに、いつしか道の草しげくなりしを分けくらして、かへるさに、

きみしのぶ草葉植ゑ添へ帰る野を苔の下にも露けくやみん

次の歌の詞書《ことばがき》によると、「ほどなく文月十日ころ帰り侍りし道に、観音のおはします

堂に」泊まって、名号を頭に置いて歌を詠んだとあるから、越後を出発したのは七月十日過ぎと分かる。このあと越前に立ち寄って、九月三十日、帰京したことが報告されているから（『実隆公記』）、八月に「老葉（再編本）」を左衛門尉清忠に贈った（大阪青山短大本）のは越前滞在中ということになろう。九月の事跡は「堀河院後百首抄出」の書写（東北大学本）以外は知られないが、これも越前での仕事であろう。

十月十一日、松梅院禅予《しょうばいいんぜんよ》を訪問し、越後の小笠原濃州から託された返信を届けた（『北野禅予記』）。十月十九日、肥後の相良為続《さがらためつぐ》宛に手紙を書き、為続の連歌に加点し返送した。また、その子息の相良長毎《ながつね》の連歌稽古のために『分葉』を贈っている（『相良家文書』）。

十月下旬に近江に下向したらしく、十一月十四日、近江の足利義尚の陣所から帰京したことを実隆に報じている。

十一月十八日、松梅院禅予は「近江八坂庄千句」の相談のため、種玉庵を訪問した。この時、宗祇は連歌会所奉行の辞意を述べている（『北野禅予記』）。この問題は年を越し、ちょうど一年後に再燃する。

6　三条西実隆との日々

実隆と宗祇

文明十九年（一四八七、長享元年）。宗祇六十七歳の年のことはすでに粗々述べた。宗祇と三《さん》条《じょう》西《にし》実隆《さねたか》との交流という視点で一年を切ってみると、宗祇が実隆に与えた最大のものは古今伝授であるが、他に源氏関係の著作に対する助力があった。実隆が宗祇に与えたものは、和歌の批評、染筆、『源氏物語』青表紙本の閲覧など。両者が協力の態勢にあったものは、和歌会の経営・参加というところであろうか。もちろんこれらの情報は大部分が実隆の側のもの、つまり『実隆公記』から得られるもので、それらの意味付けや評価は一面的なものになってしまう恐れはあるが、古今伝授を除けばほとんど対等といってよいだろう。

翌年の長享二年（一四八八）はどうだったか。重複をいとわず、再び『実隆公記』を中心に考察して見る。

宗祇の実隆に対する伝授や教授は、正月の「古今切紙」「源氏物語三ケ事」等の面授、「源氏物語三ケ事一紙」の贈与がある。十月の『古今集』や和歌や連歌去嫌等についての談話もそれに類することであろう。

二月の「源氏物語系図」についての談合は前年からの継続であれば肖柏と共に実隆の制作に助力したものであろう。

共通の和歌会は、種玉庵で二月、四月、十一月、十二月の四回、飛鳥井栄雅亭で二月の一回が記録されている。メンバーは宗祇・実隆・栄雅《えいが》・冷泉為広《れいぜいためひろ》・寺井賢仲《てらいかたなか》らである。おそらく月次の歌会がこれらの人々の間で持たれていたのであろう。その主要な会場として種玉庵が選ばれていたことになる。十一月の会の規模を概略記してみよう。

実隆は早朝「宗祇法師庵室」に向かう。参会の面々は次のごとくである。飛鳥井大納言入道（栄雅）、新大納言（宗綱卿）、滋野井《しげのい》中納言（教国）、予（実隆）、二楽軒（宋世）、冷泉新中納言（為広卿）、姉小路宰相（基綱）、雅俊朝臣（飛鳥井）、上原豊前守賢家、由佐《ゆさ》（遊佐）九郎左衛門尉長孝《ながたか》、伯々部―、大平―、国雄《くにお》（大平中務丞）等。斎を執って、兼日の三首、当座の三十首和歌等を詠み、講じたあと、盃酌数返に及び、酩酊して夕刻帰宅している。種玉庵の規模と設営が垣間見えるではないか。

四月、越後の上杉定昌急死の報を受け、実隆に「追善一品経和歌」の詠作を依頼している。実隆に頼るべき最も大きな問題は、北野社連歌奉行（宗匠）に任命されたことであったろう。三月に任命された時、早速実隆に報告しているが、十一月に至って、松梅院禅予に奉行の辞意を述べる事態に展開すると、同じ日に三条西亭を訪問している。この問題に実隆が深く関わっていたことを示すものであろう。

7　再び山口へ

長享三年（一四八九、八月二十一日改元して延徳元年）、宗祇六十九歳。

この年も三条西実隆との交流が主な部分を占める。正月八日、三条西亭に年賀礼に始まるのもここ数年の恒例であるが、この年は実隆は病気のため会えなかった。「無念々々」が実隆の感想である。

正月二十八日、これも恒例の種玉庵歌会を張行したが、実隆は不参だったらしく和歌懐紙を前日届けている。翌二十九日は三条西亭に赴き「詠歌大概」「阿仏聞書」等和歌にかかわる談話に時を過ごしている。

この年の歌会は、三月一日の飛鳥井栄雅亭庭花賞翫《しょうがん》歌会（中御門宣胤《なかみかどのぶたね》・重阿《じゅうあ》〔碁の上手〕ら参会〈『宣胤卿記』〉）、三月五日の種玉庵歌会、三月九日の近衛政家亭歌会（三十首続歌に次いで猿楽六、七番を観る〈『後法興院記』〉）と続くが、山口下向という大仕事を挟んで再び九月、十月と十二月の近衛亭の雅会に参加している。

実隆に対しては、三月三日、三条西亭に「古今集序聞書」「三ケ事切紙一」「短歌事切紙一」を持参して口伝《くでん》を行なっているほか、「詠歌大概」講釈もあった。

足利義尚近江に陣没

三月二十六日、かねて不予を伝えられていた将軍足利義尚が近江で没した。二十五歳であった。この報に接した宗祇はしかるべき思いを抱いたに違いない。翌年の一周忌には実隆をはじめ公家たちを請じて追善和歌会を催している（後述）。

三月二十八日、宗祇は実隆に離京の挨拶をして、翌日中国地方を目指して出発する。実隆は餞別に伏見宮筆の扇を贈った。

山口下向

五月八日に周防山口に到着する。以下八月までの山口における動向は、「山口下着抜句」（国会図書館本・連歌合集本）によって知られるのみであるが、その詞書に残された詳細な記録と九年前の『筑紫道記』の旅とのアナロジーによって宗祇の山口滞在中の様子はかなり具体的に把握できる。

五月十一日の宗元《そうげん》との「両吟何路百韻」（発句「さみだれは山風清し庭の松　宗祇」）は例外的に百韻そのものが伝来している（大阪天満宮本）ものの一つだが、五月十七日の大内家連歌会に出座して、発句「橘にいとゞかうばし家の風」を詠んだのをはじめとして、山口逗留中の竜翔院《りゆうしよういん》（三条公敦《きんあつ》）、大内配下の杉武明《たけあき》・杉弘相《ひろすけ》・門司下総守能秀・服部弘《ひろ》勝《かつ》・江口忠郷《たださと》・内藤弘矩《ひろのり》らと連歌の会席を共にする毎日であった。大内家の連歌会は、知られるかぎりでも八回を数え、加えて『伊勢物語』講釈も行なったことが「伊勢物語山口抄」という成果によって分かる。江口忠郷のためには「老葉」を与えている。前回の滞在時と同じ顔触れによる連歌の会も少なくなく、『筑紫道記』の文飾もないから、連日の雅会を精力的にこなしている宗祇の姿が浮かんでくる。

山口下向の目的

九月十七日に実隆を訪問しているから、宗祇の山口出発は八月半ばころであったろう。今回の旅行の主たる目的は何であったか。宗祇は十八日、実隆に挨拶に赴き竜翔院三条公敦からの書状ならびに緞子《どんす》一反、大内左京大夫政弘からの書状を届けている。政弘の書状には実隆の昇進についての贈り物である太刀や用脚（金銭の隠語）を送る便船が近日中に着岸する旨が記してあった。この旅行には対明貿易にかかわる気配は感じられないが、可能性はあるだろう。

「打聞」の企画

そして十九日から頻繁に実隆を訪問し「打聞」の相談を始める。これは和歌撰集の企画を意味する。二十一番目の勅撰和歌集『新続古今和歌集』が撰進されて五十年のこの年をひとつの節目にしようという意識が心ある人々の中に生まれたのは当然である。ちなみに二十番目の『新後拾遺和歌集』と『新続古今和歌集』の間も約五十年である。

しかもこれは、すでに文明十五年（一四八三）、足利義尚死没の六年前に計画が具体化していたことが、実隆の日記に記録されている（文明十五年二月二十四日の条）。そこには「近日打聞選定のために、人々の詠草之を召さるるものなり」（原漢文）とあり、七月十二日になって、実隆が禁裏小番《こばん》に勤務していると、室町第に出頭するようにという使いがあり、暇を申して退出し、直垂《ひたたれ》を着て参入すると、義尚が企画している打聞編纂の人数に加わり、一日おきに参るべしという命令であった。一日置きの出勤は難しいので辞退しようと思ったが、引き受けないと義尚の機嫌を損ねると言われ、それ以上何も言えなくなった、「迷惑此のことなり」と記している。実隆は以後、室町殿へ頻繁に通い和歌集撰進のために尽力する。このとき走り出した計画は何回かの中断を挟みながら続くが、長享元年（一四八七）の義尚近江出陣と同三年の陣没によって挫折していたのである。

それの再興のために宗祇はおそらく実隆の意も受けつつ、強力な後援者と想定した大内氏に相談を持ちかけたのであろう。この壮大な計画は最終的には再び潰えて、そのかわりに連歌撰集の編纂へ移行してゆくのだが、それについては後述する。

十月二日、前述の近衛政家亭月次和漢会があり、人数のほかとして飛鳥井栄雅父子・宗祇・肖柏とともに松梅院禅予が同座した（『後法興院記』）。

五日、北野社松梅院に赴き、六日に予定される北野連歌会所の連歌会の打ち合わせを禅予と行なっている。

その六日の連歌は、発句「木枯をよそげに菊のにほひかな　宗祇」に始まる。連衆は、宗祇・禅予・冷泉為広・西洞院時顕《にしのとういんときあき》・丹波重長《たんばしげなが》・小槻長興《おづきながおき》・湯河政春《ゆかわまさはる》・浜康慶《はまやすよし》・進藤《しんどう》長泰《ながやす》・波々伯部盛郷《ははかべもりさと》・肖柏・玄清《げんせい》・一覚らであった（「北野禅予記」）。

十月十五日、湯治のため、有馬温泉に下向し、十一月十一日帰京する。十六日、三条西亭に二条良基著「十問最秘抄《じゅうもんさいひしょう》」の三条公敦筆本を持参し、実隆に外題の染筆を依頼している。山口で公敦から得たものであろう。

十二月に入った。一日、松梅院禅予からの手紙（内容は不明）への返信に、宗祇は連歌会所奉行（宗匠）の辞意を再び述べた（「北野禅予記」）。

8　連歌宗匠交代劇

頼連から兼載へ

松梅院禅予への書簡で辞意を述べた二日後の三日、宗祇が後任に推挙したのは明智《あけち》頼《より》連《つら》であった。しかし頼連が辞退したため、禅予は兼載《けんざい》を社家奉行（松田長秀《ながひで》）に注進する。十四日には連歌会所奉行は兼載に決定してしまう（「北野禅予記」）。

北野連歌会所奉行

ここで北野連歌会所奉行について、その歴史的経緯を記しておきたい。

この称は、北野連歌会所という幕府が管理する公的機関の統括者を意味する。会所が成立した永享三年（一四三一）頃にすでにこのような職が存在したであろうが確認はできない。文安五年（一四四八）六月、宗砌《そうぜい》が幕府より任命されたときの発句が残されている（『連歌愚句』）のが文献上の初出である。宗砌は同時に宗匠《そうしょう》にも任命された。『実隆公記』長享二年三月二十八日の条の「宗砌法師の時世よりこの奉行人を以て宗匠と号すと云々」（原漢文）という注記が当時の理解だったようだから、宗匠と記録に現われる場合も奉行を兼ねていた可能性はあるが不明である。宗匠はもともと連歌の上手、したがって一座の運営に当たる役という程度の呼称であったが、ある時期から幕府の将軍家に仕え連歌会の捌きを司る公的な役職となった。

宗砌に続く宗匠は、祖阿《そあ》・能阿・宗伊《そうい》で次が宗祇であった。しかし祖阿・宗伊は奉行であった形跡はない。したがって奉行の系譜は宗砌から宗祇へということになる。

宗祇の辞意の理由

その宗祇が就任から一年も経たないでこの職に辞意を固めたわけである。その理由をどう考えるか。将軍家への奉仕——代作も重要な仕事——を主な職掌にする宗匠は、将軍の側近や同朋衆《どうぼうしゅう》が適当で、民間出身の連歌師が好んで負担すべき職ではない、といった自尊心が宗祇にあったからではないかという（金子『連歌師と紀行』）。明智頼連を推したのはそうした背景があったとすれば考えやすい。しかし幕府の意を体した北野神社側は世に名高い連歌師をそこに据えたいと考えたのであろう。頼連を拒否し兼載を強引に就任させる。宗祇の辞意の裏側にはもう一つ別の理由があったかも知れない。というのは、大内再訪の項で述べたように、和歌の撰集の動きが明らかに大内氏を中心にあり、宗祇がそれを是とし、みずからそれに専心することを考えたのではないか。宗祇の《歌人意識》は並々ならぬものがあり、その自負が五十年の勅撰集ブランクを埋める強い意志となっていたと想像されるのである。

十二月十八日、兼載は実隆を訪問し、連歌会所奉行を仰せ付けられた「迷惑」を訴えている（『実隆公記』）。実隆の反応は記されていない。

十二月二十一日、禅予《ぜんよ》は種玉庵を訪れている。説得のための訪問であろうか。翌日宗祇は兼載と面談している。これによって兼載への継承が落着したと思われる。

「北野社千句」

十二月二十五日から二十七日にかけて、北野社千句が張行された。残念ながらこの千句は第四薄何百韻しか現存していない。その発句は「色にこの野辺に春まつ草木哉　政誠」であり、その第三句目の一句のみが宗祇の作である。連衆は他に、貞仍・玄宣《げんせん》・丹《たん》三位《さんみ》・禅予・寿官《じゅかん》・兼載ら（天理本）。この千句を奉行交替劇と合せてどう評価するか。この百韻だけ見ると、宗祇は出座せず一順が届けられて一句だけ詠んだようだが、他のすべての百韻がそうであるのか確認できない以上難しい問題である。しかし逆に百韻一つだけでもそのような特異な状況が読み取れるのだから、この千句にかかわる宗祇の姿勢が平常のものでなかったとしてよいのではなかろうか。

六 『新撰菟玖波集』への道

1 古稀の年

兼載らと連歌

延徳二年（一四九〇）、宗祇は古稀七十歳を迎えた。

正月四日、北野社松梅院《しょうばいいん》を訪問した。年賀の礼であろうが、当座の連歌が催され、松梅院禅予《ぜんよ》の発句に兼載《けんざい》が脇を付け、第三を宗祇が詠んでいる（「北野禅予記」）。十一日には種玉庵で「何人百韻」を張行し、寺井賢仲《かたなか》の発句「梅いづこ匂ひはをれる袂かな」以下、宗祇・兼載・玄清《げんせい》・宗作《そうさく》・経安・恵俊《えしゅん》らがメンバーである（北海学園大学本等）。ここでも兼載が同席している。

二月二十五日、東山清水寺本願坊《ほんがんぼう》における「何人百韻」に出座。発句は「花やあらぬ昨日の雪の山桜　宗祇」である。連衆は、宗祇・行二《ぎょうじ》・兼載《けんさい》・忠胤《ただたね》・肖柏《しょうはく》・一覚《いっかく》・政宣《まさのぶ》・春綱《はるつな》・宗長《そうちょう》ら（野坂本等）。この発句は「下草」によれば、二十日に三富《みとみ》豊前守亭において詠まれたものである。しかも雪が降ったのは前日の十九日であることが『実隆公記』などで確認できるから、句意に沿ってその真実性はよりはっきりする。発句の用意のされ方、用いられ方が分かる興味深い例である。

三月八日（五日とも九日とも）、「何人百韻」が張行された。発句は「九重の外山も花の雲井かな　宗祇」。連衆は、宗祇・賢仲・肖柏・兼載・玄清・宗長らである（京都大学本等）。

三月十二日に銭三緡《びん》、十五日、十七日両日に銭千疋を実隆に贈っている。十八日に実隆は宗祇の許へ使者を遣わし、周防の大内氏から到来の《用脚《ようきゃく》》のことやそれについての返事を相談させている。午後になって宗祇は実隆を訪問し、定家自筆の「後撰拾遺難義」を閲覧している。この本は一昨夜、実隆が天皇から書写を命じられて懐中に入れて宮中から持ち帰ったものだという。

三月二十三日、宗祇は玄清とともに三条西亭を訪れ、種玉庵の松に寄せて自らの長命の述懐を次の歌に託した。

住み馴れし宿をば松に譲り置きて苔の下にや千代の陰見ん

宗祇は古稀の歳の思いをこのように表現したのであろう。実隆はいたく感じてこれを書き留めている。

常徳院追善歌会

三月二十六日、種玉庵において常徳院《じょうとくいん》（足利義尚）一周忌追善四要品歌会を張行《ちょうぎょう》した（『実隆公記』）。飛鳥井《あすかい》大納言入道（栄雅）・洞院大将入道（公数）・中御門《なかみかど》新大納言（宣胤《のぶたね》）・下官（実隆）・滋野井《しげのい》中納言（教国《のりくに》）・二楽軒（宋世）・冷泉《れいぜい》新中納言（為広《ためひろ》）・姉小路宰相《あねがこうじさいしょう》（基《もと》綱《つな》）・雅俊朝臣（飛鳥井）・行二（二階堂政行）の十人が、方便品、安楽行品、寿量品、観音品を分担して和歌を詠んだ。斎食《さいじき》の後、四要品和歌を読師実隆、講師行二、発声二楽軒の役で行なった。実隆は「庵主懇切の志、誠に有り難きことなり」と称賛している。宗祇はこの日のために四要品の版を起こして摺写（印刷）しているのである。

九月には住吉法楽独吟百韻を完成した。完成したというのは前年冬、寒夜の夢の中で「様異なる人」が「住吉の松こそ道のしるべなれ」の発句を詠ずるのを見て目が覚め、「遠里小野の雪のかへるさ」と脇を付けたが、その後が続かず打ち置いていたのを、住吉の神へのいとまごいの手向けにと思って百韻完尾したと「宇良葉」に記しているのである。このところの多くの知己の相次ぐ死がもたらした感傷であろうか。宗祇の長文の序は痛切な響きに満ちている。これについては金子氏の分析がある（「宗祇の謎――『宇良葉』三百韻を読む――」）。

以下、この年の宗祇の動向はやはり『実隆公記』を通してきわめて詳細に復元できる。しかし、実隆以外の人々の記録にもしばしば宗祇の名が記し止められている。宗祇の交際の範囲の広がりが知られる。

実隆と宗祇

実隆との交渉はもちろん最も多い。

古典籍に関しては、閏八月九日、三条西亭において紀貫之自筆集以下手本等の閲覧があり、十一月一日は、実隆から『伊勢物語』を借りている。

「延徳本方丈記」

なお、この年、三月上旬に肖柏は宗祇の所持する鴨長明自筆の『方丈記《ほうじょうき》』一巻を借りて書写している。世に言う「延徳本方丈記」で、略本の代表的一本である。宗祇の古典籍コレクションの一端を窺わせるものである。

実隆を介しての宮中との交渉は、八月十七日、後土御門《ごつちみかど》帝・実隆両吟百韻連歌に合点の下命を受け、翌日実隆を介して返上している。九月二十四日に実隆は宮中御学問所において「連歌抄物」を読進している。『実隆公記』のこの書名の注記に「宗祇法師作か」とあるのは不審だが、十二月十八日に及んで実隆は「連歌抄宗祇作禁裏御本」を校合しているから事情が少し明らかになる。天皇が手許に在ったそのような著述に関心を持っていて、宗祇に近い実隆に読ませ、しかも宗祇作ということが判明したという状況があったことが分かる。七月二十九日、実隆が「詠歌大概注（宗祇法師抄）」を清書しているのもそれに関連があるかもしれない。十一月二十九日には実隆に伝定家筆色紙形（百人一首の陽成院《ようぜいいん》の歌「つくばねの」）の真筆証明を依頼している。

宗祇の実隆に対する奉仕には、三月二十七日、定家筆色紙形一枚を贈ったこと、十月十九日、薫物を贈っていることなどがある。また六月二十三日、禁中連歌会発句の件で助言していること（『実隆公記』紙背）も指摘できる。実務的なことでは、八月八日、竜《りゅう》翔院《しょういん》（三条公敦《きんあつ》）宛の実隆書状を預かっているのは、山口へまた下向する含みであろうか。

講釈では、十一月四日、三条西亭で『源氏物語』橋姫巻を読んだが、「講釈に及ばず、ただ文字を読むばかり」であったと実隆は感想を記している。忽々の間の粗略な講釈だというのであろうか。十一月十九日、二階堂行二は「古今聴聞宗祇説之云々一両日終功」と実隆に語っている。行二に対して『古今集』の講釈を二日にわたって行なったようである。

実隆以外の公家では、近衛、甘露寺《かんろじ》、小槻《おづき》に関する事跡がある。

十一月七日の近衛亭月次和漢会（『後法興院記』）は今までも例があったが、閏八月二十九日、近衛尚通に実隆奥書本の『新古今集』を進上（『後法興院記』）しているのが注目される。この『新古今集』は前々日に、宗祇が実隆に奥書の染筆を実隆に依頼しているものであろう。政家は「随分本云々」と記している。七月十七日、甘露寺親長亭《ちかなが》において勧進歌を詠作している（『親長卿記』）。また十一月十六日に宗祇は壬生《みぶ》官務文庫を訪問し、その荒廃ぶりに驚き、寄進をしている。二十六日には小槻晴富《はるとみ》が寄進の謝礼のため種玉庵に来訪している（『小槻晴富記』）。宗祇の財力が具体的に示された例である。

壬生官務文庫への寄進

この年のほかの連歌会の記録としては、九月二十日「山何百韻」、発句「ふきもこぬ風の秋しる木葉哉　宗祇」以下、連衆、宗祇・秀順・肖柏・長澄《ながすみ》・宗友《そうゆう》ら（大阪天満宮本、八十句現存）がある。

2　湯山三吟と越後下向

延徳三年（一四九一）、七十一歳。

この年は、正月五日、近衛亭、十二日、三条西亭の年賀の礼に始まる。種玉庵と三条西亭、近衛亭を中心として活動が展開されるのはこの数年と同様であるから、多くは省略に従い、重要なトピックをいくつか上げておくことにする。

人丸像供養和歌会

種玉庵での行事は、三月二十四日、人丸像新図供養三十首歌があった。この絵は信実《のぶざね》の作を土《と》佐《さ》光信《みつのぶ》が写したもので、定家自筆の「山鳥の尾の」の歌の色紙が貼られていると説明されている。参会者は中御門宣胤《のぶたね》・三条西実隆・姉小路《あねがこうじ》基綱《もとつな》・冷泉為広《ためひろ》その他で、ちょうど前年の常徳院追善四要品和歌会と同規模である。義尚の忌日が三月二十六日であるから、それを意識しての開催とも考えられる。実隆はこの日の晩、常徳院に焼香に赴いている（『実隆公記』）。

越後下向

『実隆公記』は宗祇が実隆に人丸図と「古今集聞書」以下和歌相伝抄物等一合の保管を依頼した記事を残している。「若し帰京の儀なくは、付属せしむべき由、丁寧にこれを談ず」（原漢文）とある。四月二十三日、二十九日のことであった。これは五月に予定された越後下向に備えての用意であるが、こうした行為は今まで記録に表れないことから、宗祇の覚悟が感じられる。実隆が宗祇に早い帰洛を希望していると伝えたのは、あながち社交儀礼ではないようだ。宗祇は五月二日に京を離れ、十月三日に若狭を経て帰京した。実隆は預かりものを十月六日と十二月四日に返却している。

宗祇のこの度の越後行の詳細は不明であるが、上杉氏のもとにあったことは確かである。今までの長期旅行には旅先での連歌会や指導の痕跡がそれなりに辿《たど》れたが、今回の越後行にはわずかに「詞字注」（龍谷大学本）の執筆しかない。

湯山三吟

十月十一日、実隆を訪問した宗祇は、旅の疲れを癒《いや》すために摂津へ湯治に下向することを告げている。そして十五日、池田若狭守正種《まさたね》亭の「何木百韻」に出座した。発句は「今朝のあさけ雪はまたれよ霜の松　宗祇」である。連衆は、宗祇・正種・肖柏・宗長・玄清・宗益・猿丸である（大阪天満宮本）。肖柏・宗長・玄清らが宗祇と同行していることが分かる。池田は肖柏隠棲の地で池田氏の配下でもあり、かつ有馬温泉に近く、宗祇がたびたび訪れている。二十日、その肖柏・宗長と「湯山三吟百韻」を巻いた（早稲田大学本等）。冒頭を掲げる。

薄雪に木の葉色濃き山路かな　　肖柏
岩本すすき冬や猶見ん　　宗長
松虫にさそはれそめし宿いでて　　宗祇

この百韻は同じ作者の『水無瀬三吟百韻』と並んで連歌の傑作に数えられる。ある意味では「水無瀬三吟」よりも人々の注目を集めた作品だったかもしれない。というのは、同時代を含めてこの百韻に注釈を付けた人が少なくとも三人（宗牧ほか）いたのである。この発句脇第三についても注は色々なことを教えてくれる。一つだけ紹介しておこう。

政弘の疑問

周防の太守大内政弘《まさひろ》はこの懐紙に接して（こうした都の連歌がたちまち地方の文雅の士にもたらされることも驚きである）、不審を抱き、第三の趣を飛脚を立てて都の宗祇に質問したという。注の一つはそれについて詳しく説明して、「この第三句はさまざまにいわれている。しかしむずかしいことはないはずだ。松虫に誘われ始めたのは初秋のことで、それから今の冬枯れまで、すすきの様子にひかれる気持は一通りではなかった、ということだ。『岩本』という詞は歌語として大事なことであるが、松虫はそれにふさわしい重さを持っている。単に『虫』といったのではだめであろう。一句の独立した意味は、誘われ始めてから、毎夕家を出た、ということだが、結局その宿を出て岩本のすすきを冬も見たいと前の句にかかっている」という意味のことを述べている。解釈について論争があったことをうかがわせる表現があり、それを作者の意図に沿って説明しようとしている。いわゆる話題作だったのであろう。

十二月四日、宗祇は宗長・泰諶《たいじん》への『古今集』講釈を開始した（「難波津泰諶抄」、新井「〈桜町上皇勅封曼殊院蔵〉古今伝授一箱」による）。この講釈は翌年二月八日に完了している。

3　連歌会の連衆

延徳四年（一四九二、七月十九日改元して明応元年）、七十二歳。

この年は偶然が働いたのであろうが、宗祇が参加している連歌作品がかなり多く伝来している。それらを利用して、連歌会のメンバーがどのように構成されるのかを見ておきたい。

金光寺

正月二十二日、京都七条道場金光寺《こんこうじ》（時宗）における「何路百韻」、発句「霞さへむめさく山のにほひかな　宗祇」。連衆、宗祇・上（十九代遊行上人他阿）・兼（兼載か）・其阿《きあ》・基佐《もとすけ》・玄清・宗長・一覚・阿弥・宗覚《そうかく》・仙覚《せんがく》・但阿《たんあ》・欽重《きんじゅう》・恵俊《えしゅん》・宗益《そうえき》・竹阿《ちくあ》（大阪天満宮本等）。

正月二十三日、「何路百韻」、発句「梅がゝの霞な出そよはの月　秀文」。連衆、秀文・宗長・兼載・玄清・快乗・恵俊・宗祐・宗益・宗祇・宗牧・眼阿・武員・宗鏡（大阪天満宮本）。

二月八日、「何人百韻」、発句「先みよとさくやこゝろの花ざくら　宗祇」。連衆、宗祇・日増・兼載・基佐・日顕・宗長・証了・玄清・乗厳・領重・恵俊・弘吉・宗益・兼顕・貞顕（書陵部本等）。

三月三日、摂津における千句連歌（池田家主催か、第三初何百韻のみ現存）。発句「さけばさく花は心の一木哉　正盛」。連衆、正盛・宗長・里貞・実任・正種・正存・寿重・宗益・宗般・宗祇・肖柏・正時・専向・仙孝・頼則・宗臨・宗鑑（京都女子大学本）。

三月十九日、京都七条道場金光寺における「山何百韻」、発句「花ぞちるかゝらんとての色香哉　兼載」。連衆、兼載・上（他阿）・宗祇・基俊・玄清・弥《み》阿《あ》・一覚・恵俊・宗覚・弘覚・領重・但阿（京都大学本等）。

近衛亭月次和漢会

四月二日、近衛亭月次和漢会の「和漢聯句百韻」、発句「をそ桜花よりしげるは山哉　親康」。連衆、親康・春（近衛政家）・方（近衛尚通）前藤中納言・冷泉中納言・姉小路前宰相・右兵衛督・慶琳・長泰・忠綱・宗祇・臨招・俊泰・章長（大阪天満宮本）。この会は『後法興院記』に記載がある。記録と作品が一致する例はいままでもいくつかあったが、きわめて少ない。これはそのひとつである。ただし、『後法興院記』には「月次和漢会也、親康頭役」と記すのみである。この年はほかにも五月二日、八月二十二日および九月七日にも近衛亭月次和漢会があり、宗祇が参加していることが知られるが、作品は伝わっていない。

四月八日、「何船百韻」、発句「春過ぬ初とや啼ほとゝぎす　宗祇」。連衆、宗祇・兼載・玄清・恵俊・肖柏・盛次・宗長・宗益・眼阿（大阪天満宮本等）。

六月二十五日、「独吟何路百韻」、発句「陰涼し猶木高かれ小松原」（静嘉堂本等、六月一日とも）。

延徳四年の作として以上八点が現存している。全作品に登場する作者は意外にも宗祇だけである。四月二日の「和漢聯句百韻」を対象から除外してみると、兼載・宗長・玄清・宗益らが多くの作品に登場していることが分かる。しかし、兼載・玄清は三月三日には参加せず、逆に宗長・宗益は三月十九日に見えない。これらはすべて宗祇門の連歌師であるが、いつも宗祇と行動を共にしているわけではない。かつて修業時代に宗祇は師専順と常にといっていいほど随従していた。誰しもそのような時期はあるだろう。しかしこの延徳四年に兼載は四十一歳、宗長は四十五歳、玄清は五十歳、宗益は享年は不明であるが大永三年（一五二三）没だからこの年およそ三十代であろう。したがって、それぞれが自立して独自の活動を行なっていてもそう不思議ではない。逆にこれだけの人々が宗祇とかなりの頻度で同座しているところに注意を向けるべきであろう。すでに見た『筑紫道記』の記事から、連歌会がどのように企画され実行に移されてゆくかを考察すれば、主催者と目される人物が、客に当たる人物——この場合連歌師だが——を招じて自らの身内と連歌師が連れてくる配下を合せた顔触れで開催するのが一般的だといえる。

　正月と三月の二度行なわれた七条道場金光寺での会は、主宰は十九世遊行上人《ゆぎょうしょうにん》他阿《たあ》であり、客は宗祇である。したがって時宗関係の作者、他阿・其阿《きあ》・阿弥・但阿《たんあ》・竹阿《ちくあ》ら、宗祇関係の作者、兼（兼載であろう）・玄清・宗長・一覚・恵俊・宗益らによる混成の座が出来て会が成立しているわけである。客として呼ばれた連歌作者がいかに優れた人々を連れてゆくかが重要な課題だったに違いない。なお金光寺は仏師定朝に由来を持つ時宗寺院として中世の文献にしばしば見える名刹だが、明治に至って東山の長楽寺に合併され、下京区材木町に跡が記録されるのみになっている。

この正月の百韻をもうすこし分析してみよう。一順を次に掲げる。作者名の下に記した数字はこの百韻の中でその作者が詠んだ句数である（合計が百にならないのは、原本に欠損があるためである）。

霞さへむめさく山のにほひかな　宗祇　一〇
春一しほの雪のあけぼの　上　一二
雁かへるひがたの月は長閑にて　兼(載)　九
船さそひ行く末の白波　其阿　二
都いでてけふは幾日になりぬらん　基佐　一〇
いとどあらしの旅の衣手　玄清　六
遠き野の日もゆふ霜に暮れそめて　宗長　一〇
その色ならず曇る松むら　一覚　八
山もとの秋寒げなるうすけぶり　阿弥　三
聞けばかすかにきぬた打つ里　宗覚　二
おちかたの一むら竹に月落ちて　仙覚　四
明くる河辺に鳥の鳴く声　但阿　四

人見えぬ小舟いづくに過ぎぬらん　欣重　四

するゑこそ知らぬ袖の別れ路　恵俊　七

あへば猶おぼつかなさの数そひて　宗益　一

一順とはその連歌に参加するメンバー全員がとりあえず一度ずつ句を出して一回りすることをいう。その間は、一度句を出したものは二回目を出さないで待っていなくてはならない。その順序は客の筆頭が発句を詠み、主人が脇で受け、あとは作者の格の高さに応じて順序が決まってゆくのが通例である。宗祇は筆頭の連歌師であり、発句を他阿上人から所望される立場である。霞に梅の花の香りがこもっている山――これは金光寺に対する挨拶である――を詠んでいる。それを受けて金光寺の遊行上人が主人として脇を付ける。この日は雪が夜中に降って明け方晴れ、美しいあけぼのを迎えた日だったのであろう。第三を取るのは兼載（四十一歳）、第三からはその日またはその場所に制約されず一定の約束の上に、自由に句を付け進めていってよい。干潟はすでに眼前の景ではない。次の其阿《きあ》は時宗僧、基佐《もとすけ》（年齢不明だが大体六十歳位か）・玄清（五十歳）・宗長（四十五歳）・一覚は連歌師、阿弥は文字通りの時宗僧であろう。宗覚《そうかく》・仙覚《せんがく》は連歌師、但阿は時宗僧、欣重はよく分からぬが、恵俊《えしゅん》は明応四年の「新撰菟玖波集祈念百韻」の連衆の一人、宗益《そうえき》は後の宗哲《そうてつ》で、執筆を勤めている。時宗僧の序列は判然としないが、連歌師の方はおよそ格と年齢による方程式が自ずから順序を決していると思われる。

さて以上の考察からは外れるものに、作者が一人の連歌、つまり独吟連歌がある。いままで、宗祇の独吟連歌は多数扱ってきたから、改めて言うべきことは少ないが、この年唯一の独吟百韻に触れておきたい。

「小松原百韻」

六月一日、宗祇は「陰涼し猶木高かれ小松原」に始まる「独吟何路百韻」をなした。若年のころは独吟連歌をたくさんこなし、「我ほど独吟多くしたる者はなけれども」（『実隆公記』文明十八年九月十六日に記録された宗祇の談、「五　栄光と権威」の「4　宗祇の座談」の項参照）と自負しているのは、もちろん自己に課した稽古が厳しかったことを意味するが、この時期の独吟は別の目的がある。今問題にしようとしている「何路独吟百韻」にはいくつかのテクストがあり、日付も一日、二十五日と揺れがあり、成立事情を示す端書きにも次のように一定していない。

祇公独吟湯川阿州戦場祈禱（東京大学国文学研究室本）

紀州湯河依所望也、在所小松原（大阪天満宮文庫本）

また、この発句「陰涼し猶木高かれ小松原」は句集に収録されている。その詞書は、湯河安房守のかたへつかはし侍りし独吟の発句に（「宇良葉」）
紀伊国小松原なる人の所望に（「宗祇発句集」）

いずれも人の所望に応えての作と読めるが、その人物が湯川（湯河）氏であるらしい。別々の資料がそれぞれに持っている情報を評価なしですべて寄せ集め、都合のよい情報だけ抜き出して結論を出すのは、しばしば行なわれる安易な方法であり、本来避けなければならないが、中世の資料の持つあいまいさに対処する一つの方法として容赦していただくことにする。その結果は、紀州小松原在の湯川氏が宗祇に独吟連歌を所望したということになる。これを傍証で固めてゆくと、さらに次のようになる。

『新撰菟玖波集』に五句入集している、源政春、別名武田安房守は湯川と号し、紀州日高郡小松原城の城主である。それが戦場での祈禱のために法楽の独吟連歌の詠作を宗祇に依頼した。

今まで宗祇の伝記を跡付けて来た中に、政春の名はしばしば登場した。宗祇周辺の有力な武士連歌作者の一人という印象は明確にある。多少躊躇されるが、それに比定するのは誤りではないだろう。しかし前述のような情報の処理であることは記憶しておきたい。それは本書全体を通じていえる点でもあるからである。

さて、宗祇と交流のある地方武士が独吟連歌を所望したというだけでは終わらない問題が生じてくる。実は小松原は、宗祇紀州出生説でピンポイントされる有田《ありた》郡藤波《ふじなみ》（藤並）庄とはきわめて近い位置にある。宗祇紀州出生説は「第四　宗祇伝説」で整理するが、江戸時代初期の成立とされる「宗祇伝記」は宗祇の出身を紀州有田郡藤波庄黍野《きびの》（吉備野）とし、宗祇はその近くの小松原に住む郡の領主湯河に、宗匠就任の礼として小松原で連歌会を催し、その時の発句がこの「陰涼し」であるとする。さきほどの「安易な」方法はこのように発展する危険性を常にはらんでいるのだろう。どこで線を引いていてよいかむずかしい問題になってくる。年譜的にこの六月二十五日は紀州に下向していても矛盾は生じないからなおさらである。しかもかなり信頼すべき援軍がある。それはこの百韻に付された古注である。この独吟は宗祇円熟期の作として人気があったのであろうか、読者が多く、したがって解読についての疑問もそれなりにあったらしい。宗牧の注が残されている。その発句の注は、「紀州小松原と云ふ所にての独吟なり。大原や小塩の山の小松原はや木高かれ千代の陰見ん、の歌を取りて祝言なり、……」

同時代とまでは行かないが、次世代の連歌師の証言である。しかし結論を出すのは無理であろう。

いささか回り道をしたが、通説（金子『宗祇名作百韻注釈』）の、京都で湯川政春に所望された独吟連歌という地点に戻る。そして外延の資料はやめて、作品自体から解読できるものをさがしてみよう。

陰涼し猶木高かれ小松原
風静かなる夕立のあと
待ちいづる外山の月に雲消えて

戦場祈禱の危うさや強さはない。古注が示すような祝言の雰囲気が、発句から脇・第三と穏やかに流れている。湯川氏の子孫繁栄の祈請かも知れない。けれどもうがった見方をすれば、夕立のあと、雲消えるなどは戦争の後の平穏を意味すると言えなくもない。戦勝を結果的に平和がもたらされるものと表現すればこうなるのかもしれない。百韻の途中はあまり個人的な意志や感情は表現しにくいが、末尾は冒頭と同じように当座性を発揮できる部分である。

陰高き神の宮だち春をへて

南まつりをあふがぬもなし
わが人と分けてちかひのするゑひさに
弓とるみちぞもとをつとむる

九十七句目から揚げ句まで、この百韻がいわば結論を出す場面である。神事が中心になっている。古注は九十七について「社頭の躰也」という。いく春を経た神社の神徳が表現されている。九十八は「八幡の祭礼なり」と注される。「南まつり」は陰暦三月の中の午の日に行なわれる石清水八幡宮《いわしみずはちまんぐう》の臨時祭をいう。賀茂の祭りを北の祭りというのに対しての称である。この句が付くことで神さびた社頭は八幡宮で、その祭礼に対する尊崇の念が語られていることになる。九十九の古注は「正八幡の悲願なり」とある。この句は足利尊氏《たかうじ》の「人よりもわが人なれば石清水きよきながれの末まもるらん」(『新千載集』巻十・神祇・一〇〇九番)を意識していることは明らかである。本歌取りと言ってもよい。湯川氏は本姓武田を名乗る源氏である。九十八・九十九の付合は、「八幡神は湯川氏、つまり源氏を我が守るべき人として誓いを立てられた。その誓願は末久しく変ることはない。だから石清水の祭りを皆誰もが尊び仰ぐのだ」ということになろうか。百句目、つまり

『論語』による付合

揚げ句の古注は「君子努本立道成」とある。これは『論語』学而第一《がくじ》に「君子は本を努む、本立ちて道生ず、孝弟なるものは其れ仁を為すの本か」（原漢文）による付合であることを示している。君子は根本を追求する、根本がしっかりしていて初めて《道》が生ずるのだ。弓を取る武士の道も本を努めなければならない、という締めくくりでこの百韻は終わっている。この末尾は八幡神の加護を仰ごうとする意思が明確である。平和待望で始まり、武神への祈願で結ぶこの連歌が戦にかかわらなかったとは言いきれない。

みだれしも又おさまれる君が代に
今より道のするゑただしかれ

という一続き（四五・四六）もある。金子氏は引用した『論語』の後半に解釈を及ばせて、仁のもとたる孝弟を務むべき意であるとするが、そこまで考えなくてもよいではないか。つまりこの百韻は湯川が戦争に勝利した報賽として八幡に奉納する目的で宗祇に依頼したのではないか。今まで見てきたように、全体的に戦争が終結して平和が回復された気分が漂っている。八幡神に対する感謝と共に戦場で没した人々への追悼のためならば「戦場祈禱」という表現も納得できる。ただ、いまだに宗祇が小松原へ下向したかどう

実隆との交渉

かは不明である。しかし京都であれ小松原であれ宗祇と政春の親しい交友関係が成立していたことは認められる。

この年の実隆との交渉は、八月上旬、実隆に「内外口伝歌共」を与える（書陵部本）、十月十五日、三条西亭において実隆の『土佐日記』講釈を聴く、十一月十五日、三条西亭の『源氏物語』論談に出座（会衆各人四問ずつ用意、会衆、甘露寺《かんろじ》親長《ちかなが》・実隆・宗祇《そうぎ》・肖柏《しょうはく》・兼《けん》載《ざい》・玄清《げんせい》・宗長《そうちょう》）、十二月七日、同じく「定家卿未来記五十首、雨中吟十七首等」を読む、同十六日「明疑抄（伝為家作）」の偽作説を語る、十九日、実隆に「未来記聞書（遠情抄）」の銘の染筆を依頼する、と例年と同様に密なものがあった。

4　連歌撰集への胎動

明応二年（一四九三）、宗祇七十三歳。

正月五日、三条西亭を訪問し、実隆に薄様一帖・短冊五十首を贈った（『実隆公記』）。恒例の年賀の礼であろう。この年も宗祇と実隆の間で例年のごとき交流・活動があったであろうが、これ以外は知ることができない。この年の『実隆公記』は二月、三月はそれぞれ一日のみ、四月はまったく記事を欠いているためであろう。

近衛家との交渉

むしろ近衛家との交渉が『後法興院記』にいくつか見える。二月十七日頃、後土御門天皇より宗祇に対し「連歌新式」の用捨つまり改訂について下問があった。近衛亭において、二月二十一日に月次連歌会、三月五日と四月五日に月次和漢会、四月二十一日に歌会があり出座している。連歌・和漢聯句の会は、玄清・肖柏らが同行しているが、三月五日の会には兼載が同行し、政家は「兼載当時宗匠也」と注記している。四月二十一日の歌会は人麿影供五十首続歌で、人麿の画像は延徳三年宗祇の所有に帰したもの（前述）を借用しての会であり、大変な盛会で酒食も十分に供され、朝から晩に及んだ。宗祇のほかの来会者は、聖護院准后《しょうごいんじゅごう》・竹裏僧正・按察使《あぜち》大納言・前藤中納言・冷泉前中納言らに加えて肖柏・禅予・兼載・寿官《じゅかん》・竹田法印らであった（『後法興院記』「北野禅予記」）。

本式連歌

三月九日、洛東清水寺において本式連歌「何水百韻」が張行された。発句は「水かほり花いさぎよき深谷哉　宗祇」、連衆は宗祇・快勝（清水寺杉（坂）本坊）・兼載・行二・肖柏・泰諶・宗長らである（国会図書館本等）。鎌倉時代弘安頃に善阿が定めたという「連歌本式目」が長く湮滅していたのを兼載が明応元年にそれに準拠しつつ制作した十三個条の式目がこの本式であるという。兼載の立場や主張がこの興行に表れている可能性がある。

三月二十五日は「何船百韻」に出座し、発句「花ぞ春ちらぬもあらば暮もなし」を詠んでいる。連衆、宗祇・基定・宗切・基佐・宗長・玄清・慶祐・宗益ら（天理本）。

この年はまた、山科言国《やましなときくに》との交流が目に付く。三月二十日、言国を介して依頼されていた勝仁親王主催の兼題付句連歌（前句付）の加点をこの日返上している（『言国卿記』）。四月八日、松木宗綱《むねつな》は宗祇句集「下草」を書写校合して、禁裏に進上している（『言国卿記』）。これによって「下草」乙類本（いわゆる初編本）はこの春頃までに成立したと考えられている。この句集の詞書に初めて見えるのが越前一乗谷《いちじょうがたに》の朝倉貞景《あさくらさだかげ》の名である。

一乗谷の朝倉氏

朝倉貞景館にておなじ（納涼か）こころを

奥や滝雲に涼しき谷の声　（金子本・一三六六）

貞景は孝景《たかかげ》の孫、氏景《うじかげ》の子で、文明十八年（一四八六）氏景の死によって十三歳で当主になった。当初戦乱に明け暮れていたが、次第に鎮静化するに従い、中央の文人の訪問・滞在も顕著になっていった。貞景の治政は、永正九年（一五一二）までの二十六年に及ぶが、宗祇はその間にも前後九回越前を通過する機会があり、その多くの場合は朝倉を訪問していたであろう。この発句も、そのうちの一回の滞在が残したものであろうが、朝倉館を彷彿とさせる描写力を持っている。

北野との交渉も、三月二十九日の松梅院訪問、四月一日には禅予が種玉庵に来訪し、松梅院張行の千首和歌について談合をしている。また同十七日、禅予より鳥子三十枚の返却があった（『北野禅予記』）。

四月二十日、「百人一首抄」に奥書を記す（版本等）。

閏四月三日、近衛亭を訪問し、離京の挨拶をし、翌五日、越後に下向のため離京した（『後法興院記』）。

このように表面的には連歌撰集の企画は話題になっていない。しかし翌年からの具体的な動きを見れば、すでに下ごしらえは済んでいたと考えられる。その中心となったのは、大内政弘であったことは、明応四年八月二十五日付の相良正任《さがらただとう》（大内家の家宰）宛て相良為続《ためつぐ》書状（後述）に「次新撰菟玖波集、御意見を以て思し立たれ候ふ由、去春見外斎より申し下され候ふ、……」（原漢文）とあることや、政弘逝去の際の兼載の追悼文「あしたの雲」にも触れられていることから明らかである。

5 『新撰菟玖波集』成就祈念

越後より帰京

明応三年（一四九四）、宗祇は七十四歳。

二月十三日、三条西亭に宗祇の書状が届けられて、翌月帰京の予定が報じられた。したがって、三月に帰京したのであろう。『実隆公記』はまた三月から八月まで記事を欠き宗祇の動向はしばらく不明である。前述したように前年閏四月五日、越後へ下向したのだから、一年弱京都を離れていたことになる。『新撰菟玖波集』胎動の時期に当たる以上、それに関係する旅行であったことは推測できるが、その間の様子は記録に見えない。

一方の雄、かつ連歌会所奉行の兼載は、二月十日から聖廟法楽、つまり北野の神に奉納する独吟千句を詠作した。これも新しい連歌撰集の成就祈念の意味があったに違いない。

帰京後の動静も、八月二日に三条西亭を訪問し、五日に近衛政家邸の月次和漢会に玄清とともに出座しているほかは（『後法興院記』）、十月末までの行動は知られない。十月三十日、摂津池田正種《まさたね》主催の「何路百韻」に出座し、発句「うつろはで菊にけふまで神無月」を詠んでいる（天理本等）。連衆は、宗祇・正種・宗般《そうはん》・康正《やすまさ》・肖柏《しょうはく》・正盛《まさもり》ら。この前後摂津の池田氏のもとにあったと考えられる。池田氏も宗祇にとって重要な後ろ盾であったことはいうまでもない。

十一月十八日の近衛亭小月次連歌会に出座、十二月三十日にも近衛亭を訪問（『後法興院記』）と、政家との接触が目立つ。

十二月二十七日付けの大乗院尋尊《じんそん》宛の書状に「新集連歌事」について言及した（『大乗院尋尊記』）が、これが『新撰菟玖波集』を指し、句を求めている手紙であることは明らかである。

明応四年（一四九五）、宗祇七十五歳。

成就祈念百韻

正月六日、種玉庵で連歌撰集（『新撰菟玖波集』の名が与えられるのは後のことである）成就祈念の「何人百韻」が張行された（神宮文庫本等。『続群書類従』所収本は明応三年正月三日と誤る）。発句は宗祇の「朝霞おほふやめぐみつくば山」である。この連歌の企画はすでに前年の大晦日に、宗祇から実隆へ伝えられていた。発句は宗祇があらかじめ詠み、脇を実隆が付けることになっていた。三日に実隆は脇句の案を二種提示する。

春に道ある雪の木のした

にゐ桑まゆをひらく青柳

である。それを受け取った宗祇は「にゐ桑まゆ」の方を採用した。発句の句意は明らかであろう。天寵を朝霞に喩え、連歌ゆかりの筑波山の春の情景にしたところは撰集の成就を祈念するに相応しい。宗祇の選んだ脇は春の到来で青柳の芽が新しい繭《まゆ》のように開く景を加えて祝意を盛立てている。実隆は連歌会には参加せず脇句のみである。おそらく編集実務に当たると予定された地下の連歌作者を糾合した会なので、実隆に脇句だけ参加してもらったのであろう。

続く第三はもう一人の大立者兼載である。句は、「春の雨のどけき空に糸はへて」で、ここでは穏やかに祝意を表明している。宗祇十四句、兼載十三句、宗長十三句は三者拮抗しつつ他より抜きんでて多く、推進者の意気込みと三者間に働いている力学の微妙なバランスが感じられる。特にこの三人のうち、兼載がかなり挑発的に句を出していることが指摘されている。連歌が複数の人たちの宥和にも働くが、一方でその本来持っているゲーム性から一種の喧嘩の様相を呈することもあることは理解できる。

ほかの連衆は次の面々である。括弧内は注記と『新撰菟玖波集』に入集した句数である。

玄宣（もと細川被官、明智兵庫頭頼連、明智兵庫頭入道・九）
玄清（宗祇の弟子、もと細川被官、肥田〈河田〉兵庫助春仲・七）
友興（赤松被官、葦田木工頭・一一）
長泰（近衛家家礼、進藤筑後守・三）
恵俊（宗祇の弟子、信濃国、桂井坊・三）
宗仲（能登国・一）
宗忍（もと大内被官、門司藤左衛門興俊・三）
慶卜（奥州南部住〈読人不知衆〉・三）
正佐
宗坡
盛郷（細川被官、波々伯部兵庫助・五）

連衆の多くが宗祇または兼載《けんざい》周辺の地方武士またはその出身者であり、撰集の有力な作者でもあることが分かるだろう。

禁中よりの下命

正月十二日、禁中より「御製親王御方両吟連歌」の合点と「連歌嫌物御不審条々」の回答を求められた。宗祇は加点と回答を即日に実隆を介して進上している。そして翌日、摂津に下向しているが、湯治のためという。摂津には二月十七日まで滞在するが、下向中の宗祇に実隆は禁中より下命の「連歌嫌物御不審事」と下付された「忍誓独吟千句、

宗祇の発句

同連歌一帖」を送り届けている。撰集編集作業の一環であろう。摂津より帰京した翌日十八日、実隆を訪問、近作の発句三句を紹介した。

雪晴て春をうかべぬ水もなし
まつさくらありとも梅や春の花
露をもる夕やさかり花の色

このうち、初めの一句は「池田三郎五郎所にて」（三郎五郎は久宗か）と詞書《ことばがき》して発句集「宇良葉」に収録されるが、他の二句は句集に見えない。宗祇が自撰句集を編集する時、必ずしも網羅的ではなく、かなり選択していたことを窺わせる事実である。同様のことは二十九日に実隆に示した二句（いずれも句集に見えない）についても言える。なお『新撰菟玖波集』へも撰入していない。

6　編集資料の収集

禁中連歌の資料

十九日、後土御門帝は「連歌集」の事に就き「連々御一座」を実隆に下げ渡し、宗祇に見せるよう下命した。すなわち、天皇が参加した連歌懐紙を編集資料として下げ渡したのである。

連歌の撰集を編集する実務はどのように進められるのだろうか。宗祇にとって上つ方の連歌、すなわち禁中の連歌は重要な編集資料となるはずである。しかし当人がその借り出しを申し出ることはできない。二十日には、実隆に禁中年々の連歌（文明十年頃〜明応三年）一合（箱）が貸与された。実隆は宗祇にこれを見せ、さらに草庵で心静かに拝見するようにと宗祇に貸し出している。

この資料は『新撰菟玖波集』にその面影を留めている。例えば、「文明十八年三月尽内裏にて百韻の連歌に」（七一、七二番詞書）のような文言の記録されているものが少なからずある。それも大体前述の期間に収まるもので、この時貸与された資料であることはほぼ確かである。『新撰菟玖波集』の付句が詞書を伴っているケースは決して多くはないのだが、資料の性質上、また勅撰への下工作として公的な性格を正面に打ち出すべく努力をした結果ではないかと思われる。また、三月三日にも旧院（後花園院）の連歌懐紙を貸与されている。宗祇は閲覧の上、肖柏が上洛したら相談する旨を実隆に語っているが、七日上洛した肖柏を同道して八日に実隆を訪問している。さらに十九日、後花園院の独吟連歌が貸与され、実隆は宗祇に選定を命じている。「寛正二年四月九日百韻連歌あそばされけるに」(二四五、六番詞書)として『新撰菟玖波集』に痕跡を留めているのがこれではなかろうか。三月二十八日には「御製以下大概撰出之句数注一紙」を持参して『新撰菟玖波集』編集について実隆と談合している(『実隆公記』)。

四月一日に至って、実隆を介して「禁中連歌年々分」一合を返上している。これは三月二十九日に貸与のあった分と思われるから、短時日のうちに書写したに違いなく、撰集資料収集への慌ただしい気配が感じられる。

四月六日、三条西亭の和漢聯句に出座している。連衆は、実隆・師富《もろとみ》朝臣(中原)・宗祇・肖柏・玄清・兵部卿・姉小路宰相。この間、連日のように実隆と『新撰菟玖波集』について談合を重ねている。

四月七日に、近衛亭より近衛家三代の句が送付されてきた。政家の句は七十句あった(『後法興院記』)。最終的な入集は房嗣《ふさつぐ》三句、政家二十六句、尚通二十二句である。

四月十三日、土御門天皇の早春の霞の御製と勝仁《かつひと》親王の句について実隆と相談し、しかるべき結論を得たようである。後に示すように、天皇の句は巻頭を飾る「睦月立つ」、親王の句は三番目の「春は今」が選ばれている。

巻頭の句

撰集以外のことをまとめておく。

三月四日、宗祇は実隆に「公任卿筆朗詠上下」つまり藤原公任《きんとう》筆の『和漢朗詠集』上下巻を持参して見せている。実隆は公任の真跡は初めてであった。そして一条家の桃華坊に収蔵されていた『北山抄』一巻が公任筆であったかと思い出し、それならば「相国」——一条家の当主冬良《ふゆら》は公任の真跡を承知しているのではないかとして、冬良に見せるように宗祇に勧めている。この記事はいくつかの重要なことを教えてくれる。宗祇がこのように市場価値の高い本をどのようなルートか分からないが手に入れていること、公任の筆跡と称するものを実隆のような者でもほとんど見るチャンスがなかったこと、さしもの桃華坊文庫でも公任筆は一点しかなかったこと、そしてやはりこの本が、いわゆる《伝公任筆》であり、しかるべき鑑定を必要としていたらしいことなどである。

三月、「淀の渡」を完成した（伊地知本等）。これは連歌百韻の連ね方を発句に始まり、一句ずつ具体的な句を解説付きで付けて行き、揚げ句に至るという連歌作法書である。連歌実作のシミュレーションというべきもので、きわめてユニークなアイデアの書であるが、宗祇作を疑う意見もあり確かなことは言えないし、今まで見てきたような過酷な撰集の日程の中でこうした著述が可能かも疑問ではある。しかし内容はともかく、すでにあった自著をこの時署名して贈ったのならば問題はないだろう。

宗祇肖像

四月九日、実隆は宗祇の肖像の讃を書いた（『実隆公記』）。数ある宗祇の肖像画の記録として最古で重要な記事であり、現存の肖像（口絵参照）と一致するとされる。「厳命」とは誰の依頼か分からないが、宗祇の肖像の需要があったことが分かる重要な記事である。

7　相良為続と宗祇

肥後の相良氏

この年、明応四年二月二十二日、肥後八代の相良《さがら》為続《ためつぐ》は自作句集、いわゆる「相良為続連歌草子」を宗祇に送り、合点を所望した（『相良家文書』）。四月十三日に至り、宗祇は為続へ送る書状を記した。その内容は次のごとくである。

> 連歌集についてはさぞかしご執心のことと存じますので、相良遠州殿へ申しておきましたところ、わざわざ飛脚を上らせなさいましたこと、御数奇の極みと感服いたします。以前私が合点をお付けしました御句をお届けくださったので、選んで付箋を付けてお返しします。上は御一人様から始めて入集を望む人々は限りなくいますので、集に入る御句は多くて五句ばかりと思いますが、同類の句として削除することもありえますので、九句に印を付けました。また宗祇・兼載の双方の点をお望

みのようですが、兼載は、私が以前付けた点が見えますのでそれが大事だと申しておりますす。私もあなた様が以前の点を細字で付けておられるので、その上にまた点を加えるのは如何かと思いますので、訳を奥に一筆したためて判形を加えておきます。最後に御志の物、この撰集のことで御届けくださったものなので御返し申し上げます。年来の御数奇が今顕れましたこと結構なことと存じます。

追って、奥州よりも入集を望む人がおりまして、使いの者を上洛させております。東も西もこのような状態ですので、集も面白くなってまいります。

為続の数奇のさまがよく窺えるとともに、宗祇の連歌撰集に対する姿勢や興奮、また具体的な編集の手続きや入集の見通しなどが生々しく描かれている手紙である。この手紙は、どういうわけか四ヵ月弱もかかって九州八代に着いている。文中の相良遠州は大内氏の配下で在京の相良正任《ただとう》である。それを通して連歌撰集の企てを聞いた為続は二月に宗祇に加点を依頼した「連歌草子」を飛脚に託して宗祇のもとへ届ける。撰集の資料として提出したのである。

宗祇は控えめな句数を述べて用心深く為続に応対している。『新撰菟玖波集』に為続の句は付句五句が入集した。予測あるいは予定通りの数である。八月二十五日付の正任宛の書状の中で、入集は「過分之至」であり「末代之名誉」だと為続は感激している。またここでも兼載の影がほの見える。兼載は宗祇の付墨に遠慮している口吻《こうふん》だが、おそらく為続は宗祇のエリアの人であり介入すべきではないと考えたに違いない。

8 『新撰菟玖波集』の完成へ向けて

明応四年四月十五日、実隆から「菟玖波部立」「新撰部立」が到来する。前者は『菟玖波集』の部立資料、後者は新撰集の部立案であろうか。部立、つまり巻々の配置は編集の基本方針に由来し、集の構成の根幹をなすものである。『菟玖波集』をどう踏襲し、どう超えるかが人々の関心事であったはずであるから、その資料として宗祇が依頼したものであろう（二九〇頁参照）。

巻頭の句

四月十七日、西園寺家の使者が連歌集の巻頭句を実隆の許へ届けて来た。かねて宗祇は西園寺実遠《さねとお》に巻頭を飾る句を依頼していて、その仲介を実隆が果たしていることが『実隆公記』の文面から分かる。

四月十九日、宗祇は三条西亭に春上の部を持参して、実隆は目を通した。宗祇は十七日に届いた実遠の句が不満だったらしい。実隆に別の句を依頼してくれるように頼み、二十日実隆は実遠にその旨の書状を送っている。これは最終的には、後掲の巻頭第四番目の「霞立つ」に落ち着いた。もう一つ考えられることがある。巻第十九発句部上の巻頭に「立春の発句に」と題されて収録された句「霞む日は今朝立つ春の光かな」は実遠の作であるからこれが話題になっているかも知れない。しかし「巻頭句」とだけ言っているし、このあたりは巻一の編集作業が中心だから可能性は少ないだろう。

近衛政家の句

四月二十日、実隆より『新撰菟玖波集』巻頭句について来信があり、近衛政家に巻頭句についての書状を送った（『書の日本史』第四巻、昭和五十年、平凡社刊）。その趣旨は、

巻頭の句として元日の立春の句をお寄せ下さるように申し上げましたところ、初春の句を下さいました。これは公的な撰集に相応しくないと思われます。御製（後土御門天皇）、親王（勝仁）、東山殿（足利義政）の句はみな立春の句で、とりわけ親王の「春は今朝山の霞に立ち初めて」は結構な句です。ですからぜひ山の霞の句をお寄せ下さい。

というものであった。ただし、『後法興院記』にはこの一件の記載はない。

この宗祇の提案を政家は受け入れたのであろうか。今、『新撰菟玖波集』の巻頭は次のようになっている。

霞につるる空ののどけさ

睦月立つ今日しも春は来にけらし　御製
朝になりぬ雪のむら消え

夜半に春いづくの山を越えつらむ　慈照院《じしょういん》入道贈太政大臣
都の道にいつか来てまし

春は今山の霞に立ち初めて　三品親王
いづる日影に衣をぞ干す

霞立つ天の香具山春の来て　前左大臣
知らぬ梢の見ゆるあけぼの

横雲につれて霞やわかるらむ　前関白近衛

作者名を補足しておこう。御製は後土御門天皇、慈照院入道贈太政大臣は足利義政、三品親王は勝仁親王、前左大臣は西園寺実遠、そして前関白近衛は政家である。これが『新撰菟玖波集』の巻頭を飾るべきラインアップだったのである。

これを見るかぎり立春の句は四句目までで、政家の句は初春のままである。宗祇は兼載も同意見だとしてかなり強力に申し入れていることが手紙の文面から分かるが、結局通じなかったのであろうか。あるいは連歌師風情のいうことに聞く耳を持たなかったのかもしれない。句の排列順序が、前左大臣（西園寺実遠）の方が前関白より前になるという変則的事態が生じているのは、句の内容から致し方ない処置であったに違いないが、宗祇は不本意だっただろう。このような貴紳との軋轢《あつれき》はおそらく多々あったと思われる。

実隆への書状

四月二十一日、冬良から実隆へ書状が届いた。編集中の連歌集の題号、つまりタイトルに関して相談したいという趣旨であったが、「巨細記す能はず」と含みのある表現のみ実隆は記している。撰集の実務にはほとんど関わらなかったのに、二条良基以来の宗家を誇示する冬良の立場と実隆の関係を窺わせる。同じ日、実隆は中御門宣胤から内府および妙蓮寺《みょうれんじ》（権僧正日応）の連歌について相談を受けている。

四月二十三日、宗祇はまた巻頭のことで実隆に相談に行った。

四月二十四日、冬良を訪問し巻頭のことを相談した。

四月二十七日、宗祇は実隆に書状を送った。摂津池田に下向中の肖柏が腹痛のため上洛できなくなったことを告げ、『新撰菟玖波集』の件に言及している（『実隆公記』紙背）。

夢庵（肖柏）からの御返事をお届けします。腹病を煩って上京できないということです。そういうことなので集のことは兼載と相談して急いで進めたいと存じます。明日また夢庵へ飛脚を下します。御書をひとつ下されましたこと恐縮に存じます。（略）申状はどうであれ、（撰集については）連歌僧が関与していないようにするのがいいと考えています。（以下略、口絵参照）

という内容である。勅撰和歌集ではない連歌の撰集であっても、世間全体が相手の一代の事業である。しかし世の人々は必ずしも好意的ではない。この手紙によれば宗祇は編集の表面から「連歌僧」が関与しないようにしたいと考えている。連歌僧とは僧体の連歌作者、つまり連歌師を指しているのであろう。これが後の兼載との確執の、いわば伏線と取れないことはない。同じ日の晩になって、行二・兼載と共に実隆を訪問し連歌集のことで相談している。

完成へ向けて

このあと、完成に向けてのカウントダウンが次のように展開する。編集の中枢である三条西実隆の日記はその経過をきわめてビビッドに叙述している。

9　『新撰菟玖波集』の光と影

五月二日、兼載・玄清が実隆を訪問し談合。

五月三日、肖柏が上洛し宗祇を同道して実隆を訪問した。

冬良の序文

五月八日、実隆は冬良を訪問し、集のことをいろいろ相談する。和文の序の草稿を見せられる。実隆の感想は「尤も殊勝、珍重々々」であった。また実隆は宗祇法師庵を訪問、雑部までの大概の小短冊に目を通した。兼載・肖柏も同座していて、粗々《あらあら》相談をした。

編集の実務――切り継ぎ――が兼載・肖柏の協力のもとに種玉庵で行なわれている様が具体的に分かる。

五月九日、宗祇らは発句の部上下の編集をほぼ完了した。

入集要請の動き

五月十日、宗祇は実隆を訪問し、巻頭のことを再度相談。良椿《りょうちん》が実隆を訪問し、清書料紙の堺（界線、罫線のことであろう）と表紙について相談している。

五月十一日、宗長は実隆を訪問し、赤松被官葦田《あしだ》木工助友興《ともおき》からの二百疋と折紙を届けた。この時期の実隆に対する好意として看過できない。ちなみに、友興は付句十、発句一が入集している。同日、師富朝臣が句を実隆に届け、実隆は宗祇へ送った。師富は大外記《だいげき》中原氏、付句一、発句一が入集している。

五月十二日、肖柏・宗長ともども実隆を訪問した。慶祐法師が実隆を訪問し入集を所望したが、実隆は会わなかった。慶祐は奥州出身の連歌作者で、田村丸の後裔という。宗祇の弟子で同座している連歌もある。京都に在住していたらしく、「新撰菟玖波集作者部類」に「六角堂西坊院」と見える（金子『新撰菟玖波集の研究』）。兼載とも関係が深い連歌師である。集には結局六句入集している。またこの日、実隆に巻頭の御製が下された。

五月十三日、宗祇・兼載・肖柏・宗忠らが実隆に招かれ酒宴があった。巻頭の御製五句、冬部巻頭の徳大寺（実淳）の句、和漢聯句用捨の件などについて談合している。冬部巻頭は最終的に、

をくりむかふる山のしたいほ
あきさむきあらしの末に冬のきて　　前左大臣　実

になる。

入集要請の拒否

五月十四日、道堅《どうけん》法師が万松軒《まんしょうけん》の使いとして実隆を訪問し、入集を希望したが、作

者の採否はよく把握していないので、予測できないと返答した。万松軒は相国寺等貴《しょうこくじとうき》で貞常《さだつね》親王の息、詩歌をよくした。道堅は岩山氏で武家出身の歌人。ともに当時活躍が顕著な文人であるが、二人とも入集しなかった。こうした売り込みは実隆の所ならずとも多くあったことが想像される。

同日、御台（日野富子《ひのとみこ》）と慈照院殿（義政）の連歌一合が禁裏より下げ渡され、実隆の許に届いた。ところが、この日から入集希望の自薦を停止することが前日決定され、実隆は一条冬良《ふゆら》にその子細を申し入れたので、これらの句は問題なしとしないが、下されることになったという。

五月十五日、実隆は前日の御台の連歌に消息を添えて使者に持たせた。同じく宮道親元の連歌も一巻遣わした。宗祇は実隆を訪問しいろいろ申し入れた。

五月十六日、宗祇は実隆に序文の件で手紙を送った（和中文庫蔵、伊地知『宗祇』による）。おそらく冬良へのとりなしの依頼であろう。趣旨は自分の名を序に書き入れて下さるのは、生々世々の思い出となるありがたいことであるが、年齢を八十歳近くと書いてほしい、というのである。この年七十五歳の宗祇にとって、七十有余と書かれるのは好ましいことではなかったらしい。結局完成した序には「宗祇といへる世捨て人あり、この道に携ひては、やそぢに近きよはひに及べり」となった。同日、後小松院の時の連歌懐紙が実隆の手に入り、実隆は肖柏を招いて相談した。晩になって兼載が実隆を訪問している。

兼載との対立

五月十八日、発句の編集をめぐって宗祇は兼載と対立した。翌日宗祇・肖柏から報告を受けた実隆は、「言語道断の事也、くはしく記すあたはず」（原漢文）と記している。発句の編集方針の食い違いとは具体的に何であるかは分からない。しかし兼載が後援者である細川成之《しげゆき》の句十五句を編集途上の連歌集から切り出して持ち帰るという実力行使に出たという事実は『実隆公記』によって知られる。

実隆はまたこの日、御製の入集分一巻を天皇に届けた。御製の入集は最終的に百九句に及んでいる。

兼載の翻意

五月二十日、早朝実隆は兼載に書状を送り、重々理を責めて説得した。その結果、兼載から切り出して持ち帰った短冊十五枚が返送され、肖柏が預かり宗祇の許に届けた。実隆のこの度の感想は「無為無事条、珍重々々」であった。午後、宗祇は肖柏と共に実隆を訪問し、御製発句のことなど種々相談した。当然兼載の処置も話題になったであろう。

五月二十六日、宗祇は肖柏と共に三条西亭を訪問し、編集がほぼ完了し、切り継ぎが終わったことを実隆に報告し、持参した草稿本につき、詞書のことなどをさらに相談した。

草案本の完成

六月二日、草案本が完成し、宗祇は三条西亭に持参した。実隆は「周備珍重々々」と喜び、夜までかかって一覧し、不審な点の解決を宗祇たちに命じた。

六月三日、実隆はさらに不審の点を指摘し、冬良《ふゆら》と集の題号について問答した子細を宗祇たちに伝えた。また中書《なかがき》の割当等も粗々定めた。中書とは草稿と清書の中間に位置する作業で、準清書本の作成をいう。筆写による本の制作の時代に、いかに重要な作業であるか想像できるであろう。まして叡覧を前提として編集されているからなおさらである。六月四日、実隆・宗祇・肖柏の三者が連歌集の題号を協議した。

六月五日、宗祇は三条西亭を訪問して、実隆の題号案『新撰菟玖波集』が大相国の承認を得たことを知らされる。

中書本の分担

六月六日、中書本の書写のことが実隆から兼載に仰せ下された。割り振りは、公助《こうじょ》僧正（巻一～十）、行二法師（巻十一～十七）、兼載（巻十八～二十）となった。兼載の宗祇・肖柏と異なる立場が窺える。

六月八日、中書本の書写が完了し、兼載から実隆のもとに届けられ、宗祇に回送された。

六月十日、冬良から実隆へ「新撰菟玖波集序」の原案が届いた。

六月十一日、「新撰菟玖波集作者部類」叡覧の希望が前日実隆に示されたので、実隆は宗祇に作成を命じ、この日提出させた。作者部類は勅撰和歌集などに付載されることが多いが、集中の作者を身分・性別などによって分類し、収録歌（句）数を記したものである。いわば作者総覧であるが、そこに作者についての情報が盛り込まれる場合もある。連歌撰集の先蹤としての『菟玖波集』にはなかったものが、この度は作られようとしている。それだけでも撰者ないし周辺の人々のこの集に寄せる期待が高かったことが分かる。この日宗祇が提出したものの様態は「小短冊」だったという。おそらく現代のカード形式の、未整備のものだったのだろう。それにしても作者は二百五十五人に上るから、短冊二百五十五枚ということになろうか。実隆は一見して意見を述べた。この意見を受けて宗祇が整備に着手したのであろう。六月十七日、宗祇は「作者部類」の件で実隆に書状を送っている（金関丈夫「新撰菟玖波集作者部類の成立過程を示す宗祇自筆書状」）。その内容から考えて、実隆の意見は、各作者ごとに巻別の句数を書き上げるようにということとだったようである。それに対し宗祇は書状の中で、御製・親王はそのようにしてもいいと思うが、そのほかはどうか、句数の多い作者はそうしても差し支えはないが、二、三句、五句、十句程度の作者は総句数だけでもよいのではないか、などと述べている。そして追而書で、二十句、三十句の作者なら分けてもいいと譲歩を示している。この文面から、実隆の要望とそれに対する宗祇の《抵抗と譲歩》がどのようなものであったか想像できる。さらに言えば、群小作者に対する宗祇の冷ややかな視線まで感じられるではないか。ここで宗祇の言う二十句以上の作者を挙げてみよう。

二十句以上入集の作者

心敬（一二三句）、宗砌（一一四句）、専順（一〇八句）、御製（一〇九句）、大内政弘（七五句）、智蘊（六六句）、宗祇（五九句）、三品親王（五五句）、兼載（五二句）、宗伊（四六句）、能阿（四三句）、宗長（三八句）、行助（三四句）、実隆（三三句）、肖柏（三一句）、西園寺実遠（二九句）、徳大寺実淳（二九句）、足利義政（二八句）、近衛政家（二六句）、一条冬良（二六句）、一条兼良（二四句）、近衛尚通（二二句）

実は『新撰菟玖波集』の主要作家はほとんどこの二十二人で尽きてしまう。ほかにまだ二百二十人余の作者がいて多少は有力作者も交じるが、あとはいわゆる《群小》作者である。一句のみ入集は五十六人、二句のみは五十八人である。句の巧拙はともかく、連歌に対する傾倒ぶりや、集に対する熱意から入集を果たした作者も少なくないことが指摘されているが、それらの切り捨てを作者部類で行なおうとしていたというのは、うがち過ぎであろうか。

作者部類の種々相

　このあと、作者部類は完成（明応五年正月四日禁裏へ進上）までさまざまな曲折があったであろう。現存伝本を見ても、いくつかの試みがあったことが知られる。たとえば、御巫本は作者名のみで句数も記していないし、鶴岡本は作者名のみであるのは同じだが、作者に注記がある。句数のあるものにしても、大永本は総句数のみ、伝宗鑑本は巻別の句数表示である。例として「地下四位雑々」に分類された平正頼の場合を挙げてみよう。

［御巫本］　平正頼

［鶴岡本］　平正頼　細川典厩内瓦
林六郎右衛門

［大永本］　平正頼　細河家人　瓦
林　　二句

［青山本］　平正頼　細川家人瓦林

［彰考館本］　平正頼　二　細川右馬助
内瓦村（ママ）

［伝宗鑑本］　平正頼　瓦林六郎右衛門
秋下一恋上一

　もちろんこれだけで即断はできないし、後世の書き込みも考慮に入れなくてはならないが、作者部類の成立過程の不安定さがおのずから顕れている異同と言えよう。

六月二十一日、冬良から実隆の許へ『新撰菟玖波集』中書本が届き、兵部卿《ひようぶきよう》（滋野井《しげのい》教国《のりくに》）を通じて奏覧に入れるが、不例により天覧はなかった。また、清書の役である中御門宣胤の故障で、代理を立てることになった。

六月二十二日、実隆は中書本を冬良に返却し、清書の代役は姉小路基綱《あねがこうじもとつな》が適当である由を言上した。また序の草稿について相談があった。

六月二十四日、実隆は序の草稿を返却するに当たって自分の考えを述べた。また、姉小路宰相（基綱）がこの度の集の句数に偏りがあることを大外記師富を通じて実隆に訴えた。実隆は関知するところではないと退けている。

七月二日、姉小路済継《なりつぐ》（基綱息）が実隆を訪問し、基綱が清書を粗々承諾し、試筆も行なっている旨報告した。同日、宗祇は実隆を訪問し、兼載が神祇伯忠富《じんぎはくただとみ》を介して言上したことについて語り、実隆はその件についてはすでに六月二十二日に粗々聞いていたが、一向差し支えない旨を答えた。

七月三日、兼載が神祇伯を通じて上聞に達したことによって、宗祇が迷惑を蒙っていると実隆に相談したので、実隆は内々書状で竹園御方に尋ねたところ、委細を自筆の書面で解答してきた。それによって実隆の不審は解消した。実隆の感想は「祝着極まり無きものなり」(原漢文)であった。

ここでまた兼載と宗祇の間のトラブルが発生している。両者の確執はなにも解消していなかったのである。内容は不明だが、兼載が上聞という非常手段に訴えたことで宗祇が困惑していることは確かである。宗祇・兼載の間のことは後に再説する。

七月四日、早朝、宗祇は実隆を訪問し、摂州池田へ下向し今月中滞在予定であることを語る。実隆は前夜受け取った親王の書を宗祇に読み聞かせ、これで宗祇の「胸襟愁霧を披くべき」であると命じた。

この日、京都に大火があり多くの公家の邸宅が焼失したが、姉小路家も被害に遭い、清書を請け負っていた『新撰菟玖波集』の原本および料紙はすべて焼けてしまった。十三日の宗祇上洛はこの事態によって予定を変更したのであろう。

七月十六日、姉小路基綱に、近日中に重ねて清書を依頼することが決定されていたところ、息少将(済継)が実隆を訪問し、基綱が重ねて清書することはよろしくないと勧告した人物がいることを報告し、斟酌あるべきことを訴えた。実隆は言語道断のこととして、重ねて責任を負うよう指示した。翌十七日、基綱は実隆を訪問し、清書を了承した。

八月五日、清書本九巻が実隆のもとに届いた。

八月九日、進藤筑後・玄清らが実隆を訪問し、『新撰菟玖波集』について一条より追加のことが宗祇に仰せ下された件の相談があった。内容は不明だが、一条家関係の句の変更か追加を指すのであろうか。

八月二十三日、宗祇が摂州から上洛した。下向の時期は分からないが、七月の予定変更以後しばらく在洛して再び下向していたのであろう。

八月二十八日、実隆が宗仲・宗忍に依頼していた『新撰菟玖波集』の書写が完成した。

九月十日、『新撰菟玖波集』の書写がすべて完了し、十三日には、宗祇が肖柏・玄清・宗仲らを統率して行なっていた『新撰菟玖波集』二十巻の校合作業も完了した。

九月十五日、実隆は出雲路の姉小路基綱《あねがこうじもとつな》を訪問し、基綱清書の『新撰菟玖波集』を点検し改訂すべきところを訂正させた。基綱に清書を依頼したことは実隆の懇望によるもので、完成に実隆は感激している。

序についての世評

九月十八日か、基綱は序の清書を完了し実隆に届け、添付の書状で誤字脱字の弁明および序についての芳しからぬ世評を述べている（『実隆公記』紙背文書、明応四年九月十五・十七日裏）。

奏覧本の完成

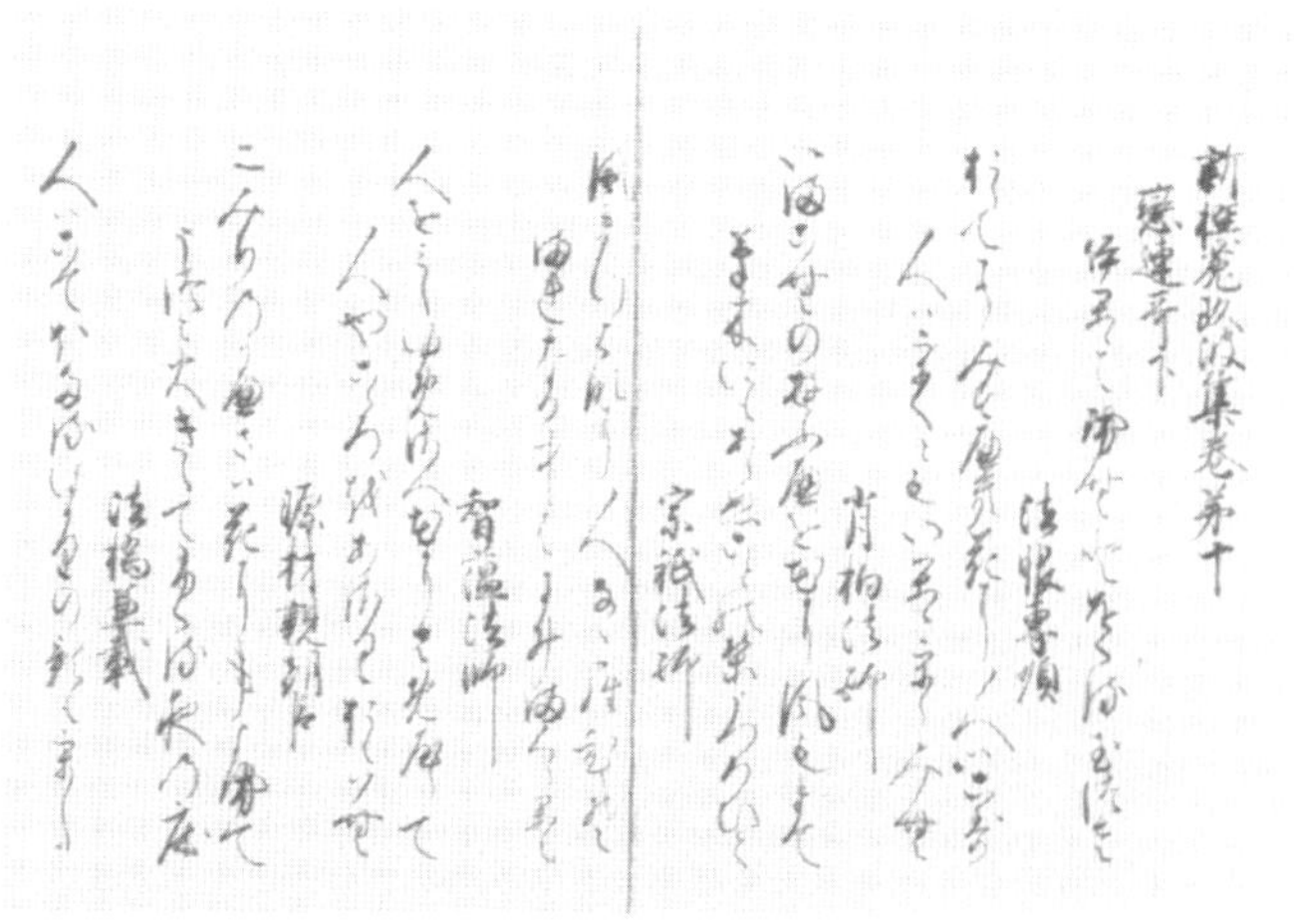

『新撰菟玖波集』（筑波大学附属図書館所蔵）　三条西実隆筆本の一

九月十七日、実隆は『新撰菟玖波集』草案本二十巻の銘（外題題簽《だいせん》）を宗祇に送った。

九月二十六日、実隆の許へ冬良から消息があった。『新撰菟玖波集』序を加えて二十一巻が送られてきた。表紙は萌黄《もえぎ》の紗、見返しは雲形に金銀の薄を散らし描きしたもの、八角の紫檀《したん》の軸、紐は淡色の組紐、紅葉の文様の薄様で包み、柳筥《やないばこ》に納められた。今日が吉曜なので奏覧に入れるよう指示があったので、実隆は参内し勾当内《こうとうのない》侍《し》を通じて叡覧に供した。神妙の由仰せ下されて奏覧は無事終わった。御感の趣の女《にょう》房奉書《ぼうほうしょ》が宗祇に下賜された。実隆は帰路、女房奉書を宗祇に届けた。

九月二十八日、宗祇・玄清らが三条西亭

を訪問した。『新撰菟玖波集』は今一度校合して進上すべき由を仰せ付けられたので、宗祇が点検し、弟子宗坡《そうは》が校合し、晩に及んで完了した。銘は一条冬良が染筆することになった。

勅撰に准ぜられる

九月二十九日、この日『新撰菟玖波集』は勅撰に准ぜられ、六月二十日付の勅裁が下された。

以上が編集から完成への最終段階の経過である。一見スムーズに運んだかに見えるが、実態は全くそうではなかった。最も大きかったのは宗祇と兼載との不協和音であったことはいうまでもない。

兼載の立場

兼載がどのような立場と意識でこの撰集に臨んだかは、資料が必ずしも整っていないので分かりにくい点が多いが、おおまかには宗祇と異なるバックグラウンドがあったと言うべきであろう。明応元年（一四九二）に「薄花桜」を慈雲院細川成之に献呈しているが、推測されているようにその時の阿波下向で両者の間で連歌撰集が話題になっただろう。明応四年の正月、成就祈念連歌に参加した後、おそらくすぐに阿波へ下って、四月六日に上京している（『実隆公記』）。撰集のための資料収集時期に当たり、兼載は細川関係の資料収集に当たっていたのであろう。それらの句――特に成之の句――が撰集に採択さ

集の世評

れるかどうかで宗祇と対立する場面が生じて来たと考えられる。具体的に知られているのは、慈雲院の発句をめぐってであった。最終的には慈雲院の句は、兼載が切り出して引き上げようとした十五句と数は一致している。発句は「滝の音は氷らぬ松の嵐かな」の一句が入っている。この句が問題になったと考えるのは早計であろうが、この見立ての器用さが宗祇の考えに合わなかったのであろうか。想像はこのへんで打ち切っておく。その後の神祇伯を介しての直訴も内容は分からないが、実隆・宗祇のレベルでは解決しない問題として強引な方法を取ろうとしたに違いない。

この集の世評も芳しいばかりでなかったことはすでに述べたが、奈良にこの集の成らざることを落書にした者がいる(『大乗院尋尊記』、明応四年三月五日条)。近衛政家は竹裏僧正(曼殊院良鎮)の談として、序以下不審のことが繁多であると日記に記している(『後法興院記』、明応五年十月十六日条)。

10 多忙の日々の間に

『新撰菟玖波集』撰進の年明応四年はこれまで見てきたように、宗祇にとっては寧日なき一年だった。しかしその間、宗祇は他のことに時間を割かなかったわけではない。

それに宗祇の周辺の記事を加えてもう一面の明応四年を再構成してみよう。

東素純への伝授

この年の最大の仕事は東素純に対する古典講義と伝授である。それは四月二十三日から始まっている（立教大学蔵「古今伝」、井上宗雄『中世歌壇史の研究　室期後期』による）。その間のことは後の大永三年（一五二三）に素純が残した文章（「古今伝」奥書）に具体的に示されている。

……明応四年卯月上旬に上京しました。折しも『新撰菟玖波集』という連歌の勅撰の頃で、祇公はいとまがなかったので、四月二十三日より『伊勢物語』『詠歌大概』をとりあえず読み始められました。しかしその後は撰集の仕事が専らでありましたが、六月五日辰の時から『古今集』を始められ七月下旬のころ聴聞が終わりました。……

とあるように、『新撰菟玖波集』編集の激務の間にも、伝授の業は行なわれていた。『古今集』伝授の開始日、六月五日は、三条西亭において『新撰菟玖波集』と書名が決定した日でもある。素純が師常縁の遺子であることがなさしめた理由と言えないわけではないが、やはり超人的な活動である。

禁中とのかかわり

そして七月十八日、素純に『古今集』相伝証明状を与えた（書陵部「古今相伝人数分量」）。またこの年目立つのは、実隆を介しての宮中との関係である。八月二十七日、禁中連歌合点の下命あり、翌二十八日、実隆を介して進上している。さらに十一月十日、禁中日次和漢聯句に合点を加え、十三日には、その礼であろう薫物三種が下賜された。十二月二十八日には、堯孝《ぎょうこう》法印筆「同名々所」一巻を禁中に進上している。実隆その人との交渉が密であることはいうまでもない。十一月から十二月にかけては日参と呼んで差し支えないほど、宗祇は実隆のもとを訪れている。十二月十五日の長門住吉社法楽和歌発企もそうした環境の中から生まれたものであろう。これについては後述する。

一方、近衛家の関係記事はこの間にも見える。主な史料は『後法興院記』である。四月十六日、近衛亭連歌一折、二十八日、小月次連歌会、五月十五日、月次和漢会、六月十一日、小月次連歌会と宗祇は玄清や肖柏を同行して出座している。

七月四日、京都は大火に見舞われた。常盤井宮《ときわいのみや》（弾正尹全仁親王《だんじょういんまさひと》）の隣家（赤松左京大夫被官安丸河内守という）を火元として未の下刻（午後三時前）に出火し、かなりの範囲を焼いて夜になってようやく鎮火した。『実隆公記』は焼失した公卿の邸宅を詳細に列挙しているが、姉小路基綱が被害に遭ったことはすでに述べた通りである。

宗祇は火事騒ぎの前に三条西亭を訪問して、摂津池田に下向したらしい。十三日に帰京すると、すぐに近衛亭を訪問している。九月二十一日、小月次連歌会、十二月十七日、小月次連歌会、二十二日、月次和漢会も記録されている。
このほかには、五月十四日の一条冬良亭連歌会出座、八月上旬、十月の摂津下向がある。

11　住吉社法楽百首和歌

明応五年（一四九六）、七十六歳。

この年も実隆の記事から始まる。正月四日、実隆に書状を送り、その後、訪問しているのは恒例の年賀であろう（『実隆公記』・同紙背）。そして前年十二月十五日発企された長門住吉社法楽和歌がいよいよ具体化する。

宗祇の住吉信仰

宗祇の住吉社に対する崇敬の念は諸書に語られるが、『筑紫道記《つくしのみちのき》』の旅で長門国住吉社に詣で、

和光の誓ひいづれもおろかには侍らねど、わきて住吉明神は文武を守り給へり。この道は両輪のごとし、国家を治めむ人は、この御神の心を観ずべきこととぞ覚え侍る。

と述べているのもそれである。宗祇は摂津の住吉社にしばしば詣で、この旅行では博多

住吉法楽百首和歌

摂津住吉神社

の住吉社にも参詣しているが、ことのほか長門国住吉社には思い入れが深い。それの大きな理由は、大内氏の信仰の一つの中心的な役目を持っていたからであろう。『新撰菟玖波集』の企画から完成まで、おそらく宗祇は常に住吉明神、とりわけ長門国の住吉社の加護を祈請し続けて来たに違いない。撰集が完成した今、その神に報賽することを企画した。それがどのように宗祇の心中で熟成し、外部に計画がもたらされていったかは分からないが、明応四年十二月十五日の『実隆公記』は宗祇・玄清が短冊百枚を持参して来訪したことを記し、「今日、住吉法楽宗祇法師勧発也、題支配之、御製等事予申出也」と書き添えている。実

法楽和歌の作者

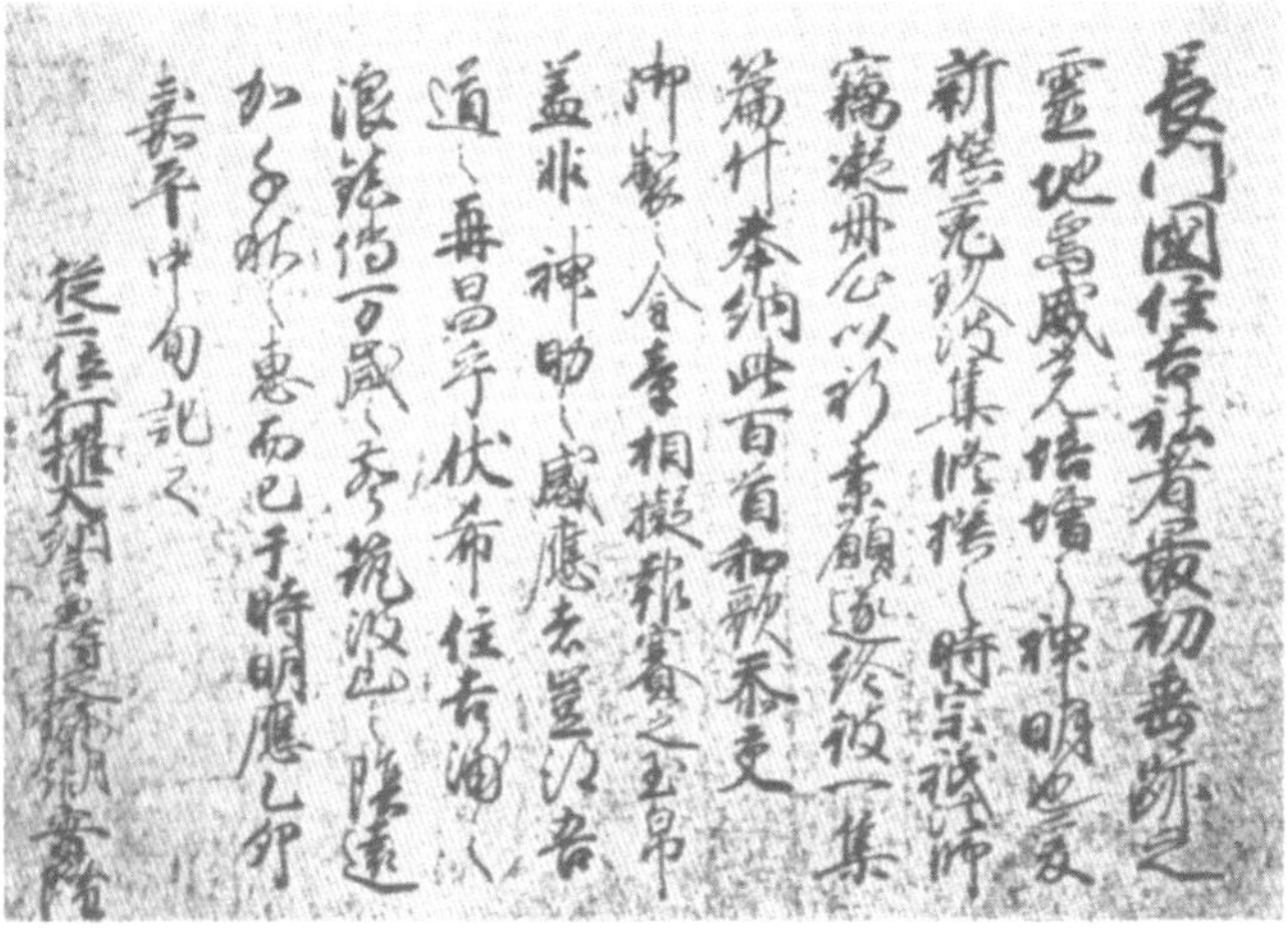

住吉法楽百首和歌実隆端書

隆は歌題を沙汰し、天皇への言上の役を負うことになった。

　年が明けて、正月十一日、実隆は短冊四首を清書した。閏二月二日、近衛政家・同尚通の詠作分が種玉庵に送られた（『後法興院記』）。同十二日、勝仁《かつひと》親王詠作分が実隆を介して宗祇に届けられた。この段階ですべて揃ったらしい。住吉社に伝来する現物の短冊から補足を加えておく。

　作者は、後土御門《ごつちみかど》天皇・勝仁《かつひと》親王・近衛政家《まさいえ》・一条冬良《ふゆら》・道興《どうこう》准后・近衛尚通《ひさみち》・尊《そん》応《おう》法親王・徳大寺実淳《とくだいじさねあつ》・勧修寺教秀《かじゆうじのりひで》・中御《なかみ》門《かど》宣胤《のぶたね》・松木宗綱《むねつな》・久我豊通《こがとよみち》・三条西実隆・三条実香《さねか》・滋野井教国《しげのいのりくに》・下冷泉政為《しもれいぜいまさため》・勾当内侍《こうとうないし》・飛鳥井宋世《あすかいそうせい》・四辻季種《よつじすえたね》・甘露寺《かんろじ》

元長《もとなが》・中院通世《なかのいんみちよ》・姉小路基綱《あねがこうじもとつな》・公助僧正《こうじょそうじょう》・飛鳥井雅俊《あすかいまさとし》・肖柏《しょうはく》・行二《ぎょうじ》・宗祇《そうぎ》・宗長《そうちょう》・玄清《げんせい》・冷泉為広《れいぜいためひろ》の三十人、題は四季、恋を中心とした一般的なものであるが、巻頭の御製「初春　寄る波の音は変らで住の江や松の緑ぞ霞みそめける」から巻尾の宋世の「祝神の代を数へんとすれば海も浅く君を仰げば山も及ばじ」までめでたく続いている。歌数は一人二首ないし五首である。

同二十七日、実隆は宗祇所望の「長門国住吉法楽百首歌奥書」を執筆した。これは『実隆公記』に原文の記載があり、長門住吉社に現物が伝来するという幸運な文章である。それには、住吉の威光を讃え、『新撰菟玖波集』撰進の時、宗祇法師が「ひそかに丹心を凝らし、以て素願を祈り、遂にかの一集の篇什を終へ、この百首を奉納する」(原漢文)と記されている。そして明応五年三月二十三日の日付を持つ「杉武明・相良正任連署書状」が添えられて、短冊百枚と実隆の文章は神社に奉納された。宗祇の『新撰菟玖波集』編集はここに最終的な完成を遂げたと言っていいだろう。

なお、実隆の奥書の日付が明応乙卯嘉平中旬(明応四年十二月中旬の意)となっているのに、実際の執筆は五年閏二月二十七日であることや、発企から完成まで時間がかかっている不自然さについては、伊井春樹「宗祇奉納住吉社御法楽百首和歌の成立」に考察がある。

この年の連歌活動は、正月九日の清水寺にての本式連歌「独吟何人百韻」から始まる。発句は「ひかじけふ松のおもはむ老の春」である。清水寺が本式連歌ゆかりの地であることのほかに、この百韻に宗祇が亡母への思慕の情を込めたなどの指摘（金子「宗祇の謎」）は注意する必要があろう。

三月には近江に下向し、「永原千句」に出座したと推定されている。宗祇は巻軸発句を詠んでいる。発句は、第一百韻「いくもとぞ宿にたえせぬ春の花　吉綱《よしつな》」以下、第二は兼載《けんざい》、第三は印孝《いんこう》、第四は秀綱《ひでつな》、第五は重泰《しげやす》、第六は重宗《しげむね》、第七は氏安《うじやす》、第八は宗哲、第九は紹永《じょうえい》、そして第十薄何百韻が「吹とぢよかへるや雲路春の風　宗祇」である（大阪天満宮本等）。この千句は第五百韻の発句を詠む近江国永原在の国人衆永原重泰の興行である。地元に宗祇一門を迎えての興行だったのであろう。重泰は佐々木六角氏被官で、第一の発句作者吉綱、第四の発句作者秀綱も佐々木氏に関わりのある人物と推定されている。当時永原は天神を祀る菅原神社を拠点とした連歌文化圏を保持していたことが確認されていて、第六百韻の発句作者重宗はその神主である。

六月（四月とも）七日は「何人百韻」に出座。発句「玉すだれまき立山は夏もなし　護道』。連衆は、護道《もりみち》・宗祇・兼載・広秀《ひろひで》・恵俊ら（書陵部本等）。上洛中の大内家被官内藤護道（『新撰菟玖波集』三句入集）を種玉庵に迎えての張行かと思われる。八月五日には、桜井宅張行「何路百韻」に出座。発句「露やにほひ野を薄いろの藤ばかま　宗祇」以下。連衆、宗祇・重宗（桜井か）・兼載・宗長・秀隣ら（野坂本等）。八月十五日、「山何百韻」に出座。発句「月も人に夜よしとつぐるこよひ哉　兼載」以下。連衆、兼載・正善・宗祇・玄宣（明智兵庫入道）・護道ら（天理本）。正善は長享二年四月の人数である。九月十六日、沢村某丸連歌会に出座。発句「庭の菊に山路いそぐな今朝の月　宗祇」（『実隆公記』）。

七　最後の旅

1　実隆・宗祇の交流

明応五年、三条西亭での宗祇の談話の断片が『実隆公記』にいくつか記録されている。実隆の好奇心に触発されるところ大だったろうが、宗祇の該博な知識や円転滑脱な語り口が彷彿する。

京ニ、筑紫へ、坂東サ

当時の方言観察の貴重な記録とされる「京ニ、ツクシへ、坂東サ」は正月九日に語られたものだった。助詞の使い方の地方差を表現した一種のことわざであるが、行く先をいう場合に、「……に行く」というのが京都、「……へ行く」が九州、「……さ行く」が関東というものである。

四月八日、七十六歳の宗祇は耳聾難治の由を実隆に語っている。老齢による難聴なのか病気かはっきり分からないが、もし耳が遠くなったというだけならば、宗祇の身体強健に感嘆せざるを得ない。

富士山の話題

九月二十六日、三条西亭に来合わせた宗長らとともに富士山の眺望について話が弾んだ。宗祇は十一ヵ国から富士山を見たと語り、去年関東にいたが見飽きることはなかった。筑波山から見た富士が「言語道断殊勝之山之姿」であるが、伊豆の三島からは小山が相連なってその姿は優美ではないなどと話して、実隆を感心させている。十月六日、『古今集』の事や禅話を語り、内容は記されていないが、やはり実隆は「有興」と記し留めている。

実隆が得たもの　宗祇が得たもの

実隆との交流を、実隆が宗祇から得たものと宗祇が実隆から得たものに分かって記述してみよう。得たものは物心いずれでも区別しないことにする。

正月十日、実隆は独吟連歌の発句について宗祇に相談し、十二日、添削を依頼した。二月十五日、宗祇から『古今集』切紙伝授を受けた。閏二月八日、実隆は宗祇から書状を受け取ったが、来たる十三日の実隆の南都春日社参詣に同行すること、この旅行のために二百疋の用立てを申し入れている内容であった（『実隆公記』紙背）。閏二月十三日、実隆の一行が南都への旅の途上、宗祇の使者から木幡で短冊を贈られた。実隆の旅行は、十八日までの奈良および周辺、十九日・二十日の吉野行、二十三日帰京というものであった。宗祇は十六日に南都へ下向し行を共にする予定だったが風雨によって延引し、ついに下向せず、実隆を残念がらせている。

薫物

閏二月二十八日、宗祇の秘蔵の薫物銘侍従を贈られた。四月十七日、宗祇は「輪台・青海波秘事一巻」「多氏極秘之儀」を実隆の許へ持参した。雅楽関係の書物と思われる。八月七日、酒一壺を贈られた。八月九日、合せ薫物銘新枕を贈られた。これは宗祇が近日調合したのだという。実隆は試してみて「其香甚殊勝也」と記している。薫物に関して、このところ宗祇はかなりの貢献を実隆に対してなしていることが分かる。

宗祇の一失

九月一日、病中の実隆を見舞った。実隆は前月二十三日頃から病気であった。九月十七日、宗祇は実隆に書状を送り、「あしのやのしづはた帯」の歌について解説している（『実隆公記』紙背）。恐らく実隆から上の句だけ示されてどんな歌か解説を求められたのであろう。内容は、下の句は「心安くもうちとくるかな」で、初逢恋の歌であること、作者は源俊頼であること、解釈などであるが、面白いことに宗祇は「集にも入候と存候」と言ったあとで、ただし失念してしまったと言い訳している。実はこの歌は『新古今集』に入っている歌で、それを古典に通暁しているはずの宗祇が知らなかったのである。しかも「袖中抄」が手許にあれば注があるかも知れない（実はない）が、持ちあわせていないので宿題にしておいて欲しいと言っている。翌十八日、宗祇は実隆を訪問してこの歌を再び話題にしているが、特に新しいことは言っていない。

十月十一日、宗祇は「源氏物語内不審抄出」を実隆に持参して見せ、意見を聞いている。また、東常縁《とうのつねより》の古今歌についての見解や二条良基の連歌等について話をしている。十月二十五日、「万葉不審題目」について実隆の意見を聞いている。十二月二十日「新古今集真名序」不審の事を両者で検討している。

一方、宗祇が実隆から得たものである。

実隆に対する依頼

四月十日、実隆は宗祇所望の「法花経《ほけきょう》」外題を二部染筆した。これは顕海《けんかい》という天王《てんのう》寺《じ》辺の法師の所望だという。それを宗祇が仲介していることになる。六月九日、宗祇は和泉堺に下向に先立ち、実隆に「古今聞書」を預けた。九月二十八日、俊成・定家・為家三代の和歌各十二首を色紙に書くため、実隆に歌の選択を依頼している。この色紙も宗祇が誰かから依頼されたものであろう。十月五日、実隆が伏見殿より借覧した「古今注（顕昭注）」を宗祇に見せている。十二月二十一日、実隆は宗祇の依頼によって、発句三十六句を下絵のある短冊に書くこと、扇二本に歌を書くことを行なっている。

このように見てくると、宗祇の奉仕ぶりが際立っていることが明らかになる。宗祇の依頼は例年と同じように主に染筆が多い。

宮中との交渉

宮中との交渉はもちろん実隆を介してだが、次のような事跡がある。

正月九日、宗祇は自作の連歌について勅点を蒙ることを実隆に依頼した。内容は付句百句と発句五十句で、すでに姉小路《あねがこうじ》基綱《もとつな》による清書本が出来上がっていた。実隆は二十七日に禁中に取り次いだ。二月二十一日、実隆は禁中に召され、それにつき相談にあずかり、さらに二十四日、実隆宛女房奉書《にょうぼうほうしょ》もそれに言及している（『実隆公記』紙背）。そして閏二月十一日に勅点が下賜されるに至る。二十七日に実隆は、「宗祇句勅点」に加証奥書を執筆している。宗祇は勅点を得た連歌をどうしたのか不明だが、実隆にそれをオーソライズさせていることで、ますます勅点の権威が加わったことは確かである。

九月十九日には、実隆から「連歌嫌物」について下問が宗祇に取り次がれた。これについては、実隆宛の女房奉書（『実隆公記』紙背）が、宗祇が在京していなければ兼載にその役を仰せ付ける旨を記している点が注目される。兼載のこの時期における位置がうかがわれる。翌日宗祇は実隆を訪問し「連歌嫌物」について相談し、二十一日に回答を進上した。『実隆公記』はそれをすべて再録しているが、「色の字」のことに始まる五十二条に及ぶ質問事項で、当時後土御門天皇がいかに連歌に深く傾倒していたかが知られる。また、十月には二度にわたり、連歌合点の下命を受けている。

近衛家との交渉も整理しておこう。内容は『実隆公記』ほど具体的に記してはいないが、少ない数ではない。

二月二十三日、小月次連歌会に出座（『後法興院記』）。二月二十五日、同前。閏二月十五日、近衛亭を訪問。四月十九日、小月次連歌会に出座。八月五日、月次和漢会に出座。九月七日、同前。十月七日、近衛亭を訪問。十二月三十日、同前。

明応六年（一四九七）、宗祇七十七歳。

旅行二回と近衛父子に対する『古今集』講釈が大きな仕事であったが、この年も圧倒的に三条西関係が宗祇の事跡を埋める。しかも一回の旅行は三条西家の所領の件で播磨へ下向しているのである。播磨行に先だって、正月四日、扇面歌三本が実隆から到来し、八日、さらに扇面歌十一本の染筆を依頼している。旅行を見込んでのことか、五月の越後旅行の準備かはっきりはしないが、いずれ地方に持参する土産であろう。正月十一日、実隆から播磨の荘園の件の書状が到来する。そして、十三日、三条西亭を訪問し、その後、出立し摂津・播磨に下向した。旅行の間の記録はないが、四月三日、実隆に播磨の土産（野崎器・漢布）を贈っているから遅くとも四月初めには帰京していたらしい。

播磨の荘園

二ヵ月以上の旅行から一ヵ月も経たないうち、五月一日、越後へ下向のため離京する。この度は上杉房定（明応三年十月十七日没）の墓参の旅であった。八月十五日、「百人一首抄」を某に与えている（書陵部本）。当然、越後滞在中だから、上杉関係の文雅の士の求めに応じたのであろう。

越後下向

九月四日に帰京し、翌日、実隆に越後土産を持参している。長途のしかも四ヵ月という限られた日程の旅行である。七十七歳という高齢を考えると、宗祇のなみなみならぬ体力と精神力を感じる。

九月十二日、実隆は禁中議定所において「宗祇作連歌抄物」を一見している。実体は分からないが、十九日、宗祇は禁中連歌に加点し、実隆を介して返上しているのと合わせ、宗祇と天皇を結ぶ線は確実に存在していた。

実隆筆『新撰菟玖波集』

実隆は相変わらず宗祇の求めに応じて、各種の染筆をこなしている。九月の扇面歌、短冊箱銘などであるが、十一月七日にはかねて宗祇が葦田友興《ともおき》の希望を受け、実隆に執筆を依頼していた『新撰菟玖波集』が三条西亭から宗祇のもとへ到来した。この実隆筆本は天理図書館に現存する二帖の美本である。それによれば、上巻は九月末日に書写完了し、下巻は十一月下旬に奥書を加えていることが分かる。だから十一月七日は、清書が完了したのでひとまず届けたのであろう。葦田友興は『新撰菟玖波集』に十一句入集の連歌執心の士で、実隆もそれを愛でる奥書を書いている。宗祇はさらに十一月十三日、友興への書状執筆を実隆に依頼したり、十四日には校合も行なっている。実隆と宗祇の対外的協力関係がきわめて具体的に分かる事例である。

近衛父子に『古今集』講釈

近衛亭における政家・尚通父子に対する『古今集』講釈も、この年のトピックである。それは十一月から始まった。十一月十九日から十二月十九日まで、講釈はほとんど連日行なわれ、雑部上に及んでいる（『後法興院記』）。その間、十二月十一日は近衛亭小月次連歌会があり宗祇も宗長・玄清らと出座している。

2　寧日なき日々

『古今集』講釈

明応七年（一四九八）、宗祇七十八歳。

正月十五日の三条西亭訪問は例年より少し遅いが、この年も同じように始まった。

正月二十六日、前年から継続の近衛亭における『古今集』講釈が再開された（『後法興院記』）。二月五日結願まで講釈は継続されたが、三日、宗祇は『古今集』相伝証書の執筆を実隆に依頼している。この古今伝授が宗祇から近衛家のものではなく、いわば宗祇・実隆圏の事業であることを窺わせる。

五日、尚通に相伝証書一紙を授け、尚通は宗祇に誓状を渡している（書陵部「古今相伝人数分量」）が、二十四日、二十七日も口決面授を行なっていることが『後法興院記』に見えるから、最終的には二月二十七日の完了なのであろう。その後、七月十九日の肖柏・玄清を伴った月次和漢会を挟み、十月七日には近衛亭に召されて『古今集』不審の儀について対談している。このあとも、閏十月十四日から十六日、「百人一首」講釈。同二十六日、「詠歌大概」講釈、十一月十日から十六日にかけての『伊勢物語』講釈、と、宗祇は近衛家の古典学習に多大の貢献を為している。

実隆との交渉も変わらない状況で続いている。

二月一日、禁中千句御製発句について実隆から相談を受け、八日、禁中連歌に関する質疑の回答を実隆に送った（『実隆公記』紙背）。二十八日、実隆に『古今集』校訂を依頼。三月二十六日、実隆に色紙三十六枚の染筆を所望。二十七日、実隆より色紙到来し、その夜、三条西亭を訪問、鳥子五十枚を贈った。二十八日、実隆に酒一壺を贈る。三十日、実隆より色紙到来、定家・家隆・良経、各十二首。四月二日、実隆を訪問し、明日近江へ下向する予定を告げ、また依頼してあった『古今集』銘と色紙六枚の染筆を受け取っている。五月十八日、斎藤弾正忠利綱に『古今集』を贈った（『実隆公記』紙背）。二月に実隆に校訂を依頼した『古今集』を贈ったのであろうか。なおこの『古今集』については次の「かぎりさへ」の項で再説すべき問題がある。

斎藤利綱へ『古今集』を贈る

斎藤利綱《としつな》は美濃の斎藤利国《としくに》（妙椿《みょうちん》の猶子）の弟かとされる人物で、明応五年の利国の戦没以後、勢威を保っていた。歌を詠み、「花鳥余情」をひもとく文人であったことが報告されている（米原『戦国武士と文芸の研究』）。『新撰菟玖波集』には三句入集している。この時、近江に陣を張っていたのであろう。

六月五日、近江より帰京すると翌六日、早速三条西亭を訪問し、銭一緡《びん》を贈っている。

実隆の筆跡などを近江に持参し、地方武士に渡し与えた謝礼であろう。翌日また、宗祇所望の扇面歌十五本が実隆より到来した。六月十七日禁中連歌に加点し、実隆を介して返上した（『実隆公記』紙背）。

八月十三日以前に、種玉庵において『源氏物語』の講釈があったことが『実隆公記』によって知られるが、十七日、実隆より『古今集』奥書執筆の依頼があり、翌日執筆して持参しているのと関係があるだろう。

九月上旬、宗祇は一ヵ月弱の間離京する。十月四日帰京するが、行く先についての情報はない。九日、禁中連歌に加点して実隆を介して返上。十一月三日、同じく禁中庚申百韻連歌に加点し、返上した。十二月一日、実隆に薫物を贈った。

連歌活動

連歌作者としての宗祇の活動はこのような中で逆に目立たないものになっている。正月二十七日、在京の寺井五右衛門知清《ともきよ》（若狭武田家被官）主催「山何百韻」に出座し、知清の発句「いかでかく色さへ香さへむめのはな　知清」に脇を付け、都合八句詠んでいる。連衆は、知清・宗祇・宗宣《そうせん》・宗長《そうちょう》・宗純《そうじゅん》・玄清《げんせい》・宗徳《そうとく》・宗佐《そうさ》・宗因《そういん》・恵俊《えしゅん》・建《けん》久《きゅう》・珠全《しゅぜん》・宗坡《そうは》・宗哲《そうてつ》・宗碩《そうせき》・公春《こうしゅん》・守元《もりもと》・宗作《そうさく》で、宗祇一門の連歌作者の勢揃いといってよい（大阪天満宮本）。閏十月六日、相国寺において「山何百韻」に出座した。発句は宗祇の「吹き捨てよ落ち葉を庭の朝あらし」である。連衆は、宗祇・集料・玄宣・正善・宗作ら（大阪天満宮本）。作品は伝存しないが、閏十月十一日、玄清の草庵において、丹波国南昌院宗棟長老主催の「初何百韻」が行なわれた（『実隆公記』）。発句は宗祇で「木がらしは吹いづる花の嵐哉」。連衆は、宗祇・宗棟・実隆・宗長・玄清ら。十一月四日は「何木百韻」で、これも宗祇の発句「山は雪いくへ汀の薄氷」、連衆は、宗祇・日《にっ》泰《たい》・基佐《もとすけ》・泰諶《たいじん》・証了・玄清・日城らで、日蓮宗関係と宗祇一門の会である（天理本）。

記録は確かにこれだけであるが、実際はもっと多かったに違いない。しかし、古典学者としての活動はそれらを色あせたものに見せるのは否定できない。

3　かぎりさへ

旅立ちの望み

明応八年（一四九九）、七十九歳。

この年、宗祇は連歌の作品に顕著な活動の跡を残した。

正月四日、種玉庵にて「何人百韻」が張行され、宗祇は発句「身やことし都をよその春霞」と詠んだ。「今年、都をよそ」にするというのは、旅立ちの決意か、願望か分からないが、宗祇の中で旅への気持ちが動いていたのは確かだろう。この連歌の連衆は、

宗祇・宗長・玄清・宗鈍・頼茂《よりしげ》・宗仲・匡久《まさひさ》・宗碩《そうせき》・宗哲《そうてつ》・宗恵・公春・宗坡《そうは》・恵俊《えしゅん》・昌綱・盛安・幸千代（伊地知本等）。宗祇一門の結集の会である。

六日、宗長・玄清らと三条西亭を訪問した宗祇は四日の連歌を披露し、実隆は宗祇の発句と宗長の脇、玄清の第三を記録している。この三人が当時の宗祇一門を代表する連歌師であった。

二月は、十九日、清水寺で「何人百韻」に出座した。発句はやはり宗祇の「明ぼのを花にあらそふ霞かな」である。連衆は、宗祇・願阿・肖柏《しょうはく》・泰諶《たいじん》・宗長・統秋《むねあき》（豊原）ら（大阪天満宮本）。二十五日には、細川政元主催千句連歌があった。第一何路百韻の発句は「風ながら朝つゆながしいと柳　左馬頭義高《(足利義澄)》」であった。連衆は、政元・政賢・宗祇・玄宣・高国・元長・肖柏・宗長ら（京都大学本）。二十六日は、近衛亭月次和漢会で肖柏・玄清・宗長らと同席した（『後法興院記』）。

三月に入って、十二日、十九日同じく近衛亭の連歌会に出座した。十九日の分は詳細が分かる。発句は宗祇の「春風にしくや砌の玉柳」、脇は政家の「桜うちゝり青葉そふかげ」である。連衆は、他に前藤中納言・左衛門督（冷泉為広）・勧修寺中納言（政顕か）・姉小路宰相（基綱）・肖柏・玄清・宗長・宗坡などであった（『実隆公記』『後法興院記』）。政家は初めて執筆を勤めたという。執筆の役は、通常若年の初心者が当たるが、政家にはその経験がなかったことを意味する興味深い記事である。

この百韻の脇句から、ちょうどこのころ桜が落花の時期を迎えていたことが知られるが、二十日、散る花の面白さにたえず、宗祇は「かぎりさへ似たる花なき桜かな」の発句を得た。「花の命が終わって散って行く様子さえも比類なく美しいのが桜なのだ」というのは眼前の光景だったろうが、宗祇はその執心のない、潔いさまを老後のわが身にうらやましく感じて、ことさらこの発句が気に入ったらしい。脇を自ら「静かに暮るる春風の庭」と付け、独吟の百韻にしようと思い立った。そして、弟子たちに遺戒として残す作品として仕上げようと思った。ある日はやすらかに何句も進んだろう、ある日は難渋して一句も出来なかったかもしれない。そうして七月二十日、ちょうど四ヵ月をかけて百韻が完成した。そのような彫琢《ちょうたく》を重ねた結果と門弟たちに模範として示そうという意志が、この百韻にきわめて高い完成度を与えた。宗祇の独吟百韻としてのみならず、連歌作品の最高傑作と数えられるいくつかの百韻の中に入るべきものである。しかも、多くの人々への愛惜の念や過去の幾度とない旅行の思い出が、さまざまな形で句の中に投影されていて、この作品に深さを与えていることも見逃せない。前述したように、連歌の付句は個人的な感慨で続けるものではないが、独吟の場合は事情が異なるし、八十を越えた宗祇にとってはむしろ必然的な手法となっていたと想像される。この連歌の内容については項を改める。

俳諧の連歌

同じころ、三月十五日の『実隆公記』は珍しい記事を残している。三条西亭を訪問した宗祇・玄清・俊通（修理大夫、藤原、『新撰菟玖波集』に一句入集）らは連歌の言捨てや俳諧連歌の言捨てなどに時を過ごした。正式の連歌会ではない、打ち解けた談話の中でおのずから生まれる座興の句を楽しむ場面である。宗長は「藤はさがりて夕ぐれの空」と詠んだ。宗祇はそれに「夜うさりは誰にかゝりてなぐさまん」と応じた。垂れ下がる藤の花を性的な表現と見て付けた一種のばれ句であろう。実隆は興に入って日記に書き留めたことで、当時このような座興が行なわれていたことを具体的に知ることができる。もちろん新・山崎の地で宗鑑や宗長が繰り広げていた俳諧連歌の世界と同質のものであるが、その宗長に誘発されたのか、実隆や宗祇が同じようなことをしていることは興味深い。

実隆にはまたこの年も染筆や閲覧など、さまざまな依頼をしている。なかには宗祇の仲介している所望者が明記されている場合もある。ひとつの例を示す。

斎藤利綱所持の『古今集』

三月二十日、早朝、宗祇は実隆を訪問し、斎藤弾正忠《だんじょうのちゅう》利綱《としつな》所持の『古今集』に本奥書の執筆を求め、実隆はそれに応じた。この一件を記した『実隆公記』の紙背に次の識語が記録されている。

此本年来所持之処、斎藤弾正忠依道之執心所令与奪也、
右以素暹法師八代孫下野前司東常縁相伝説□授□藤原利綱也訖
明応七年五月十八日
暮齢七十八歳老比丘宗祇

訂正や欠字があり不審な点が少なくないが、およその内容は次のごとくであろう。この本は宗祇が年来所持の本であったが、斎藤弾正忠の歌道執心を愛でて与えるものである。これは素暹《そせん》法師八代の子孫である東常縁から相伝した説を以て利綱に伝授するものである。

この奥書を執筆したのは日付の明応七年五月十八日であるから、前年手に入れた利綱が、あらたに実隆の加証奥書を所望したので宗祇が仲介したと考えられる。ただし、宗祇が日をさかのぼって、あたかも利綱の手に渡った時に奥書がすでに書かれていたように細工したのだとする見解もある（米原『戦国武士と文芸の研究』）。斎藤利綱はこの時期、『源氏物語』の新写本も所望していたと見え、同じ日（三月二十日）宗碩《そうせき》が実隆を訪問して

相談している。
六月八日は実隆に『新撰菟玖波集』の書写（序より秋下まで）と短冊十二首の染筆を依頼している。

『新撰菟玖波集』書写

ところで、同じ時期に近江の左近将監小倉実澄（神崎郡山上の豪族）の『新撰菟玖波集』の新調本に宗祇が奥書を書いている。現在三崎本として伝わる『新撰菟玖波集』は次のような宗祇の加証奥書を持つ（原漢文）。

　左近将監源実澄は此集の作者として、新調本を以て予に判形を加ふべきの由命あり、辞するあたはず、懇望に任せて筆を加ふるもの也
　　明応八年六月廿三日　　釈宗祇（花押）

三崎本は実隆の筆跡ではなく、極札によっても、本文は宗友筆、題簽《だいせん》は実隆筆である。宗祇が六月八日に実隆に執筆依頼したのは別の本と考えるべきであろう。しかし同じ時期にこのように『新撰菟玖波集』が幾本も制作されていたことが窺える。ちなみに実澄は四句入集の作者である。
いずれにせよ宗祇の交遊の広さと誠実にそれらの希望を実現してゆく様が窺える。二

月二十九日、宗祇の仲介で浦上美作守（則宗、赤松被官、『新撰菟玖波集』三句入集）から実隆に銭千疋が到来したが、それもしかるべきものの謝礼であろう。

近衛家との交渉も連歌会出座のほか、古典講釈も相変わらず継続している。五月四日に、明日の摂州下向を控えて「ついでながら」の「和歌未来記」講釈があり、十月十八日には尚通より『伊勢物語』について質問を受けている。またこの年の十月二十七日付けと推定される進藤筑後（近衛家司）宛の宗祇書状は、尚通が『伊勢物語』の染殿の位置を質問したのについての回答で、地図を添えて一条京極と富小路の間の一町であることを伝えている（伊地知『宗祇』）。

4　八十歳の年

明応九年（一五〇〇）、宗祇は当時としては記録的な八十歳という年齢に到達し、正月に人々から祝われた（「雪玉集」）。古来八十の賀は稀にはあるが、平均寿命が五十歳以下だった時代の驚くべき長寿である。

正月二日、種玉庵で発句「わきて見ば山やたが春あさがすみ」を詠んだ（「宇良葉」）。この句には次のような詞書が付されている。「私は八十歳を迎えて連歌の会に出席するのをやめる決意をした。しかしどうしても断りきれない事情があって詠んだ発句です」と。

宗祇はやはり八十歳という年齢を一つの区切りとしようとしていた。しかし周囲はそう簡単に退隠を許さないだろうし、実際の宗祇の活動は壮年を思わせるものであった。この後、春の間、摂津丹波等へ下向していることが前記の「わきて見ば」の句に続けて記載された発句の詞書によって分かる。その訪問先は、八幡梅坊、能勢源左衛門、高槻景瑞院《けいずいいん》（高槻市昭和台町の慶瑞寺《けいずいじ》がそれにあたる。景瑞院実中との交渉はすでに述べた）、摂津上宮天満宮（高槻市天神町に現存）、池田兵庫助、伊丹《いたみ》大和守、丹波南昌庵、河内国出口東呉庵などである。また湯山では浦上美作守（前述）興行の連歌で発句を詠んでいる。いずれも宗祇の旧知であろうし、すでに言及した人も多い。離京の挨拶を兼ねていることが想像される。

四月三日は京都に戻っていて、近衛亭歌仙連歌に左衛門督・玄清・宗碩・宗坡らとともに出座した（『後法興院記』）。九日は「山何百韻」に出座した。この会は「郭公またれむとする初音哉　慶千世」の発句で分かるように、慶千世《けいちよ》（丸）のデビュー披露らしい。慶千世丸は専順の孫、後の専芸《せんげい》（一四八八～一五〇九）で、この時十三歳である。宗祇は先師への恩義からこの会を催したのであろうか。連衆は、慶千世丸・宗祇・兼載・玄清・宗仲・

宗坡・宗碩らであった（京都大学本等）。この後、四月十七日の近衛亭月次和漢会、続いて五月七日、同じ近衛亭の法楽「何路百韻」に出座した。発句は政家の「まだきより千尋ある竹の若葉哉」、以下、前関白（尚通）・聖護院准后・民部卿（冷泉政為）・左衛門督（同為広）・勧修寺《かじゆうじ》中納言（政顕か）らの貴顕に加え、玄清・兼載・寿慶らの宗祇一門が参加している（天理本、『後法興院記』）。七月六日、赤沢政定《まささだ》亭で「何船百韻」に出座。発句「柳ふく風に秋たつ都哉　宗祇」、連衆は、宗祇・政定・兼載・政宣・玄清ら（鶴見大学本等）。七夕の会は「何人百韻」で、発句「年に有て逢やはあふ瀬天の川」を詠んだ。連衆は、宗祇・匡久《まさひさ》・肖柏・泰諶《たいじん》・基佐《もとすけ》ら（天理本）。同十一日は、寺井兵衛尉知清《ともきよ》興行の「何人百韻」に出座し、発句「秋のいろに風もすずふく山路かな」を詠んだ。連衆は、宗祇・知清・肖柏・宗仲・国高《くにたか》ら（大阪天満宮本）。「宇良葉」によれば夏の間も京を離れて、山崎津田左衛門尉、蒲生刑部大輔を訪問している。

このように、年始めの決意とは裏腹に宗祇の連歌会への参加、それにも増して出座の要請は少なくなることがない。ただし、宗祇の発句には別離の挨拶を示唆するものが多いのは見て来た通りである。

そして具体的に後事を託すかに見える行為もいくつか見える。六月九日、宗碩に「河

越後下向

海抄抄出」「花鳥余情抄出」を譲渡し（伊地知「宗祇の古典研究」）、七月十七日も離京に先立ち、富小路《とみのこうじ》俊通に「源氏物語不審抄出」を託し（岩瀬文庫本等、吉沢義則編『未刊国文古註釈大系十二』による）、自著「浅茅《あさじ》」を越智《おち》久通《ひさみち》の求めに応じて書き与えた。「浅茅」は赤松被官葦田友興《ともおき》が友人越智久通の希望を仲介して宗祇に書かしめた作で、宗祇の最晩年の著作として重要であるのみならず、序文に示された若年時の回想（既述）が宗祇の数少ない伝記資料として注目される書である。越智久通は伊予大三島《おおみしま》関係の人物かと思われる。奥書を記した葦田友興は明応四年の『新撰菟玖波集』成就祈念の連歌会に参加し、『新撰菟玖波集』には十一句というかなり多い句数が入集している、宗祇周辺の有数の地下作者であった（一六八・一八〇・二〇八頁参照）。宗祇は久通にこの書を贈るに当たって、友興に奥書を記すことを懇請していて、その奥書の日付は宗祇離京後の八月六日である。

七月十三日、宗祇は近衛亭を訪問し、来たる十六日越後へ下向する予定であると語っている（『後法興院記』）。その十六日の日付の近衛家宛書状がある（東京国立博物館）。

御奉書いつの夕より忝なく存じ候、特に御詠過分の至りに候、御返し申すべき心地さへかきくれ候て、やるかたなく候、御取なをし候て、御披露書き入るべく候、明朝罷立つ用意すべく候、参り候て幾度も申し入れ度候へ共、只御心を憑奉り候、

恐々謹言

七月十六日　宗祇（花押）

進藤筑後殿

御宿所　自然斎

宗祇

離京に際して、歌を贈られたのにはかばかしい返歌も出来ないことと、予定より一日遅れて十七日の出発になったことが報じられている。「いつの夕より忝なく」や「かきくれ候て」は八十歳にして長途の旅に出る宗祇の真情であろう。

宗祇が誰を随行に選び、どの道筋で北国を目指したかについては記録がない。宗坡と水本与五郎が出発当初からの同行者だったらしいが、宗碩は後から下向したことが分かっている。

京都大火

出発後の京都では宗祇にとって大きな事件が二つあった。七月二十八日、京都の大火により種玉庵が焼失したこと（伊地知『宗祇』）、九月二十八日、後土御門天皇が崩御したことである。宗祇にとって物心両面の支柱が失われたことになる。ただそれについての宗祇の言説は伝わらない。種玉庵敷地には翌年小庵が建てられたという（『後法興院記』）。

都への回路

明応十年（一五〇一、文亀元年）、八十一歳。

宗祇は越後で正月を迎えた。二月十五日、京都の三条西実隆のもとに新年の挨拶の書状が届いた（「再昌草」）。それには「思ひやれ鶴の林の煙にもたちをくれぬる老のうらみを」という歌が書き添えてあった。鶴の林は釈迦の八十歳入滅を言っているから、それにも遅れて徒に齢を重ねた恨みを八十一歳の正月に当たって述懐した歌と理解できるが、「立ち遅れ」に後土御門の崩御を偲ぶ気持ちが込められているとする解釈（金子『宗祇と箱根』）も捨てがたい。

越後と都を結ぶ線は、この実隆と近衛政家によって確保されていた。手紙の往復とともに、三月十二日には、実隆のもとへ宗祇から鳥の子紙・銭が届いた。実隆は三月十八日に、八景詩歌色紙を、六月七日には「八代集」の外題を、それぞれ宗祇の依頼に応じて書いている。近衛政家から越後の大守上杉民部大輔房能《ふさよし》に世尊寺《せそんじ》行俊卿筆の色紙三十六枚が送られた。これも宗祇が仲介しているのは勿論である。

最後の相伝

八月十九日、宗祇の書状が宗祇の従者水本与五郎の手で実隆のもとへもたらされた。また、九月十五日、玄清は実隆に宗祇から届いた「古今集聞書、切紙以下相伝之儀」を納めた箱を届けた。これは結果的に宗祇の実隆に対する最後の相伝となったが、実隆は

「道の冥加」と感動している。

宗祇と都を結ぶものは、文事だけではない。七月八日付けの志野宗信《しのそうしん》宛の書状（天理図書館「名香合并宗祇状」）は、この年五月二十九日に都で行なわれた名香合を宗信が宗祇に報告したのに対する返信である。そこには都をよそにして名香合に参加できなかったことの無念さとともに、宗信から三種の香を贈られたことやそれまでにもさまざまな依頼を宗祇がしていることへの感謝が綴られている。宗祇と香の話は別項に述べる。

越後にて

越後における宗祇の活動は、断片的にしか分からないが、四月二十五日、愛蔵の『新古今集』を宗坡《そうは》に「数年の芳契」によって譲与している（日本大学本）のに始まり、いくつか知られる。自撰句集「下草」を上杉の家中の誰かに与えたと見え、一本に五月二十五日、もう一本に七月二十五日の署名が残されている（吉田本、東山御文庫本）。六月、摂津池田在任の肖柏は、越後より到来の「宗祇付句」に合点をほどこしているが、これも句集「老葉」に付載されている形態から、「老葉」と「宗祇付句」を所望され、肖柏に加点を求めたと考えられる（大阪大学本）。

宗碩への伝授

上杉関係者だけでなく、宗祇は同行した宗碩に『古今集』の講釈を行なった。六月七日から始まり九月十八日に完了したが、これを宗碩が編集して「十口抄」にまとめている（書陵部本）。同じ同行者宗坡に『新古今和歌集』を譲っている（前述）のも一連の継承作業なのであろう。

九月一日、駿河から宗長が越後に到着した。宗祇は宗碩への『古今集』講釈の最中だった。その後、同地で宗長は病み、十月下旬回復した（『宗祇終焉記』）。ところで九月下旬、宗長の句集が「ある人」の手によって編集されて宗祇に見せたらしい。宗祇はそれに指導助言を与え、根もなきことだからと「壁草」と名付けた（跋文による）。「壁草」はその後も増補改定が加えられて現存本の形になるのだが、この「ある人」というのがどうやら宗長自身の朧化表現らしい。宗長は句集作成のノウハウを最晩年の宗祇に学んでいたのである。タイトルも宗祇の句集に一脈通じるところがあるのも首肯ける。

越後大地震

この冬、越後は稀に見る大雪であったが、さらに十二月十日午前十時頃、大地震が襲った。余震も激しく、五、六日続いた。多くの人が命を失い、家々も倒壊した。マグニチュード六・九と推定される（『理科年表』）この地震で、宗祇・宗長らは宿所を他に求めなければならないという不測の事態となった。

5　終焉の旅

『宗祇終焉記』

大地震で暮れた文亀元年が明けて二年（一五〇二）、宗祇は八十二歳になった。このあたりから『宗祇終焉記』の著者宗長は、温かいが明晰・冷徹な目で長年の師宗祇の最期の様子を象ってゆく。それによってわれわれも宗祇に同行しているかのような気分にさせられることだろう。

正月一日、宗祇は夢想の発句を得た「年や今朝あけの忌垣《いがき》の一夜松」である。一夜松は北野神社創建説話にかかわる。「北野縁起」などが伝えるように、天慶九年（九四六）託《たく》宣《せん》があり、一晩に数千本の松が生え、そこに社殿が造営されたという。句の意味は、年が新しくなる今朝が明けて行くと、朱《あけ》の忌垣をめぐらした境内の一夜松も次第にその姿を現してくる、というところであろうか。意味不明な場合が多い夢想の句だが、この句は明快であるとともに、連歌の神である北野の句であるところに宗祇は意義深いものを感じたに違いない。望郷の念が京都の北野神社を想起させたというのは近代人の見方であろう。この句を発句にして連歌が張行《ちょうぎょう》された。同座した宗長は連歌の後で「この春を八十《やそじ》にそへて十とせてふ道のためしやまたも始めん」と、八十二歳の長寿をことほぐ歌を詠んだ。八十にさらに十歳を加えて欲しいという願いである。宗祇は「いにしへのためしに遠き八十だに過ぐるはつらき老のうらみを」と返歌した。

正月九日、発句「青柳も年にまさ木のかづらかな　宗祇」で連歌が催された。『古今集』仮名序に「青柳の糸絶えず、……まさきのかづら長く伝はり」を受け和歌の永遠性をことほいだ句だが、その暮れ方から宗長の病気が再発し、風邪も加わってしばらく病床に就くことになった。

都では十九日に実隆が宗祇の書状を受け取っていた（『再昌草』）。二月五日、越後府中において「万葉抄（宗祇抄）」が書写されているが、当地に滞在中の宗祇門弟の誰かが書写したのであろう（書陵部本等）。

美濃国を目指す

二月下旬、宗長は健康を回復した。しかし都を目指すのはまだ早いと判断し、とりあえず上野国草津の湯で湯治した上で、駿河国に帰ることを思い立ち宗祇に伝えると、宗祇は「私もこの国で命の終わりを待っていたが、なかなか寿命もつきるものではなく、このあたりの人々が私を哀れんでくれるのも申し訳なく、といってはるかに都を目指して旅立つのも物憂い。美濃国に知人がいて、余生をここで過ごしなさいとたびたびわざわざ手紙をくれる。せっかくの機会だからぜひ同行して欲しい。富士山ももう一度見たいものですし」と宗長に頼み込んだ。宗長はそういう宗祇を打ち捨てて帰国するのも罪作りだと考え、共に美濃を目指し出立することになった。宗碩・宗坡らも同行した。宗長はこの年五十五歳。駿河ではしかるべき位置にいたわけで、帰国は必然的な希望だったのであろう。宗祇にまったく随従していたわけではない。一方の宗祇は、この口吻《こうふん》によればかなり弱気になっているようだ。高齢ということもあろうが、前年の大地震もかなりのショックを与えたであろう。といって都は必ずしも平穏ではない。美濃は心理的に宗祇の手の届く安住の地であった。在国の頼るべき人は確定できないが、斎藤妙椿《みょうちん》や東常縁《とうのつねより》の子孫ででもあろうか。長い宗祇と美濃の関係から知人は多かったに違いない。

越後の状況

それに加えて、滞在地越後の状況が必ずしも安定したものではなかったことも大きな原因と考えられている（金子『宗祇と箱根』）。宗祇の「ここの人々のあはれみも、さのみいとはづかしく」というのも文飾ではない事情があったとされる。事実、宗祇の越後出発から五年後の永正四年（一五〇七）に守護房能《ふさよし》が、守護代長尾為景《ためかげ》に攻められ、自害に及ぶ事件が発生する。長尾為景はいうまでもなく上杉謙信の父であるが、この守護と守護代の軋轢《あつれき》は明応三年の房定の死没以後顕在化して来た経緯がある。いつまでも世話になってはいられない雰囲気がすでにあったと想像される。もしそうした事情がなければ宗

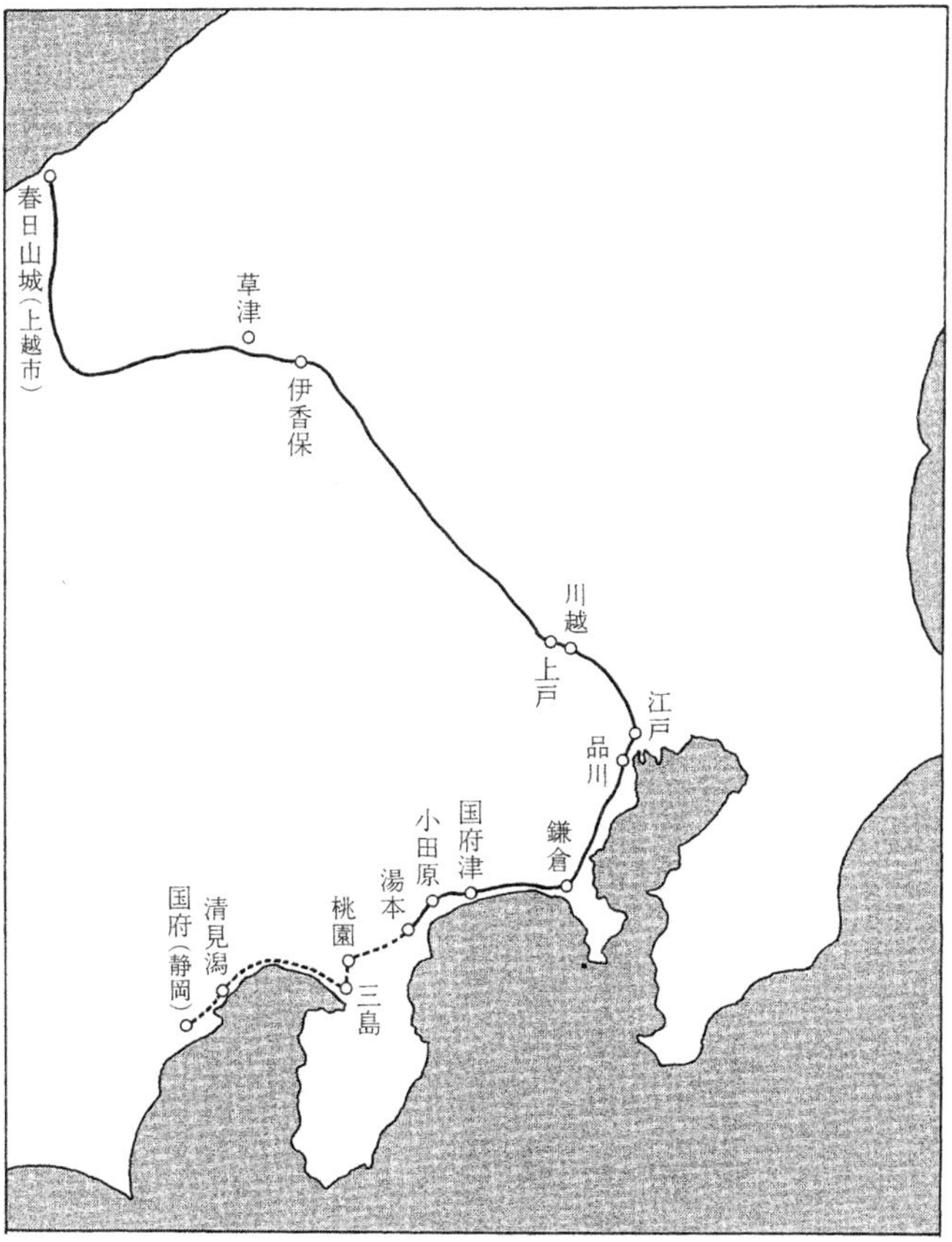

最後の旅（越後から箱根へ）

祇は余生を越後の上杉の城下で過ごすつもりだったであろう。富士山をもう一度見たいという希望は富士山好きの宗祇（既述）の本音であったかもしれない。地元の宗長への挨拶だけではないだろう。

越後出立

宗祇・宗長の一行がいつ出発したかは記されていないが、三月二十六日、草津に着いた。宗長は草津で静養し、宗祇らは中風に効くという伊香保《いかほ》に向かい、二手に別れた。途中、榛名《はるな》山麓の浜川（現高崎市浜川町）の松田加賀守宗繁の許で二十日間余り滞在している（「東路のつと」）。

伊香保

伊香保に着いた宗祇は発病し、湯に入ることもないまま「いかにせむ夕告鳥のしだりをの声恨むよの老の寝覚めを」と五月の短か夜の感慨を詠んだと『終焉記』は記す。しかし四月二十五日に伊香保でという端書きを持つ連歌が現存する。宗祇・宗碩・宗坡による「伊香保三吟何衣百韻」である。発句は「手折るなと花やいひ初し杜若　宗祇」である（書陵部本等）。伊香保ではそれほどのことはなかったのであろうか。

6　終焉と葬送

上　戸

七月上旬、武蔵国入間《いるま》川辺の上戸（現川越市）に二十余日滞在した。ここは山内上杉顕《やまのうちうえすぎあき》定《さだ》の陣所があり、数奇の人多く、千句連歌の張行もあった。その後、扇谷《おうぎがやつ》上杉朝良の守る河越に移動して十日余り滞在したが、さらに江戸城滞在の折、宗祇は重態になったが、回復した。驚くべき生命力である。

鎌倉

しかも連歌に触れると気力もよみがえり、鎌倉近くの相模守護代上田の館（現横浜市神奈川区幸ヶ谷）で、七月二十四日から二十六日にかけての千句連歌に出座し、百韻中、十句、十二句などの句数をこなしている。上田の名は実隆の「再昌草」によって知られる。宗長も当然参加していて、宗祇の句に注目している。高齢病身でありながら、普段よりも面白い句が多いことに感嘆し、さらに、「けふのみと住む世こそ遠けれ」に付けた宗祇の句「八十までいつかたのみし暮ならむ」とか、「年のわたりはゆく人もなし」に付けた「老のなみいくかへりせばはてならん」などに、後から考えて、師は自らの死を予感していたのだと思い当たったと述べている。連歌の付合は、個人的な感慨よりも詩としての流れが優先するものだが、宗祇は随所に自らの想いをちりばめることをしていたのである。

発病

二十七、二十八両日は休息し、二十九日、駿河国を目指して上田館を出立したが、その日の昼頃、寸白《すばく》を発病し、薬の効果もなく皆困惑する。寸白は寄生虫の一種でさまざまな病気の原因と考えられていた。『日葡《にっぽ》辞書』によれば「腹の病気、または痛み」とあるから、消化器系の疾患かとも考えられるが、病名は不明としか言えない。明応五年(一四九六)にすでにそれに悩まされ、明応七年(一四九八)十一月十六日の宗長の書状の中に「自然斎存知の如く、腹を以ての外に煩ひ候らひて散々の式に候ふ」(原漢文)の有り様で養生しなければならない旨の報告が実隆に対してなされている。長く宿痾《しゅくあ》に悩まされていたのであろうか。

国府津

箱根湯本

定家の夢

　宗祇は用意された輿に乗せられ、ようやく国府津《こうづ》にたどりつき宿した。三十日、駿河より出迎えの馬、人、輿などがやって来る。これは宗長を介しての今川氏の差配であろう。そのころ今川に身を寄せていた東素純《とうのそじゅん》も馳せ参じた。そして箱根湯本に至る。途中から少し元気づき、湯漬などを食べ、弟子たちと話を交わし眠りについた。同行者たちは安心して、明日この山を越す準備をし休んだところ、その夜半過ぎに宗祇はひどく苦しみ出したので、揺り動かすと、「たった今の夢に定家卿に会い奉った」といって、「玉の緒よ絶えなば絶えね」という歌を吟じた。聞く人は皆、これは式子内親王《しょくしないしんのう》の歌ではないかと思った。すでに意識は少しばかり混濁しているのだろうが、「ながむる月に立ちぞうかるる」という前句をしばらく口ずさんで、「私には付けられない、みなみな付けてご覧なさい」などとたわぶれて話しつつ、やがてともしびの消えるように息を引

宗祇供養塔（箱根早雲寺）

宗祇の墓（定輪寺）

き取った。美濃はまだ遙か遠くであった。時に八十二歳、文亀二年七月晦日。
宗長《そうちょう》はきわめてクールに、しかも師に対する敬意を失わず、この偉大な中世詩人の最期を形象した。宗長は宗祇の一生を次のように総括している。

かく草の枕の露の名残も、ただ旅を好める故ならし。もろこしの遊子とやらんも、旅にして一生を暮らし果てつとかや。これを道祖神といふとかや。

旅の世にまた旅寝して草枕夢のうちにぞ夢を見るかな

と慈鎮《じちん》和尚の御詠、心あらば今宵ぞ思ひえつべかりける。

桃園

箱根山を生きた姿のように輿に乗せられて越えた宗祇は、八月三日の明け方、相模駿河の国境に近い桃園の定輪寺《じょうりんじ》（現静岡県裾野市桃園）に埋葬された。富士山をもう一度見たいという越後を出発するときの希望を、富士の裾野の寺に埋葬することで宗長は果たしたのであろうか。寺の門前の少し引っ込んだ所で、水が流れ、杉・梅・桜の木のあるあたりに亡き骸を納めて、生前、塚には松を印にしてほしいと話していたことを宗長は思い出し、松を一本植え、卵塔を建て、仮の垣根をめぐらした。そこに七日ばかり籠って弔い、一行は駿河国の国府へ出た。

7 追善

清見が関

途中、清見《きよみ》が関に八月十一日到着した。ここはかつて宗祇が初めて東国へ下ったとき訪れて連歌の会を催し、十九歳の宗長もその場にいたことがある。宗長はそれを思い、

もろともに今宵清見が関ならば思ふに月も袖濡らすらん

と感慨を詠んだ。そうして国府に到着し、宗長の草庵で、宗碩・水本与五郎は、せめてここまで着けたのならば、と嘆くことしきりだった。

追悼連歌

八月十五夜、駿河の守護今川氏親《うじちか》亭で追悼の一座があった。かねての宗祇の予定は、ちょうどこの十五夜の頃、駿河国に到着するはずで、発句を求められたらどうしようなどと病中に気をもんでいたので、越後での去年の十五夜の会に用意した発句が二つあって、一句は使わずに残っていると宗長が告げると、ではそれを使おうと語っていたことを宗長が人々に話すと、それを発句にということになって、

曇るなよたが名はたたじ秋の月　　宗祇

と、先師の句を発句にして、追悼の連歌が催された。脇・第三は、

そら飛ぶ雁の数しるき声　　氏親

小萩原朝露さむき風すぎて　　宗長

であった。同夜は和歌会も催され、宗長・宗碩の百韻もあり、とりどりに宗祇を偲んだ。なお、この宗長・宗碩両吟の百韻は「きえし夜の朝露分くる山路かな　宗長」に始まると『終焉記』に紹介されているが、作品全体が伝存している（天満宮本）。ただしそれに付された識語《しきご》によれば、桃園に七日籠った折りの作ということになっている。宗長の記憶違いか、『終焉記』を構成する際の意図的改変の一つか定かではない。

宗長草庵における月忌

八月晦日、宗長の草庵（今の柴屋寺）で月忌始めが行なわれ、素純らも来会した。連歌と和歌一続があったが、素純は、

たらちねの跡いかさまに分けも見むおくれて遠き道の芝草

と詠んだ。これの意味するところは、東常縁から宗祇が得た古今集伝授、聞書幷切紙等を、今度は宗祇から常縁の子素純が付属《ふしょく》（師資相承の際の授受）を受けたということであろ

う。

宗祇が常縁から古今伝授を受けたのは、文明三年（一四七一）であったが、それを明応四年（一四九五）に素純に伝授していることはそれぞれすでに述べた。この度はその伝授を完成させるための付属であったのだろう。『終焉記』の原文は「今はのをりに」付属があったと記されている。素純が重篤の宗祇のもとに駆け付けたのは宗祇の亡くなった当日か、早くても前日であるから、文字通りいまわの際のことだった。

九月十六日、宗祇門弟でこの旅に同行していた玄清は三条西実隆に宗祇の死を報告した。宗祇の道号は定輪寺の

柴屋寺

住持によって「天以」と名づけられたことも知らされた（『実隆公記』・「再昌草」）。

九月二十四日、玄清はふたたび実隆を訪問し宗祇の思い出を語った（「再昌草」）。実隆は、二十九日の宗祇の月忌の念誦の折に金剛経六喩を和歌に詠じた（「再昌草」）。

水本与五郎の報告

十一月六日、宗祇の従者の水本与五郎が上京して実隆のもとに宗祇の遺品と宗長の書いた『宗祇終焉記』を持参し、臨終の様子を語った（「再昌草」）。同じく十日、実隆は宗祇百ケ日に法文歌二首を詠じた（「再昌草」）。

兼載の追悼

兼載は宗祇の臨終の頃は岩城《いわき》の平《たいら》（現福島県いわき市平）にいて、後にそれを知ることになる。兼載は写経をし、一編の追悼の長歌を携えて最期の地（湯本か）を訪れ、さまざまな関係を結んだ宗祇の墓前に手向けた。その長歌は『終焉記』の巻末を飾り、家集「閑塵集」にも収録されている。

第二　宗祇をめぐる人々

1　連歌の師、和歌の師

宗祇の連歌作者としてのデビューについては第一部で考察したが、ごく初期の作品に次の五点をあげた。

一、康正三年（一四五七）八月一三日　法楽何路百韻
二、寛正二年（一四六一）正月一日　独吟何人百韻
三、同　九月二三日　独吟何人百韻
四、寛正四年（一四六三）三月　独吟何舟百韻
五、寛正五年（一四六四）正月一日　独吟名所百韻

一の康正三年は宗祇三十七歳の年に当たる。この作品は発句を専順《せんじゆん》、以下連衆は、惟仲《これなか》・親度《ちかのり》・日晟《にちせい》・青阿《せいあ》・宗祇・与阿《よあ》・原春《げんしゆん》・久茂《ひさしげ》・光好《みつよし》・師敏《もろとし》・正頼《まさより》であり、宗祇は六番目の出句で都合十六句詠んでいる。二と五はともに専順の発句を起句にした独吟

である。寛正二年は四十一歳、寛正五年は四十四歳である。三は寛正四年、四十三歳の時の純然たる独吟である。四は章棟の発句を起句にしている点で二、五と同類である。

これらの年号月日は、諸本により異同があり確定的にはいえないが、この寛正頃を自立して行く時期と見て、専順がそれに与っていると解釈できるだろう。

専順

専順（一四一一～七六）は京都六角頂法寺《ろっかくちょうぼうじ》の僧で、華道池坊《いけのぼう》宗家二十六世と伝えられる。師承は明らかではないが宗砌《そうぜい》・智蘊《ちうん》の配下にあったと推測されている。文安年間（一四四四～四九）頃から宗砌・智蘊・忍誓《にんぜい》・心敬《しんけい》らとともに活躍が目立つようになる。三十五歳の文安月千句（一四四五）では第一、第三百韻の発句を詠み、千句全体の句数でも七十二句の多きを数え宗砌を抜いている。享徳四年（一四五五）宗砌の但馬退隠《たじまたいいん》（一四五四）後は連歌界の第一人者として活躍する。宗祇との交渉もこの頃からであろうか。足利義政の連歌会に定期的に出座し、自撰句集「法眼専順連歌」は後花園院の勅点を受けるなどしている。文明四年（一四七二）から美濃での活動が中心となるが、義政の文明五年没と関係があるかもしれない。美濃では、守護代斎藤妙椿《みょうちん》の庇護を受け晩年を過ごし、三度の千句、「美濃千句」（一四七三）、「因幡千句」（一四七五）、「表佐《おさ》千句」（一四七六）の興行の中心となるなど、紹永とともに美濃に一つの連歌文化圏を創出した。都からも多くの人々がそれに参集した。宗

宗砌

祇は「美濃千句」と「表佐千句」の主要作者となっている。宗祇は自らの先達を七人選び竹林の七賢人になぞらえて『竹林抄』を編集しているが、専順は当然その一人である。『竹林抄』では心敬の四百一句、宗砌の三百五十三句に次いで三百三十句を選入していることでも宗祇の専順に対する思いと評価が知られるところである。現存作品の範囲ではあるが、宗祇が専順と連歌の座を同じくした回数は、心敬よりも多い。

しかし、専順に先だって宗砌の名を上げなければならない。宗砌と宗祇が連歌の会に同座したというような具体的な接点はない。しかし重要な情報が宗祇自身の手で残されている。第一部で述べたように、句集「萱草《わすれぐさ》」に「宗砌十三廻に追善の連歌し侍りしに」と詞書《ことばがき》して、

つらきがうへにつらき世の中
わびぬればとぶらふあとにこと絶えて

の付句が引かれているのである。この連歌は当時の習慣から考えて独吟の追善百韻としてよいだろうが、この詞書と付合の気分から考えて、宗祇は宗砌を深く追慕しているのは間違いない。また、連歌論書では「吾妻問答《あづまもんどう》」で宗砌を賞揚し「この道の明鏡」とし、

宗砌を批判する人々に対して「以ての外の浅智のいたす所」と退けているし、直接話を聞いたり、指導を受けたとしてよい表現、例えば宗砌が「物語りし侍りし」のような文言がしばしば見える。他にも証拠となる記事は少なくない。連歌の作品はたまたま残らなかったのか、宗祇の命名以前で確認できないだけなのか両方考えられる。

宗砌（?〜一四五五）は但馬《たじま》国の山名家の家臣、本名 源 時重《みなもとのときしげ》で、もともと連歌好きの武士であった。和歌や古典を正徹に、連歌を梵灯《ぼんとう》に学んだ。「永享の頃よりは宗砌法師、智蘊法師世に誉れ侍りし好士なり」（心敬「所々返答」）とあるように、伝存資料でも永享年間（一四二九〜四〇）からの活躍が目立つようになる。永享五年（一四三三）の足利義教《よしのり》主催の北野万句、文安月千句・文安雪千句（ともに一四四五）等を経て、文安五年（一四四八）北野連歌会所奉行および宗匠職に任ぜられる。その後の活躍も目覚ましく、当時の連歌作者にとって唯一の拠り所であった連歌式目「応安新式」の改訂作業を一条兼良とともに行ない「新式今案」として完成させた他にも、連歌会への参加、連歌論の著述など数多い。しかし享徳三年（一四五四）、主君山名持豊《もちとよ》は赤松家再興をめぐって将軍義政の怒りを買い、但馬への退隠を余儀なくされ、宗砌も従い翌年その地で没したらしい（没年は後世の資料によるので問題なしとしない）。享徳三年十二月、宗砌は友人行助《ぎょうじょ》の句に点を加え、その後書きに、「帝

宗砌と専順

都の月の本を立ち別れて、民国の雪の中に籠居す。しかれば歌を連ねし心は衰へはてて、愁ひをいだく思ひのみさかりに起これり」と、自分の置かれている境遇を嘆いている。

宗祇がどのように晩年の宗砌と関わっていたかはっきりはしない。しかし、宗砌の句集の一つである「宗砌句」(静嘉堂文庫本)の奥書《おくがき》を吟味すると、宗祇は但馬で宗砌の句集の編集を行なっている形跡がある(金子『宗祇の生活と作品』)。それは宗砌没後かもしれないが、少なくとも宗祇は但馬に足を運ぶほど宗砌に親炙していたことが想定される。『竹林抄』『新撰菟玖波集』の宗砌句は、ともに心敬に次いで多い三百五十五句・百二十二句である。

宗砌が離京した享徳三年に専順は四十四歳、この年の何木百韻では、宗砌が発句を詠み、総句数十七、専順は七番目の出句で十句詠んでいる。宗砌・専順、それにこの百韻には心敬(当時は心恵)も同座しているのだから、宗祇の連歌の師が揃っていることになる。このような席に、宗祇が別の名で連なっていた可能性があるが確かめられないのは前述した通りである。しかし確認できないのは宗祇という名前ではなかったからで、仮に宗砌が離京に際し、後事を託すべく弟子として「宗」の字を含む名前を与えたと考えるのはどうであろうか。宗砌のあと専順に師事するに至るのも、専順が宗砌と連歌の席を同じくする機会がきわめて多いことから考えやすい。

再び専順に戻る。連歌師は百韻千句に実名を残すことが多いから、勢い目に触れる回数が多くなり、ノミナルにはわれわれ研究者の記憶にしっかりととどまるようである。しかし、その実像に迫ろうとすると、うらはらに曖昧な姿しか浮かばないで、困惑させられることがしばしばである。専順もそのひとりである。

宗祇が連歌師として自立してゆく過程で、専順の果たした役割が決して小さくはないことは前述の通りである。ただし、この時期の宗祇が、まったくの初心者であったわけではない。専順発句ではないが、寛正二年の作品である、章棟の発句に脇から起こした独吟何人百韻の、

音する水は氷とけけり
雪うづむ谷の小川の春寒《さえ》て

の付合は、後年「老葉《わくらば》」に収録され、宗長は「氷のとくると云ふに、深山の余寒、めづらしき付やうなるべし。常は春風のあたたかなることをこそ付侍れ」と感じ入っている。

連歌に志した三十余りの歳から、すでに約十年の歳月を送り、ようやくその成果が世に

表れるに至った時期で、宗祇はすでにかなりの実力を身につけていたのであろう。独吟だからこそ、自己のなかにさまざまな個性を仮構しなければならない、という必然がそうさせたのかもしれないが、鮮やかな付けぶりであることは確かである。このような句は専順との師弟関係のなかにもあったことが想像される。

宗祇と専順が同座する連歌の現存資料は寛正六年正月十六日の心敬発句の百韻がおそらく初めてで、専順の十六句に伍して宗祇は十句を詠んでいる。同年の十二月十四日の細川勝元《かつもと》興行の百韻にも専順十三句に対し宗祇は十句で、ここに至って、宗祇は完全に連歌師として自立したかに見える。

専順批判

翌文正元年（一四六六）、宗祇の最初の著作「長六文《ちょうろくぶみ》」が書かれた。ところが、そこでは、あからさまではないが、専順の作品の批判と受け取れる口振りが見られる。

歌の詞によって付句をする例が、専順などの句に多くあると述べ、稽古の盛りに古歌を覚えた人は、それを利用して付けるのはその人の心の奥も見えて面白いと、多少皮肉めいたことを述べたあとで、しかし、「心にて思ひ入て」付けるべき句に、「かたはし歌の詞など候へば」、即座にそれで付けてしまうのは、心浅くて好ましいことではないと言っている。自分の知っている歌の詞がたまたま前句にあると、それに飛び着いて、句の心などにかまわずにすぐさま付けてしまうことを戒めているのだが、少々気になることがある。

専順の作とされる連歌論に「片端」がある。この書名自体オリジナルかどうか疑わしい節があるが、さきほどの「かたはし歌の詞など候へば」の文言は、連歌論「片端」を想起させる。しかも、「片端」は開巻劈頭《へきとう》、連歌に古歌をとって付けることについて解説し、「片端を書き付けてみせ侍り」としている。もちろん宗祇が単なる普通名詞として用いた可能性もあろうが、偶然にしては手がこんでいるように思える。

専順は、この時期の宗祇にはすでに手応えの乏しい師になっていたのではないだろうか。修業時代の終わり頃に、師を越えたと思う一瞬を多くの人が持つように、宗祇はこの段階で師専順を越えたと思ったのではなかろうか。しかし、やがて宗祇は専順を尊重し、最終的には『竹林抄』に七賢の一人として選び入れている。そして、六十歳を目前にした文明十一年、朝倉孝景《あさくらたかかげ》に書き与えた「老のすさみ」には、「おもてにやすらかなる様にて、甚深のことわり多きなり」と先師専順を評している。甚深の理に思いが及ばなかった十余年前を回顧していたかどうか分からないが。

心敬《しんけい》（一四〇六～七五）はおそらく宗祇にもっとも大きな影響を与えた連歌作者であろう。確かに宗砌は修業時代の始めに、専順はそれを引き継いで大成に導いた時期の重要な師であった。しかし連歌ないしは和歌、また美的感性や宗教性まで踏み込みつつ宗祇の成長を支えたのは、心敬を措いて他にはいないかもしれないのだ。しかし両者の出会いは必ずしもスムーズではなかった。

紀伊国に生まれ、幼くして上京し十住心院《じゅうじゅうしんいん》に入り、その後、比叡山《ひえいざん》横川《よかわ》での長い修行期間を経て帰寺し、やがて住持となった。宗砌・宗祇とは異なる正式の僧侶としての経歴がある。永享元年（一四二九）頃から和歌を正徹に学び始め、同じく五年に北野万句に出座するころから、連歌活動が顕著になる。智蘊・宗砌が没した後は専順・行助らと共に連歌界をリードする存在となってゆく。寛正四年（一四六三）故郷を訪れた折、連歌論の名著「ささめごと」を著す。翌五年、五十九歳の心敬は、細川勝元の家臣安富《やすとみ》民部丞《みんぶのじょう》盛長《もりなが》興行の「熊野千句」に宗匠として臨んでいる。宗祇もこれに参加していることは第一部で述べた。この千句は成立時期を示す明徴がないが、心敬の帰洛後、宗祇の在京中、勝元の管領在任中という条件からこの年の春の作と比定されている（金子『心敬の生活と作品』）。宗祇は専順門下の一人として参加したのだろうが、心敬との接点を持つ重要な作品として位置づけられる。しかし、心敬百九句・巻軸発句、専順百四句・発句一、行助九十三句・発句一と活躍しているにもかかわらず、『竹林抄』に一句も収録されていないという不思議がある。わずかに心敬の自撰句集「心玉集」に三句収められているだけである。宗祇はある意味で記念すべき千句をどうして無視したのか。武家主導型の作品として嫌ったのであろうか。

心敬はこの後、応仁元年（一四六七）伊勢を経て、海路関東へ向かい品川の鈴木長敏《ながとし》に迎えられる。長敏は品川に本拠を持っていた豪族と考えられている。心敬を招請し、便船を伊勢まで遣わすほどの財力を持っていたことだけは確認できる。その品川に用意された「心敬僧都旅宿の坊」（「萱草」）は日蓮宗妙国寺《みょうこくじ》中と推測されているが、そこを宗祇は訪れている。応仁二年、白河紀行の旅を終えた宗祇は心敬の坊と思われるところで連歌の座を持った。発句は心敬の「雪の折萱が末野は道もなし」、連衆には、長敏もいる。

文明二年（一四七〇）五月、心敬は奥州から宗祇に懇切な手紙を送っている。「所々返答」の第三状で、その内容から、宗祇はかねてより心敬に句の批評を依頼していたが、あわせて心敬の作品の自注も求めていたことが分かる。自注は今伝わらないが、宗祇の近作の句に対する批評はかなり厳しく、「境に入り過ぎ」（ある境地を狙っているが過剰になっている）、「いりほが」（知的な技巧が過度に走っている）、「いささか結構の趣向にて、前句に心寄らず」（いささか作意が先立って、前句にうまく付いていない）などと痛烈に批評している。おざなりの指導ではないことが分かるし、心敬が宗祇に多くを期待していたことを窺わせるものでもある。また連歌一般に筆が及び、連歌作者の心得るべきことや連歌の歴史的展望には心敬の思想と立場が鮮明に打ち出され、連歌論として名篇のひとつに数えられる。以後の心敬・宗祇の交流は第一部で跡付けた通りであり、相模大山《さがみおおやま》の麓に住んでついに都に帰ることなく文明七年（一四七五）七十歳で没した。宗祇はその年五十五歳、都での活動が次第に顕著になる時期であった。宗祇は心敬の句を『竹林抄』でも『新撰菟玖波集』でももっとも多く収録している。心敬の作風と理論は独自の境地を有し、しばしば孤高の中世詩人と評される。確かに感覚的な用語や表現、仏教に沈潜した難解な思想は他を抜いているが、宗祇はそれを消化しつつ、より奥行きのある付合理論に展開させたと評価してよいと思われる。言い換えれば、宗砌・専順を超える連歌センスを心敬から継承したのではないだろうか。

2　東常縁

宗祇の文学的経歴の中で特筆すべきものに古今伝授がある。宗祇自身がどのくらいこれに執着していたかは終焉の旅の項で紹介したが、いつ誰から伝授を受けたかについてはあまりにも有名になってしまい、語るべき実質がないかのようである。その主役は中世末期の戦場を駆け巡った武将である。宗祇が都で修業時代を過ごしていたときに、依るべき和歌の師は誰であったかという問題はしばしば論じられてきた。寛正年間がその時期だとすれば、招月庵正広《しょうげつあんしょうこう》と常光院堯憲が双璧だったとされる。しかしそのどちらにも宗祇は就かなかった。宗祇が就いたのは美濃から関東を転戦していた武将、東常《とうのつね》縁《より》だった。

常縁は文明十六年（一四八四）頃没したと考えられているが、享年も分からず年齢を示唆する資料もない。下野守氏益《うじます》の子、東家を継ぎ美濃国郡上《ぐじょう》の領主となった。堯孝・正徹に和歌を学んだが、宝徳二年（一四五〇）堯孝に正式に入門し弟子となった。康正元年（一四五五）幕命を受けて関東に下り、宗家千葉氏を助けて転戦するなど、武将としての活動も目覚ましいものがある。

しかし、応仁二年（一四六八）九月、西軍方の妙椿《みょうちん》が東軍系の常縁の本拠郡上に軍を進めると、常縁の兄氏数《うじかず》はたちまち敗れ、東家累代の書籍を蔵した東家文庫も戦火にかかり、貴重な典籍が多く失われたらしい。後年、常縁はわずかに残った『古今集』に「応仁二年秋兵乱和漢書悉紛失畢」と無念の言葉を書き付けている。

ここからはやや伝説臭があるが、常縁は嘆きの述懐歌を詠じたところ、都に伝わり人々を感動させたのを妙椿が聞き、「常縁はもとより私の歌の友人である。今関東に住んで本領の郡上がこのようになったことをいかに残念に思っているだろうか。私も久しくこの和歌の道の数寄者なので、どうして情けない振る舞いが出来ようか……」と述べ、常縁はあらためて十首の歌を贈り、やがて天皇の耳にも達することなどがあり、文明元年常縁が上洛したときに妙椿から郡上が返却されたという。「鎌倉大草紙」によるこの話はかなり伝説的であるが、妙椿が常縁の歌に動かされて領国を返還し、それからおたがいに朋友となったという話（「雲玉抄」など）よりも真実性がある。いずれにせよ常縁は歌道の宗家たる東家の当主として強い意志を持っていたのであろう。前述の『古今集』の奥書は文明二年（一四七〇）に記されたものだが、曾祖父常顕《つねあき》以来の持本として身を離さず、今常縁が相伝しているのであり、戦火をくぐってこの一冊が残ったのは東家累代の冥助によるものだという旨を強い調子で述べている。

古今集両度聞書

宗祇が常縁に随従して初度の古今伝授を受けたのは、この翌年文明三年正月から四月にかけて、後度は六月から七月にかけてであった。この伝授はすでに述べたように、宗祇の「両度聞書」によってのみ知られる事実で、同時代の記録にはまったく現れない。いわば中央の歌壇のあずかり知らぬところで行なわれた伝授であり、東家の存続に不安を抱いた常縁と、一介の連歌師として中央の歌人から無視されてきた宗祇という両者の利害が一致した結果であるという見方が整合性を持たないわけではない。もちろん宗祇は常縁の保持していた歌学を評価していたのだろうし、それを受ける絶好のチャンスであったからに違いない。

第一部で述べたように、宗祇は文正元年（一四六六）東国に下り文明元年（一四六九）七月、奈良に現れるまでは東国にいたらしい。常縁はこのころ関東を転戦していたのであり、宗祇が常縁と知己となったのはこの間のことであろう。そして奈良に顔を見せた宗祇は二、三ヵ月後の十月にはまた東国にいる。東国が本拠で、一時帰国した趣があるこの行動の裏に常縁に随従して歌学を受講する意思が見えないだろうか。文明三年以後も両者の交流は長く継続するが、ついに常縁は中央歌壇で影響力を持つ立場には就かなかった。しかし、宗祇を通じて常縁は歌道の継承者としての歴史的位置を確保した。結果的には宗祇は常縁を顕彰したのである。

3　一条兼良と尋尊・冬良

実隆と宗祇が創出したのが第二期連歌黄金時代とすれば、第一期黄金時代は当然二条良基《よしもと》と救済《きゅうぜい》が形成した南北朝時代であろう。その良基を祖父に持ち万般にわたって博学を謳《うた》われた文人貴族が一条兼良《かねら》である。兼良は応永九年（一四〇二）に経嗣《つねつぐ》を父として生まれ、文明十三年（一四八一）八十歳で没した。宗祇より二十歳年長になる。

応永十九年に元服し正五位に叙せられて以後、摂家の人として順調に昇進し文安三年（一四四六）太政大臣、翌年関白となる。享徳二年（一四五三）関白を辞し准三宮《じゅさんぐう》となる。応仁元年（一四六七）関白に復帰するが、翌二年八月、乱を避けて奈良に下り興福寺に滞在する。文明二年（一四七〇）関白を辞し、文明五年五月、美濃の斎藤妙椿《みょうちん》を訪問し、六月奈良に帰り出家した。「藤河の記」はその旅の記であるが、その冒頭に「応仁の初め、世の乱れしよりこのかた、花の都の故郷をば、あらぬ空の月日の行き巡る思ひをなし、楢の葉の名に負ふ宿りにしても、六返りの春秋を送り迎へつつ」とあるのは、兼良の置かれていた状況と心境を伝えている。文明九年末に至って帰京した。応仁の戦乱で歴代の重宝を収蔵していた桃花文庫が壊滅したのは有名な事実である。

著作に、古典学者として『花鳥余情《かちょうよじょう》』、有職家として『公事根源《くじこんげん》』、歌人として『古今童蒙抄』、随筆家として『東斎随筆』と列挙するのはほんの一例に過ぎないほど兼良の万般にわたる学識は群を抜いている。宗祇がこの「博学大才人」(『尊卑分脈』)とどのような接点を持っていたか。資料に明らかなのは前述のように、文明元年七月十一日に南都の兼良を訪問し、法印行助の動向を報じていることに始まる。そして十三日大乗院の連歌会に出座し、兼良・尋尊らと一巻を巻いている。文明五年、同七年にも記録がある。文明九年には、宮中で行なわれた「七月七日七首歌合」に奈良の兼良に判を記すべく下命があり、宗祇が下向するという便宜で宗祇がそれを持参し、二十九日興福寺成就院《じょうじゅいん》で兼良に渡した。この時は肖柏《しょうはく》が同道していたかとも考えられている。八月二日の成就院での兼良の連歌会に参加している。兼良は歌合に早速加判し、使者に渡したが、上洛の途中敵陣の足軽に襲われて奪われるという椿事が発生する。この使者は誰と分からないが、宗祇とする説もある。九月になってようやく宮中に届けられたらしいので、すべての使者に宗祇を代入しても矛盾はないわけである。

兼良は翌文明十年に至り、ようやく帰洛を果たす。

宗祇は兼良のためにかなりの奉仕をしていることが分かる。そのような間を縫って兼良の博識を学ぶ機会があったのだろうか。

尋尊

尋尊《じんそん》（一四三〇〜一五〇八）はその兼良の子息であり、興福寺第百八十代別当、大乗院第二十代門跡を勤めた南都仏教界に重要な位置を占めた法相宗《ほっそうしゅう》の学僧である。十一歳で得度《とくど》、康正元年（一四五五）には僧正になり、同二年興福寺別当に補任され、長谷寺《はせでら》・橘寺《たちばなでら》・薬師《やくし》寺《じ》の各別当も兼務した。長禄元年（一四五七）、大僧正となり、同三年、興福寺別当を辞するが、応仁元年（一四六七）興福寺法務に任ぜられた。その豊富な政治力で、朝廷・幕府との交流をたくみにはかり、興福寺の安泰をもたらした。応仁の乱の時、父兼良の記録類を大乗院に疎開させて兵火から守った。なによりも、宝徳二年（一四五〇）から亡くなる永正五年（一五〇八）の長期にわたる日々の見聞や感想のつぶさな記録「尋尊大僧正記」（『大乗院《だいじょういん》寺社雑事記《じしゃぞうじき》』の主要部分を占める）の筆者として有名である。『実隆公記』と時間的にほぼ並行する記録として、この時代の奈良から望見した京都ないし日本を教えてくれる貴重な記録である。

宗祇は尋尊のほぼ十歳年長であるが、もちろん兼良の子息として、また南都の高僧として敬意を払っていたに違いない。宗祇が奈良とどのような関係にあったかは詳細には分からないが、すでに文正元年（一四六六）大乗院に尋尊を訪問している。おそらく兼良の使者としての意味合いがあったのだろうが、やがて兼良が奈良に戦火を避けて定住するに及んで宗祇の奈良訪問は頻繁になる。しかし、宗祇がどれほど南都に関わったかは明らかではない。句集の詞書《ことばがき》に「南都成身院《なんとじょうしんいん》」や「南都春覚律師」の名が見えるから、常に尋尊が介在していたわけではないだろう。特に春覚律師は千句興行をしていてそれに宗祇が発句を詠んでいる（「老葉」（吉川本）による）から、それなりの活動を展開していたのであろう。奈良が連歌文化圏を持っていたことは、鎌倉時代から顕著であり、特に春日神社、興福寺、東大寺などの大寺社が連歌の拠点として機能していたことは『大乗院寺社雑事記』など各種史料に明らかである。「明翰抄《めいかんしょう》」や「顕伝《けんでん》明名録」に南都連歌師として登載されている名前はきわめて多い。尋尊はそれらの中心人物でもあったのであろう。

一条冬良

冬良《ふゆら》（一四六四～一五一四）は兼良と愛妾三条局（町顕郷女）の間に生まれ、兼良の嫡孫政房《まさふさ》の非業の死の後、教房《のりふさ》（兼良の長子、政房の父）の順養子となり家を嗣ぐことになった。長享二年（一四八八）、二十五歳の時関白に昇った。文明年間から和歌会などの活動が見えるが、さして目立つ程ではない。宗祇との関係はすでに折々触れたように、『新撰菟玖波集』を介してである。貴族社会の頂点に立つものとして、また二条良基・一条兼良の遺業を継ぐ者として、序を執筆してその立場を宣揚しているが、編集の実務からは遠いところにいて必ずしも重視されていなかったかに見える。序の内容や撰集の題号について、実隆を中心とする編集の中枢からかなりの抵抗があったかに見えるのはすでに述べた。宗祇は特に敬するでもなく遠ざけるでもなく連歌に同座し、古典の講釈などをこなしているようである。冬良の学問を万般の碩学兼良とは比較してはならないが、宗祇の「古今集両度聞書」書写（明応七年、神宮文庫本）ほかあまり見るものがない。しかし、『新撰菟玖波集』には二十六句入集している。

4　猪苗代兼載

兼載《けんざい》は宗祇の弟子の一面もあるが、むしろ対立する存在として『新撰菟玖波集』時代を彩る人物である。地方出身の連歌師が多い中で、その故郷とのかかわり方を明確に足跡として残しているのは宗長とこの兼載である。会津の名家芦名《あしな》氏の分れ、猪苗代《いなわしろ》氏の盛実《もりざね》の子として享徳元年（一四五二）に生まれ、永正七年（一五一〇）五十九歳で没したという。初期は、興俊・宗春の名で現れる。青年期は、応仁・文明の乱の時期に当たるが、戦乱は兼載にとって、関東へ流浪して来ていた心敬《しんけい》・宗祇に師事する機会が得られるという

兼載

幸運をもたらすものであった。もちろん、少年期から文事を好んだことは想像に難くなく、兼載の先輩に相当する会津の連歌師の存在も知られているから、おそらく心敬・宗祇に出会ったであろう応仁前後には、十代の終り頃の兼載はすでに一応の修業を積んでいたであろう。最晩年の心敬に師事し、文明二年（一四七〇）頃会津に随従して「芝草句内岩橋」などを与えられたことは確かであるし、白河へ旅行した前後の宗祇に会っていたことも、宗祇追悼の長歌（『宗祇終焉記』に付載）によって想像できる。兼載の初名「宗春」が宗祇から与えられたものではなかったかとする金子氏の説は首肯すべきものかも知れない。文明二年の「河越千句」に末座ではあるが興俊の名で出座している。

遅くとも文明八年（一四七六）には兼載は都に出ている。句集「園塵《そののちり》第一」に、文明八（七とも）年春、畠山左金吾政長《まさなが》が北野法楽千句を催した時、兼載は、「春雨をしらする露の草木哉」という発句を詠んでいることが記されている。何番目の百韻か分からないが、応仁の乱の一方の大物の一人が催した晴の北野千句にすでに発句を詠むに至るについては、その前提となる連歌歴と実績があり、周囲に認められていたと思われるが、それを示す資料はない。これについて、宗祇の肩入れがあったことが推測されているが、奇妙なことに、そのような両者であっても、必ずしも宗長のように宗祇の連歌圏に入り込んで共通の行動をとるわけではない。文明八年の北野千句に先立つ、文明七年十一月、美濃国における「因幡千句」に兼載が宗春の名で参加しているのは、四月に関東で心敬と死別したのち上京し、宗祇に入門して宗春の名を得て、美濃の専順に紹介されてのことだろうが、総勢十八人の連衆中、八十句で五番目という高位にある。専順・紹永以外に、中央に名の知られた連歌作者の参加していないこの地方連歌では、この句数は当然かも知れないが、相応の実力を蓄えてきたことを意味する。

連歌会所奉行兼載

東国へはたびたび下りながらも、京洛での地位を次第に確かなものにして、兼載は延徳元年（一四八九）三十八歳の若さで北野連歌会所奉行に任命される。兼載の行動圏はおもに武家社会にあり、そういう中から、唐突に、文明十九年（一四八七）後土御門天皇に「百句連歌」を進献するという、宮中とのつながりを示す資料が浮かび出て来る。この奥書によれば、禁裏から句を献上せよとの命があり、一応辞退したが重ねての勅定であったので、瓦礫を顧みず進上するとあり、天皇がこの時すでに兼載の連歌活動に注目していたことになる。前年の宗春から兼載への改名、二年後の会所奉行就任と決して無関係ではあるまい。兼載は宗祇の指導と保護を脱して自立し、独自の世界を作り出していたにちがいない。延徳三年、太宰府天満宮に参詣し、山口に大内政弘を訪問して「延徳抄」

を、翌四年には阿波国に細川成之《しげゆき》を訪問して「薄花桜」を成している。この旅行に宗祇の『筑紫道記』とのアナロジーが指摘されているが、宗祇の後を追って着実に地方武士との関係を強固なものにしてゆく様が窺えるのは確かである。

事実、明応三年（一四九四）四十三歳の兼載は、二条家の嫡流を汲む堯孝の直伝を受けつぐことを誇る堯恵に師事し、『古今集』についての説を受け、起請文を書いている。井上宗雄氏の説くごとく（『中世歌壇史の研究　室町後期』）、白山・天台宗という線で堯恵と兼載はあざやかに連接し、その延長線上に心敬もいたことが分かる以上、兼載が宗祇の近くにいながら不即の関係を保つことが理解できる。すなわち、二条派の正統を伝える点では、常光院流が主流であり、宗祇が為家、素暹《そせん》から連なる常縁《つねより》を揚言してもおそらく京洛ではさほど問題にされなかったであろう。

このように考えてくれば、明応四年（一四九五）『新撰菟玖波集』をめぐる宗祇との対立のある側面は、常縁流と堯恵流の対立に還元できる内実を備えているといえる。連歌師が固有の血脈を持ち得ない段階では、やはり伝統歌学とどう関係しているかで発言力や人々の寄せる信頼が変わって来ることを示す好例であろう。

『新撰菟玖波集』完成直前に大内政弘が危篤となり、兼載は八月に山口へ下向、九月十八日、政弘が死去し、追悼記「あしたの雲」(『群書類従』所収)を捧げた。短いものであるが、終焉・葬送を叙し、三条公敦《きんあつ》・相良正任《ただとう》との追懐和歌贈答、政弘の和歌連歌遺稿のことなどを記し、十三仏名号独吟百韻を付した懇切な追悼記である。

明応七、八年は関東の豪族を歴訪。同九年七月六日、離京直前の宗祇と最後の雅会を持った。同月二十八日、京都大火のため、兼載の草庵も焼失した。文亀元年(一五〇一)、一子を建仁寺月舟に託し、春以後に離京して岩城《いわき》の平《たいら》に庵住した(『宗祇終焉記』)。同二年、箱根湯本に宗祇の跡を訪ね、追悼長歌を詠んだ。その後、会津で『竹林抄』を講釈したり、古河公方足利政氏《まさうじ》に「景感道《けいかんどう》」などを進献したりの活動が知られる。『新撰菟玖波集』の裏話や宗祇をはじめとする連歌師・歌人の逸話などを気楽に兼純に語った(「兼載雑談」)のも隠棲後のことである。永正七年、古河で没した。死の前年、兼載が病気治療もかねて古河に在ることを知った宗長は、手紙を送った。兼載の返事には「中風にて手ふるひ、やすからず」とあった(「東路のつと」)という。

兼載は、宗祇とともに有心連歌の完成期を築いた功績者である。しかし圭角《けいかく》ある人物として、突出することが少なくなかったのは種々の資料が語っている(第四部「あしなうて登りかねたる」の項参照)。自負と周囲のもてなしとの差異を痛感していたのであろうか。

「新撰菟玖波集祈念百韻」における兼載の挑発的な句作りはそれをよく物語っている（島津『連歌師宗祇』）。また宗祇がそういう兼載を泳がせながらその百韻の進行を捌いている点も両者の間の力学として見逃せないところである。

5　島田の宗長

宗祇に随従すること多く、終焉の旅も同行した宗長も、常に宗祇と共に在ったわけではない。生涯駿河の国に本拠を置き、今川氏に仕え、文事を楽しみ、京洛との往復を繰り返すという形で生涯を終えた宗長は、決して《都の連歌師》ではなかった。

宗長は駿河国島田住の鍛冶職、初代五条義助を父とし、文安五年（一四四八）に生まれた。宗祇より二十六歳ほど年下になる。「つたなき下職のものの子」（「宇津山記」）とみずから述懐しているものの、駿河の守護今川義忠《よしただ》に、おそらく若年から多年近侍し、義忠没後は子氏親《うじちか》と親しかったことは、みずからの記すところである。義忠について「別而宮仕とはなくて、只朝夕多年御身ちかくこそ候つれ」（「宗長手記」）とあるように、義忠は宗長の文雅の才をめでて、側に置いたのであろう。

十八歳で法師となり、受戒加行灌頂《かんじょう》などという事までとげた。はたちすぎの頃から、国の乱れがはじまり六、七年、また遠江《とおとうみ》国の争いが三年つづき、軍陣に立交ったりした、そののち都、奈良の寺社、高野などに心をひかれ、この駿河国のよさを忘れてめぐり歩いているうち、四十年ほど前になるが、宗祇という文雅の人に近づきを得、連歌の手ほどきを受けた。宗祇師匠は、京に誉れ高く、公武の人々がもてはやし、八十余歳でなくなった。そのおかげで私どものようなものまで、晴れの連歌の席などに出ることができたものである（『宇津山記』）。

というのが、七十歳の宗長自身の述懐であるが、三十歳ごろを境にして、生活環境に変化を来たしたことは、次のように考えておそらく事実なのであろう。

宗祇と宗長がはじめて会ったのは、文正元年（一四六六）、東国へ下って来た宗祇を駿河に迎え、宗長が清見寺《せいけんじ》に誘引し、「月ぞゆく袖に関もれ清見がた」の宗祇の発句で連歌を催した時である（『宗長手記』『宇津山記』）が、宗長は十九歳、前年出家し、加行灌頂を受けていた。受戒の師は「駿河の宰相」と呼ばれ、京都醍醐寺《だいごじ》菩提院に住していた僧であった。

宗長の二十代は、応仁の乱を中心とする騒然たる時代で、義忠は遠江鎮定の帰途一揆の流れ矢で文明八年（一四七六）没した。この間、宗長が戦陣に立ちまじることがあったのは、書記僧の役目を果たしていたためではないかと推測されている。たしかに、「今川記」の成立に宗長が関与しているわけだし、宗長の記録癖の成果ともいえる多くの著述はそれを思わせるに十分である。今川義忠《よしただ》の死が、二十九歳の宗長の生活を変えたことは想像にかたくない。京に出て紫野の一休宗純《いっきゅうそうじゅん》に入門し、旧知の宗祇に師事する機会がその折あったのであろう。

宗長にほかの連歌師ときわだって異質な点を見出そうとすると、どうしてもこの一休宗純との交渉に目を向けざるを得ないだろう。宗長が一休に仕える時期を今川義忠没後とすれば、一休の最晩年に属し、しかも宗長は連歌の師宗祇と旅にあることが多かったから、ごくわずかな期間しかなかったことが指摘されている。しかし一休から得たものは、生涯、宗長の思想と行動を支配しつづけてやまないものであったといわれる。十八歳の時の出家が一定の修行を伴い、灌頂《かんじょう》を受けるということで、通り一遍の形だけのものではなかったと思われるが、宗長はそれに束縛された形跡は見えない。これに対し、一休ないしはゆかりの大徳寺《だいとくじ》・酬恩庵《しゅうおんあん》等に対する思いは、多少俗に傾いてはいるものの、宗長の書き残したものにしばしば記しとめられ、その深さを感じさせるものがある。一休の思想、そしてこの時代とのかかわりについてはここに説く余裕はない。しかし、一休が宗長に与えたものは何であったのだろうか。終末を見据える目と、その終末を乗り越えるしたたかな精神の持続力とを持ちつつ、一方でそれに対して醒めながらも詩（俳諧）に耽溺する自己をさながら共存させていた人間として、両者を重ね合わせることができるかも知れない。

困窮した武士が身辺のものを売りつくし、妻子も縁者にあずけ、借金の催促に責められる過程を淡々と記し、

おもひわびての事にや、此月の十七日の夜、近き所の観音にまじり、下向して水をのみ、縄の一尺なければにや、自在というかぎのなはに頭を入れて、桁にしめあがりて、すべりくだりて死すと也。（『宗長手記』）

まさに地獄に目をそむけず、書き綴って行く持続力は、驚くべきものがある。京都の戦火による荒廃を「上下の家、むかしの十が一もなし」「内裏は五月の麦の中」と的確に記しとめたのも同質である。

この人物が、俳諧の世界を自己の重要な部分として内面化しているのは当然といってよいのではないだろうか。

薪酬恩庵のかたわらの廃庵の炉辺に集まった、同じような六、七人が、味噌田楽で酒

を飲みつつ、言い捨ての俳諧に打興じつつ越年した大永三年（一五二三）は宗祇没後二十年だが、その記録（「宗長手記」）から近世俳諧への展望を開いた宗長の姿を読み取ることは確かにできる。

しかし、すでに指摘されているように、宗長の連歌の作風は、宗祇のそれとほとんど径庭《けいてい》がない。一休という時代の反逆者と共通項を持つはずの宗長が、連歌の世界においては新しいものを残しえなかったのはどういうことであろうか。それは宗祇の所説を忠実に祖述した連歌論の著作（「雨夜記」「連歌比況集」）についても言えることである。これについてはさまざまに考えうる。宗祇の作り出した連歌の持つ伝統的世界は、それほどに完満の美を持っていて、容易に動かすことができないことを宗長が知っていた。また、連歌愛好者たちは、常に連歌界の向かうところに一時代遅れて随従して来ており、連歌指導者として世に迎えられていた宗長は、そのためにも新しみを創り出しえなかった。また、宗長は、来るべき時代を醒めた目で見透す一方、王朝的なものの上に構築された中世的な美を信奉するという、いわば複眼の持主であった。いずれもそれなりの理由になるであろう。

6　三条西実隆

この人の日記『実隆公記《さねたかこうき》』がなかったら、宗祇の伝記はほとんど成立しなかったかもしれない。いや、室町時代中期の日本文化史もきわめて貧しい記述しかできなかったであろう。

三条西実隆肖像（東京大学史料編纂所所蔵）

実隆は康正元年（一四五五）内大臣三条西公保《きんやす》の次男として生まれ、天文六年（一五三七）八十三歳で没した。宗祇より三十四歳年下である。文明元年（一四六九）元服、以後長く侍従《じじゅう》職にあり、永正三年（一五〇六）内大臣となって父の先途を極め、同十三年（一五一六）六十二歳で出家した。院号は逍遙院《しょうよういん》、法名は堯空《ぎょうくう》、号として聴雪《ちょうせつ》の名がよく知られる。古典学の泰斗として一条兼良の跡を継ぐばかりでなく、和歌・連歌に始まる多方面の活躍は周知の通りである。

宗祇との交流は『実隆公記』につぶさに記録され、本書の宗祇伝はきわめて多くをそれに拠っているので繰り返しは避けるが、両者による最も大きな成果は『新撰菟玖波集』編纂であろう。完成は明応四年（一四九五）、実隆四十一歳、宗祇七十五歳の時であった。この両者の関係を一時代前の二条良基と救済の関係とパラレルにとらえることが可能であるが、良基・救済の年齢差は約四十、『菟玖波集』成立時に、良基三十七歳、救済七十四歳と相似形をなしている。実に、連歌の二大撰集は堂上と地下の代表の協力態勢がこのような形をとった、いわば星の時間に生まれたのではないか。実隆・宗祇の次に黄金時代を作るべきであった三条西公条《きんえだ》と紹巴《じょうは》の協力態勢が成り立たなかったのは、公条が三十歳以上も紹巴より年長だったことに因るとするのは、あまりにも事柄を単純化し過ぎているが、潮時を持ちえなかった事は確かである。

『実隆公記』

『菟玖波集』の成立過程を日を追って記録した資料はないが、『実隆公記』は『新撰菟玖波集』の発端から準備、着手から進行途中のトラブルも詳細に記録しつつ、あたかも再現ドラマを見るかのような臨場感で完成までわれわれを導いてくれる。その中で実隆が宗祇という編集実務者と天皇ないしその周辺の人々との間を仲介する仕事を、労を惜しまず果たしているのは注目に値する。宗祇はかなり強引にことを運ぼうとしているが、実隆はよくそれを受け入れながら完成に漕ぎ着けているという印象が残る。実隆の懐の深さと両者の信頼関係が大きかったことによるのだろう。

7　肖柏と堺の人々

宗長と共に宗祇の高弟の筆頭に数えられ、「水無瀬《みなせ》三吟《さんぎん》百韻」「湯山《ゆのやま》三吟百韻」等の連歌の名作に名を連ねている肖柏《しょうはく》は、村上源氏中院通淳《なかのいんみちあつ》の子として嘉吉三年（一四四三）に生まれた。その出自において宗祇や宗長と全く異なるが、九歳で父を失い、兄通秀《みちひで》の庇護のもとに成長し、宮廷生活の経験もあったようだが、遅くとも文明五年には正宗竜《しょうじゅうりゅう》統《とう》に入門し、肖柏と号して隠者の生活に入っている。そのころから宗祇に師事し、同一圏内にいることが多かったが、かねてから摂津の池田氏や能勢《のせ》氏らと交渉があり、文明年間の後半には池田に移り住み、そこを本拠として京都との間を往返しつつ、連歌作者、歌人、古典学者としての生活を継続した。本来風流隠士の傾向は持っていたが、宗祇没後は特に著しくなり、牡丹花《ぼたんか》と号し、池田の住居を夢庵《むあん》と名付け、花・香・酒の三つを愛する生活を送った（自著「三愛記」の名はそれによる）。永正初年には和泉堺の人々との交流があることが確認されるが、おそらくかなり早い時期から堺との縁はあったのであろう。摂津が戦乱に見舞われると池田を離れ、永正十五年には堺に移住して晩年を過ごすことになる。堺の連歌師宗訊《そうじん》に伝えたのに始まる堺伝授と呼ばれる古今伝授の系統は、この肖柏の堺移住が機縁になっているのは周知の事実であり、中世末期の堺を文化的に充実させた肖柏の功績は大きい。肖柏がこのように摂津・和泉と深い関係を持つに至った契機は明確にしがたいが、宗祇も早くからこの地域に足跡を残しているのは伝記の項で見たとおりである。ここで石井宗友《そうゆう》という連歌作者をめぐって考察して見よう。

宗友については宗祇の修業時代からの友人であることを紹介したし、文明十六年から十八年にかけての『古今集』講釈の受講者・聞書編者と想定もした。「新撰菟玖波集作者部類」には、宗友について、

与四郎　地下者　泉州堺者（鶴岡本）

和泉堺住人（大永本・青山本）

等と注記している。また、明応九年、宗祇が宗友の句集「下葉」に寄せた奥書には、宗友を「行本法師　俗名宗友（原本「宗及」とあるが誤りであろう）　新撰菟玖波集隠名之作者」と紹介している。

これらを総合すれば、堺の住人で俗名は宗友与四郎、出家して行本法師ということになる。この人物と宗祇が寛正頃からの知友であるとするなら、宗祇と堺の関係は肖柏を介してではなく、逆の場合がむしろ想定されよう。宗祇が若くして対明貿易にかかわる仕事に従事していたとすれば、宗友あたりが介在している可能性があろう。

8　武将たち

大内政弘

『新撰菟玖波集』には地方の武士たちの作品が数多く収められている。一人ひとりの入集句数は必ずしも多くはないが、地方に点在していた武士集団がそのままのピラミッド型の人間構成で名を連ねているところは興味深い。つまりトップが連歌好きなら下もそれに倣うかのようである。

もちろん文字通りのトップは、西国の雄大内政弘《まさひろ》である。第一部で多く触れたので再説を避けるが、宗祇も兼載も、間接的には実隆も大きな恩恵を政弘から蒙っている。それも単なるスポンサーではない。『新撰菟玖波集』に政弘は七十五句入集している。この数は、心敬・宗砌・専順・後土御門天皇に次ぐ。宗祇との交渉は『筑紫道記《つくしのみちのき》』によって見たが、それに登場する、つまり宗祇がその旅行で交渉のあった人々で大内の家人は、内藤護道《もりみち》（三句入集、以下同じ）、正任法師（三句）、門司能秀《よしひで》（五句）、門司武員《たけかず》（二句）、宗忍《そうにん》法師（三句）らがいる。

葦田友興

　武士作者として二番目に多い入集者は、播磨の赤松家中の葦田友興である（十一句）。友興は宗祇から「浅茅」を与えられていることですでに触れた。同輩の浦上美作守紀則宗（三句）は入集句こそ少ないが、宗祇との交渉は密で、「老葉《わくらば》」「下草《したくさ》」「宇良葉《うらば》」などの詞書《ことばがき》にしばしば登場し、連歌会を興行すること頻繁だったことが分かる。

武田宗勲

　三番目の作者は、若狭の武田大膳大夫《だいぜんのだいぶ》国信《くにのぶ》、入道して宗勲《そうくん》である。十一句の入集を果たし、宗祇の「老葉」には京都での会と在国の会の両方が見える。宗勲の重臣である寺井賢仲（三句）も宗祇と密な交渉の跡を留めているのは見てきた通りである。

　ほかにも、越後上杉、越中畠山、美濃斎藤、伊勢北畠、摂津池田、武蔵太田、上野新田、等々の家中は構成員に連歌作者がそれぞれ必ずいて、宗祇となんらかのコンタクトを持つものがほとんどである。考えてみるに、宗祇が顔を見知らない『新撰菟玖波集』作者は一体何人いたのだろうか。ひょっとしてすべてが知己であったのではないかという気がしてくる。おそらくこのような撰者と作者の関係は空前絶後ではないだろうか。

　ここに挙げるのはあまり適当ではないが、幕府の関係者も宗祇と深いかかわりを持っ

したら

ている。もちろん将軍は義政《よしまさ》・義尚《よしひさ》の二人が宗祇にとって最も重要な武将であったと言えるだろう。幕臣たちともさまざまな交流があった。和歌が公家中心のものだったとすれば、連歌は北野連歌会所が象徴するように、武家社会の管理下にあったと言える。宗祇は連歌会所奉行だった期間は短いが、無名からのし上がって来て最初に拠点として確保した地位であった。そして、幕府が和歌においても突出しようと計画したのが、将軍義尚や大内政弘を巻き込んで宗祇が奔走した和歌打聞の企てだった。それは連歌師を超えようとしていた宗祇の望みにも沿うものであり、二十二番目の勅撰和歌集は成就する方向が出来たかに見えた。しかし、義尚の二十五歳というあまりにも早い死はすべてを潰えさせた。その余力が、『新撰菟玖波集』という第二の連歌撰集を可能にしたという歴史の皮肉をそこに読み取ってしまうのは不謹慎だろうか。

　幕府関係で一人追加しておかなければならない人物がいる。「したら」である。

　宗祇定家卿御本の御流をゆかしく思はれて、志多良と云ひし人にあひ申され青表紙伝授して後猶不審を、一条禅閤御所にきはめて、三条西殿へ講釈申さるる……

これは紹巴の「源氏物語抄」の序の一部である。志多良には「奉公の人也」と注記がある。宗祇は定家の源氏学に傾倒し、まず「志多良」から青表紙本の伝授を受けたという。昌琢の新式講釈にも同じ名が出てくるから里村家系の伝承らしい。

宗祇にとっては、いわば源氏学の最初の師匠が「志多良」である。そのあとの兼良も実隆も判然としているが、この志多良は手掛りのない不思議な人物である。奉公の人は幕府に仕えている武士ということだろうが、考えられる「設楽」氏の中からもそれらしい人物は浮かんでこない。そもそも「志多良」と一字一音で書くこと自体不自然で、どのような漢字を宛てるかも分からないほど曖昧な情報だったのだろう。しかしそれだからこそ宗祇の口から語られた事実として記録されたのではないだろうか。古今伝授の師が《無名》の東常縁《とうのつねより》だったように、宗祇の源氏学の師も最初は無名の人だったのかも知れない。

9　宗祇の家族

宗祇の謎はいくつもあるのは今まで見てきた通りであるが、家族のことも解けない謎である。妻も子もまったく知られていない。知るチャンスはわれわれに十分にあるはずである。例えば豊富に宗祇のデータを提供する『実隆公記』の存在である。それは宗祇の日常や住居のことをかなり詳しく語っている。しかし家族の存在を匂わす記事はない。

連歌師の妻子

連歌師に妻や子があり、いわゆる家庭を持つという例はいくらでもある。南北朝時代の周阿には息子があり、細川氏の被官で常松という入道名で和歌と連歌を若干残している。『竹林抄』の作者七人のうち、智蘊《ちうん》・能阿《のうあ》・専順《せんじゅん》の子はそれぞれ宮道親元《ちかもと》・藝阿《げいあ》・専存《せんぞん》としてすべて『新撰菟玖波集』に入集している連歌作者である。宗伊は妻に先立たれたが道祖法師という子がいる。宗祇の同時代では兼載・宗長に妻子がいる。またそのころから顕著になる連歌師の世襲化、つまり家の職業としての意識は、中世末期の里村家によって総仕上げがなされるが、しだいに連歌作者は家系図を作れるほど家族が明確に見えてくる。しかし、その片鱗さえも宗祇は見せない。これも出生地と同様に、もし意図的に隠しおおせたのならば見事としか言い様がないが、それすらも分からないのである。

種玉庵

宗祇の最終的な住居である種玉庵《しゅぎょくあん》は宗祇が最後の旅に出たあと、大火で焼失するが、やがて再建される（『後法興院記』文亀元年閏六月十八日条）。宗祇が帰洛叶わぬままに箱根で没したあと、数年経って宗碩《そうせき》の住居になる。この伝領は宗祇の遺志によるものであろうが、そこには宗祇の家族の影は全く見えず、逆に宗碩が家族や隣接する入江殿とのトラブルに悩まされていたことが浮かび上がってくる。その辺の事情は、金子金治郎『連歌師と紀行』に詳しい。宗祇が宗碩に種玉庵を譲ること自体が、宗祇に係累がないことを示すものだろうか。

第三　宗祇の遺したもの

連歌師として、歌人として、古典学者として生きた宗祇であるから、その遺したものは詩であり文である。その量はきわめて大きく、質も高いことは見てきたとおりである。これだけプロダクティブな人間なら他の分野でも作品を残しているのではないかと考えたくなる。例えば、連歌論の中で、水墨画に言及していることも少なくないから、宗祇は絵を描いたのではないか、というように。しかしその痕跡は一切ない。宗祇自筆と称するものは数多く伝来しているが、そのなかにも筆すさびに絵を添えたものは報告されていない。宗祇は富士山がとても好きだったし、その姿を諸国から眺めたことを自慢しているから、ものの形や姿に関心がなかったわけではあるまい。しかし宗祇はそれを文字で象ることに専念したかのようである。その文字は十分に宗祇の精神の軌跡を描き尽くしていると考えたい。以下、おおまかな分類のもとに宗祇の《文字》の様相を紹介しておく。

なお、それぞれのテクスト（影印・翻刻・注釈）の情報は各項の末尾に掲げたが、テクストの書誌の詳細は巻末「主要参考文献」に記載しているので合わせて利用していただきたい。また、特に読みやすくかつ手に入りやすいテクストを「主要参考文献」の「I宗祇の作品を読むためのガイド」に掲げてある。

1　百韻・千句

連歌師として遅い出発だったとはいえ、宗祇の作品は決して少ない数ではない。生涯にどのくらいの数の連歌の座をこなしたか、現存資料はそのごく一部であろうから想像するしかないが、六十歳近くなって「我ほど独吟多くしたる者」はないと述懐しているような修業時代の日々もあったのであり、ほとんど毎日を連歌で埋めていたのではなかろうか。宗祇は日記を残していないが、『筑紫道記』に記録された日々の行動から考えて、旅行の移動日はともかく、毎日といってよい連歌会である。宗祇の来訪を心待ちにしていた人々に迎えられたからと言うのを割り引いてもその数はきわめて多い。

現在まで伝わっている百韻の数は、報告されているだけで約百五十点ある。千句は十一（三物を含む）が現存している。しかも、その作品としての質が高いことは、連歌の代表作と評される「水無瀬三吟《みなせさんぎん》百韻」をはじめ「有馬両吟」「湯山三吟百韻」から「遺戒百韻」と呼ばれる「かぎりさへ似たる花なき桜かな」にはじまる最晩年の独吟百韻まで、後世の連歌愛好者が模範とした作品はほとんど宗祇が関わっているといってよい。

　現代のわれわれにも理解しやすい形で連歌のテクストが提供されているのは、逆に言えば宗祇の作品しかないといっても過言ではない。それは同時代から宗祇の作品は多くの人の注目を集め、話題にされ、理解しにくいことがあれば本人や周辺の人々に問い聞き、やがて注釈の形をとるようになるという幸運に恵まれたからである。宗祇自身の注をはじめ、いわゆる古注の存する作品は宗祇関係のものが最も多い。

　その一つとして「かぎりさへ」百韻を古注——作者の作意または同時代人の読取り——の助けを借りながら一部分解読してみよう。

　発句は、

　　限りさへ似たる花なき桜かな

である。この句意は「花の命が終って散って行く様子さえも似た花がないほど美しい桜であることよ」ということになろうか。散る花を惜しむというのが日本の詩歌の伝統であるが、それをせずに、散る花の姿そのものの美を打ち出したところに、晩年に至り着いた宗祇の美学があるというべきであろうか。「限り」という無機質な表現が、句全体を読み終ったときに舞い落ちる花びらのイメージに変換される快感を味わってほしい。この句については、さまざまに解釈が施されたらしい。具体的には分からないが、寓意を読み取りたがるのが人の常である。まして作者はなにかといえば注目される宗祇である。しかし宗祇はそれらを否定して「ただ落花を見立てたる句なり」と説明したらしい。深読みの愚を諭したのであろうか。

脇は、

静かに暮るる春風の庭

である。落花に風が付くというのは定形として簡単に納得してしまうかも知れない。花と風といえば、花を散らす風と理解するのが普通であろう。しかし作者の本意はそうではなかったらしい。「この脇句、花を誘ふ風にあらず」と古注は伝えている。そういえば「静かに暮るる」とあるではないか。風はせいぜい庭に散り敷いた花びらを動かすほどに吹いている。その静かな風情こそ「似たる花なき」桜なのだ。
第五句、六句の付け方を見よう。

来し方をいづくと夢の帰るらん
行く人見えぬ野辺のはるけさ

中世において夢は見るものではなく、眠っている人にやって来るものであった。夢はどこからやって来てどこへ帰ってゆくのだろうか分からない、というのが第五句の意である。それに「行く人」を付けている。これについても多くの人は夢に行く人――旅人のイメージであろう――を見たと解釈したらしい。しかし作者は、夢から覚めて現実に戻ったとき、視野に広がる野に道行く人ひとりも見えないさびしい旅の仮寝のさまを詠んだのだという。近代の読者本位の《読み》からすればある意味でとんでもないことかも知れないが、確かに作者の説明に沿って読んで行くことで、詩としての豊かさが増すと感じられるから不思議である。
第六十～六十二句を見る。

むなしき月を恨みてやねん
問はぬ夜の心やりつる雨晴れて
身を知るにさへ人ぞ猶うき

待つ人も来ない。月は出てもむなしい気持ちで恨めしく寝るばかりだ。あの人が来ないのを雨のせいにして心を慰めていたのに、その雨さえ晴れて月が出ているのだ。雨が上がってもあの人が来ないことで、わが身のほどが知られるが、それにつけてもあの人が恨めしい。

このように展開する恋の風情だが、ここには古歌が下敷きになっている。

本歌取り

月夜には来ぬ人待たるかきくらし雨も降らなむわびつつも寝ん（『古今集』）
かずかずに思ひ思はず問ひがたみ身を知る雨ぞ降りぞまされる（『古今集』『伊勢物語』）

雨が降ったらわびしいながらも寝てしまうのに、月夜には人が待たれる、という『古今集』の歌の内容をずらして、連歌では慰めにしていた雨が晴れて月も美しく照り出したのに人は来ないとしたところが「妙不思議の句」であると古注は感心している。読者は古歌を想起しながら、そこに施された微妙なずれを楽しむわけである。

百句目、つまり最後の句——挙句——は、

　述　懐

わが影なれや更くるともしび

である。七十九歳、老いを実感している宗祇の姿が見える。前にも述べたように、連歌は約束事を守りつつ制作する合作の詩だから、個人的な感慨は盛り込みにくい、というより盛り込まないのがルールの基本だと言われる。しかし、個人的な心情抜きで詩が成り立つだろうか。ましてや独吟の場合はそれを表現することでより豊かな世界が現出すると考えるのが自然である。この「かぎりさへ」百韻も宗祇のそのときの状況や心理が巧みにとりこまれているのに気付く。この挙句の、燃え尽きようとして揺らいでいる灯火を我が姿とする終り方は七十九歳の述懐として重く感じられる。第四十二、四十三句の、

聞けども法《のり》に遠き我が身よ
齢《よわい》のみ仏に近くはや成りて

は、仏滅が八十歳だという説をもとにして、七十九歳の我が身の拙さを述べたものである。

宗祇の百韻のテクストは、伝記を記述する際に随時紹介したが、まだ写本のままで各地の図書館文庫に所蔵されているもの、翻刻されているが注釈や現代語訳が提供されていないものが少なくない。しかし読みやすい形になっている作品もいくつかあるので「主要参考文献」の「I　宗祇の作品を読むためのガイド」に掲げた。

百韻・千句の翻刻は、江藤保定の『宗祇の研究』に六十点付載されているのがまとまったものとして便利である。千句の翻刻は、古典文庫『千句連歌集四』に「美濃千句」「表佐《おさ》千句」、『千句連歌集五』に「熊野千句」「河越千句」「三嶋千句」、『千句連歌集六』に「葉守《はもり》千句」「名所千句」、『千句連歌集七』に「永原千句」等主要なものが収められている。

2　句　集

宗祇の生涯を記述する過程で、句集の編集・改訂が宗祇自身の手で為され、それがそれぞれ重要な意味を持つことを示したつもりである。句集の多くが連歌愛好者の所望によって編まれ書写されたことは否めないが、宗祇にとってその行為はある意味で必然だったように思う。量産される句が蓄積されてある限界に達すると宗祇はそれらにある秩序を与えて総体として形あるものにする。ひとつひとつでは木の葉のように散りやすく移ろいやすい《言の葉》がまとめられ、配列され、命名される。名はすべて「ことの葉」であり、「こと草」である。なお、句集の書誌的研究は両角倉一氏の『宗祇連歌の研究』が必見の文献である。

「萱草」

「萱草《わすれぐさ》」 自撰句集の第一。『草塵集《そうじんしゅう》』と題する本もある。文明六年（一四七四）二月以前成立。部立は、四季、恋、雑で、発句の部は特立せずそれぞれ四季の各部に収録される。諸本により句数は異なるが、重複をのぞき、最大数を想定すると、発句二百三句、付句七百六十七句となる。関東下向中の句と文明以前の北畠関係の句および宗祇の師である、宗砌《そうぜい》・心敬《しんけい》・専順《せんじゅん》らの句も見える。文明五年に関東から帰洛、種玉庵《しゅぎょくあん》を新営しての編集か。成立過程は複雑で、諸本によって句数の異同はもとより、詞書の有無、多少もまちまちで、草稿本、清書本、再編本などの範疇が立てられるが、判別は難しい。雑部に俳諧体の付句を収録しているのが特記すべきことである。影印に、早稲田大学蔵資料影印叢書『宗祇連歌集』、翻刻に、『続群書類従』十七輯下・三十六輯、古典文庫『宗祇連

歌集 萱草』、貴重古典籍叢刊『宗祇句集』がある。

「老葉」

「老葉《わくらば》」 自撰の第二句集。十巻。部立は、四季、旅、恋、雑（以上付句）、発句。初編本と再編本に大別される。初編本の成立は文明十三年（一四八一）夏頃と推定されており、大内政弘の所望に応じたものと考えられる。付句千九百七十二句、発句二百十五句であるが、宗春（後の兼載）の付句百四句、発句十二句が含まれる。発句の詞書から、文明十二年までの、東国の太田・長尾、越後の上杉、畿内の諸豪族などとの交渉の間の句、文明十二年大内政弘の招きで、九州下向の際の句などを収録する。再編本は文明十七年（一四八五）八月上旬までの成立で、初編本から宗春の句を削除し、初編以後二、三年の句を追加し、第七旅を第五に置き以下を繰り下げた構成にしたもので、三条西実隆に清書を依頼したのが完成時であるなら八月十日の成立となる。宗春の句を切り出した理由は、「愚句老葉《ぐくわくらば》」の跋によれば兼載自身の不満による。自注・宗長注など有注本が多く存する。次項の「愚句老葉」参照。翻刻に、『続群書類従』十七輯下、古典文庫『宗祇連歌集 老葉』、貴重古典籍叢刊『宗祇句集』、『連歌古注釈集』がある。

「愚句老葉」

「愚句老葉《ぐくわくらば》」 句集注釈。十巻。愚句というタイトルから、宗祇の自注句集が原態であると考えられるが、現存伝本は宗長注を併せた形態をとっている。宗祇の注は、大内政

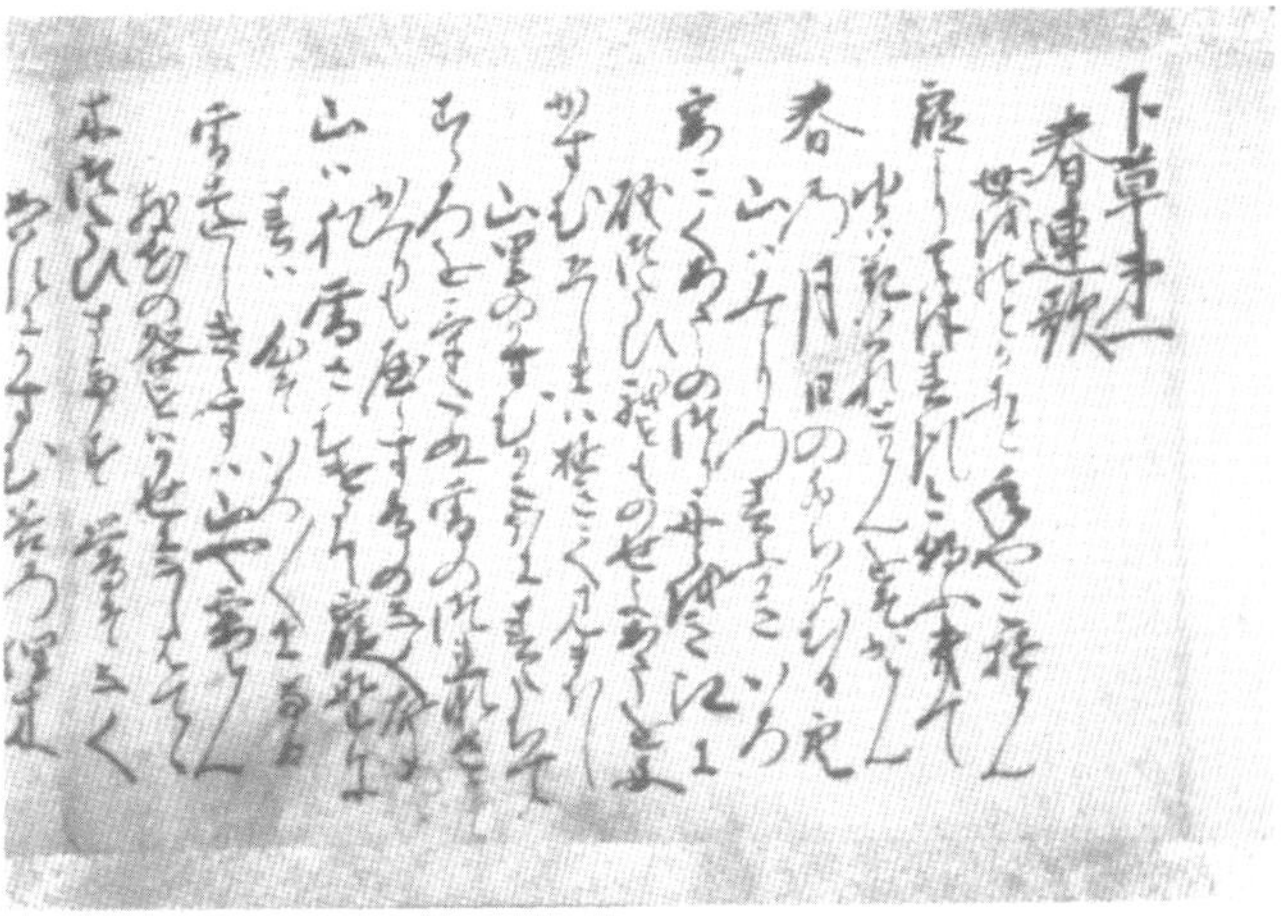

「下草」巻頭（聖心女子大学所蔵）

弘の求めに応じて句集「老葉」を再編し、自注を加えたもの。宗長の注は、三河国水野和泉守藤九郎近守の求めに応じて加えたもの（永正十七年・一五二〇）。普通には、この二種の注があわせられている。特に、元禄十七年（一七〇四）能順が編集したものが、版本として流布している。影印に、早稲田大学蔵資料影印叢書『宗祇連歌集』、翻刻に、『連歌古注釈集』がある。

「下草《したくさ》」自撰の第三句集。十巻。自跋に、六十歳の頃「老葉」を編んだが、今古稀を過ぎて古来の句を集め、「老葉」の心を残して「下草」と名付けた、とある。「萱草」時代以来の、宗祇の生涯の句を収録した撰集である。部立は「老葉」を踏襲している。草案本・初編本・中間本・再編本に分類されるように、他の句集同様の複雑な異本関係を持ち、宗祇自身、ないし周辺の人々が宗祇の作品をいかに収集するか、大成するか、構成するか、について腐心していたか、また宗祇の作品を読みたいと思う――手本にしたいと思う――人々がいかに多かったかを示している。草案本は延徳二年（一四九〇）から翌年春、初編本は延徳四年頃、中間本は明応五年（一四九六）七月頃まで、再編本は同年十月の成立とされる。したがって所収句数もさまざまであるが、一例として再編本系の東山御文庫本では、付句六百三十五句、発句二百八句である。注を加えた本もあり、特に宗長が抜粋本に注を付けた「老談」は注目すべきものである。翻刻に、『続群書類従』十七輯下、古典文庫『下草〈宗祇句集・宗梅本〉』、貴重古典籍叢刊『宗祇句集』、「老談」は、『連歌貴重文献集成』七と、早稲田大学蔵資料影印叢書『宗祇連歌集』に影印、『連歌古注釈集』に翻刻がある。

「宇良葉《うらば》」 宗祇自撰の発句集。一巻。四季に分類した発句四百二十八句と明応九年（一五〇〇）一月から夏までの発句十四句、百韻三種から成る。発句には詞書《ことばがき》が多く付されていて資料的価値が高い。発句だけを集めた点も句集として特異だが、百韻をそのままの形で収録するのは一般の句集の概念を破っている。つまり、連歌の撰集は付合というきわめて和歌一首と類似した短詩を分類配列した形態をとって、一見和歌集であるかのように編集する伝統を作ってきた。しかし連歌の本領は付合の二句単位で発揮されるだけではなく、全体の流れ、変化、構成があって長詩としての一個の作品が成立するのは自明のことである。宗祇がこの辺に注意を払い、百韻の流れを実体験できる作法書「淀渡」を著したことは前述した。この「宇良葉」に百韻を付載したのは同様の意図があってのことではないか。

収められている百韻は、文明八年正月十一日春日左抛御前法楽百韻・延徳二年九月夢想之連歌・明応五年正月九日清水寺本式連歌である。これらの百韻については金子金治郎「宗祇の謎——『宇良葉』三百韻を読む——」に分析がある。伝本は桜井氏蔵の一本しか知られていない。翻刻に、貴重古典籍叢刊『宗祇句集』がある。

「自然斎発句」

「自然斎発句」 発句集。「宗祇発句集」「自然斎発句集」などの呼名もある。肖柏が師宗祇の発句を集大成したもの。諸本間の異同が少なくないが、永正三年（一五〇六）成立の定稿本が整序されているので、それによって見ると、春四百九十九句、夏三百八十六句、秋三百八十八句、冬三百十二句から成る。翻刻に、岩波文庫『宗祇発句集』がある。

3 『竹林抄』と『新撰菟玖波集』

以上が宗祇の個人句集だったが、連歌の句集にはもう一種、いろいろな人の作品を収録・編成した、いわゆる撰集が存する。和歌における家集と勅撰集の関係である。宗祇は生涯に二度大きな撰集にかかわった。一つは自力でなしとげた『竹林抄』であり、もう一つは三条西実隆・兼載・宗長・肖柏らと協力して完成した『新撰菟玖波集』である。

『竹林抄』

『竹林抄』は宗祇の先達七人の句を収集し、春・夏・秋・冬・恋上・恋下・旅・雑上・雑下・発句に分類配列したものである。部立は「老葉」と同じである。作者別の句数は、宗砌三百五十三句、賢盛《かたもり》(宗伊)二百三十三句、心敬四百一句、行助百五十六句、専順三百三十句、智蘊百九十二句、能阿百七十二句である。

『新撰菟玖波集』

『新撰菟玖波集』は永享初年頃から明応に至る六十余年の連歌第二期黄金時代の句を収録している。部立は勅撰和歌集に倣い、春上下二百十五句、夏七十三句、秋上下二百四十八句、賀二十二句、哀傷三十四句、恋上中下三百六十五句、羈旅《きりよ》上下百五十五句、雑一〜五・四百八十八句、聯句二十七句、神祇二十三句、釈教四十六句、発句上下二百五十一句の二十巻構成となっている。『菟玖波集』に立てられていた雑体の巻がなく

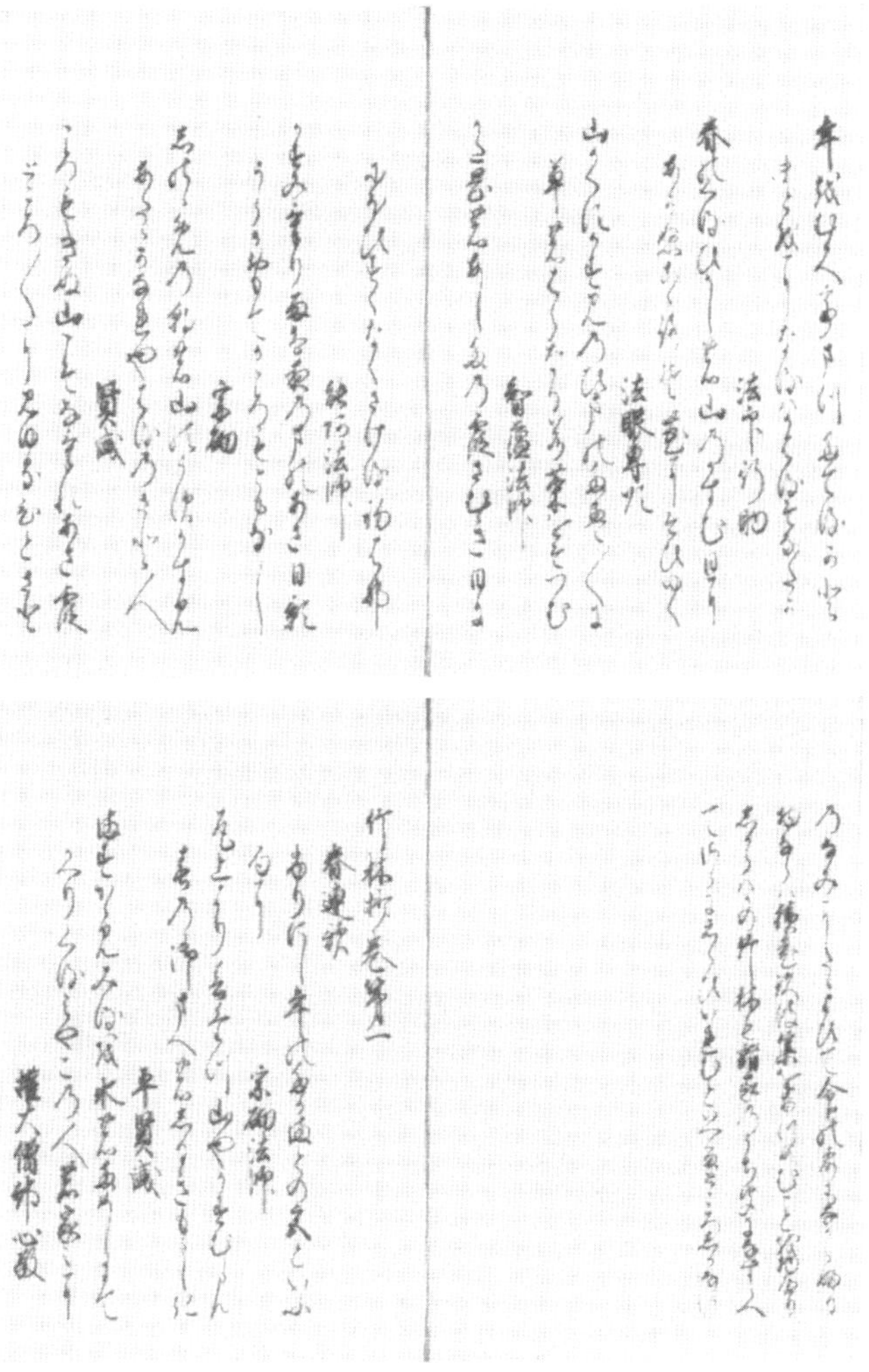

『竹林抄』（内閣文庫所蔵）

り、そこに含まれていた、俳諧・聯句・雑句・片句のうち聯句は独立したが、他は消滅した。特に短連歌の時代から連歌の重要な流れを形成していた俳諧の連歌が『新撰菟玖波集』では無視される事態になっていることは、文学史的に特筆すべきこととしてしばしば取り上げられ、宗祇の正統的連歌意識の顕れとする意見が一般である。それは当たっているだろうが、宗長が宗祇没後に展開した俳諧世界は、沈滞しようとしていた伝統的連歌の命脈をある程度回復させた力を持っていたことを考えると、宗祇あるいは『新撰菟玖波集』のとった姿勢に疑問符を付けなければならないかもしれない。

両者の共通性

　このほかいろいろな問題があるが、『竹林抄』『新撰菟玖波集』の両方とも第一部の宗祇の生涯をたどる中で詳しく触れたのでここでは繰り返さない。しかし、この二つに面白い共通性があることを記しておこう。どちらも一条家の当主の序を戴いていることである。文明八年（一四七六）成立の『竹林抄』は兼良、明応四年（一四九五）の『新撰菟玖波集』はその子冬良である。『菟玖波集』を完成に導いた二条良基の末裔であるから連歌を顕彰するにふさわしい人々であることは確かであるし、兼良は序の中でかつて自ら企画し、完成寸前に応仁の乱で壊滅した撰集『新玉集』の後を継いで『続菟玖波集』を編纂したいと述べているから、序の筆者として最もふさわしいと言えるだろう。その完満な学識を誇り、広い視野を持つ兼良に比して、冬良は見劣りがするのはやむを得ないにしても、冬良は連歌についてさほどの思い入れもなく作品も少ない。また『新撰菟玖波集』編集の実務にはまったくといっていいほど関わらなかった。したがって序で、二条良基が救済の助力を得て『菟玖波集』の編集を推進したのになぞらえて、自らと宗祇の協力態勢が『新撰菟玖波集』の完成をもたらしたと、あいまいな表現ながら述べているのは宗祇や三条西実隆の目にどのように映ったか興味のあるところである。

翻刻は、新日本古典文学大系『竹林抄』、貴重古典籍叢刊『新撰菟玖波集　実隆本』ほかがある。

和歌集

4　宗祇集

歌人は宗祇にとっての見果てぬ夢であった、と考えて来たが、勿論本当のところは分からない。しかし、宗祇はれっきとした家集を持つ歌人である。「宗祇集」（「宗祇法師集」とも）は江戸時代に版行されてかなり流布した歌集であるが、収載されている歌は必ずしも平明とは言いがたい。

この集については金子金治郎氏の精細な分析がある（『宗祇の生活と作品』）。全部で三百二首ある歌は、四季・恋・雑に分類されている。その編纂意識と、冒頭の「詠草　桑門宗祇」という表題は晴れの場面に差し出す形式をとっている。金子氏はそれによって、打聞のために用意したか、少なくとも打聞を意識しての自撰歌集であると推測する。それはこの歌集の内側からも当然浮かび上がってくる。いつまでの歌が収められているかという問題を考えるてだては詞書と先行作品に収録されている歌との一致だが、それらを列挙すると次のようになる（＊印は推定）。

応仁二年（一四六八）　白河紀行
文明五年（一四七三）　＊長尾景信の死
文明九年（一四七七）　＊東常縁への長歌
文明十二年（一四八〇）　筑紫道記

長享二年（一四八八）　上杉定昌の死
延徳元年（一四八九）　将軍義尚の死
延徳二年（一四九〇）　将軍義尚一周忌
延徳三年（一四九一）　将軍義尚三回忌

これによって宗祇の歌歴の主要部分を集はカバーしていることが分かる。家集としての最終的な完成は延徳三年か翌年が想定されている。集の最後に近い部分に、将軍義尚を追悼する歌群が置かれている（一二八九〜一二九三）。和歌撰集の計画が進行していた矢先に、その中心人物たる将軍義尚が没する。宗祇は直後に西の大内を訪問し、帰京後その計画は継続されたかに見えるが、たちまち記録の上から消滅してしまう。この経過はすでに述べたことだが、その時間が凝縮されているはずのこの歌群から宗祇が受けた打撃の大きさを読み取ることはむずかしい。しかし、これを契機に家集を編纂し自己の歌業の総括をしたことが間接的にそれを物語っているかも知れない。延徳三年、七十一歳というのは平均から見ればきわめて高齢に属するが、宗祇の全生涯に位置づけてみても、その後の活動を視野に入れても、終息に向かっている時期ではない。撰集のために用意していた詠草がこのような形になることで、宗祇における《歌の別れ》があったのであろう。『新撰菟玖波集』の完成は五年後であった。

翻刻に、『群書類従十五輯』『私家集大成六』『新編国歌大観第八巻』がある。

5 連歌論

連歌論とは何か

連歌論とは歌論が和歌の、詩論が詩の理論であるように、連歌の理論を述べたものであると定義するのは容易であるが、実際は多種多様で、きわめて実用的な句の付け方を説いたもの、連歌の会席における心得を記したもの、連歌に用いる詞の辞書と呼ぶべきもの、連歌の歴史的展望をしたもの、宗教的なバックグラウンドを解説したもの、連歌師にまつわる話を集めたいわば説話集のようなもの等々、簡単に総括できるものではない。そして、一書の中にそのようなさまざまな性格が混在していることも多い。その大きな理由が、連歌論は特定の相手に書かれた《私信》のようなものだからである。《私信》だから相手の持っている状況、関心、能力、それから書き手が相手に期待すること、さまざまな要件で自ずから内容は決まってゆくだろう。また、その一方で《宛名》以外の人にもそれが与えられることも多く、独り歩きを始めて、書き手のあずかり知らない伝達が行なわれる場合も少なくない。

宗祇の多くの「連歌論」も以上の性格をすべて有している。ただし、特徴は何か、という疑問には答えを用意しておかなければならないだろう。宗祇の連歌論で最も優れている点は、やはり付合の精細な分析の場面――逆に言えば、付けるときにどのような勘を働かさなければならないかを教えてくれるところにあるように思う。連歌作者の持つべき微妙なセンスの身に付け方――ただし読み手の能力によって大いに左右される――を説く達人だったのではないだろうか。以下、重要な著作について概略の説明をしておく。なお、第一部の該当部分でも解説した場合が多いので合わせて参照されたい。

「吾妻問答」

「吾妻問答《あづまもんどう》」「角田川《すみだがわ》」「都鳥」などとも表題される。文正二年(一四六七)成る。良基の「筑波問答」とともに連歌論の双璧とされる。群書類従に収録された書名の「吾妻問答」

が流布したが、写本の多くは「角田川」である。現存本の多くは文正二年三月二十三日の奥書をもつ。ただし、同じ日付で文明二年（一四七〇）とする本もあるが、内容から文正二年とするのが通説である。宛名として長尾孫四郎の名を記す本があり、長尾景春に比定されている。長尾氏は当時、武蔵国五十子《いかっこ》に陣を張っていた武士集団である。自跋によれば、当時五十子の辺には連歌好きの人々が多くいたようで、長尾景春《ながおかげはる》はその中のひとりであったと思われる。全体は、一問一答の形式で二十五項目にわたって記述する。冒頭で連歌の歴史を、上古（良基の時代）・中古（梵灯の時代）・当世（宗砌の時代）に三区分して考察し、以下、本歌の取り様、『源氏物語』による付け方、付けにくい連歌のこと、連歌の稽古のための参考書、稽古の段階としての初・中・後、発句・脇・第三の詠み様の故実、和歌と連歌の修辞の相異、未来記などきわめて具体的かつ明快に説きすすめる。多くの写本が伝来しているが、同じころ同じような環境で述作された「長六文」とは相互補完的な関係にあり、合写される場合が多い。影印に、『連歌貴重文献集成六』、翻刻に、『群書類従十七輯』、日本古典文学大系『連歌論集　俳論集』、古典文庫『連歌論新集二』ほかがある。

「長六文」

「長六文《ちょうろくぶみ》」　表題は長尾孫六にあてた書状の意。「宗祇指南抄」「藻塩草《もしおぐさ》」「蜑《あま》のしわざ」などの異名があり、仮題や書名をもたないものも多い。本来無題だったと思われるが、活字本によって流布した「長六文」が一般的に通用している。文正元年（一四六六）十月、武蔵国五十子の陣所において長尾孫六に宛てて書かれたと考えられる。内容は、執筆の経緯、和歌と連歌の相違点、和歌・連歌を詠む心得に分けて詳細に解説する。後半に多義的な歌語の解説があるが、「分葉集」と共通する点が多い。成立時期や環境が類似している「吾妻問答」が一問一答の形態を取り、整然とした叙述体系をもつのに対し、本書は返答書簡の形態を取っている。しかし、その内容は重複するところが少なく、両者は補完関係にあり、両本を合写・合綴する場合が多い。影印に、『連歌貴重文献集成六』、翻刻に、岩波文庫『連歌論集下』、中世の文学『連歌論集二』などがある。

「老のすさみ」

「老のすさみ」　文明十一年（一四七九）成る。尊経閣文庫本に、武衛朝倉弾正左衛門尉に贈ったとある。この人物は越前国一乗谷《いちじょうがたに》の朝倉孝景《たかかげ》と思われるが、子の氏景とする意見もある。群書類従本は、打田太郎左衛門宛で、これは朝倉と宗祇を斡旋した人物か（伊地知鐵男『宗祇』）という。自序に続いて、前半では、救済《きゅうぜい》・頓阿《とんあ》の付句十一句を評釈して上古・中古の作風を批判し、当世の好士として宗砌・心敬ら七賢の五十四句を評釈して、各作家の個性、付け方の要諦、作意のあり方を論ずる。宗祇の本領というべき付合の呼吸が見事に語られている。後半は、同じ七賢の作で、望ましい境地にある句を百一句、次にこの作者らによる句だが、付け様・詞は珍しいものの句の品格が必ずしも高くないもの二十句を挙げる。結論として、連歌の正風は前句による心は非俳諧的であり、句の仕立ては安らかになめらかに、かつ一句の独立性をしっかり有することを主張する。この結論の部分は、宗祇の連歌に対する自覚がきわめて明確に語られた重要な資料といえる。なお、収録された七賢の句はすべて『竹林抄』を出典とする。影印に、『連歌貴重文献集成六』、翻刻に、中世の文学『連歌論集二』、古典文庫『連歌論新集三』ほかがある。

「分葉集」

「分葉集《ぶんようしゅう》」「分葉」とも。歌語の中で多義語を集め解説した書。和歌・連歌辞書とでもいうべきもの。成立にはいくつかの段階があり、長享二年(一四八八)三月に蒲生貞秀(智閑)に宛てて書いたものが第一次成立本、第二次本は同年十月、相良為続《さがらためつぐ》宛てとされる。序に詞の分別の重要性を説き、「すさむ」以下の語について主として和歌、まれに連歌の実例を挙げて語義を解説する。人気のある著作だったと見え、多くの写本が伝存し、刊本にも、古活字本「分葉抄」と宝暦五年(一七五五)序の版本「歌林山かづら」がある。影印に、『連歌貴重文献集成六』、翻刻に、中世の文学『連歌論集二』などがある。

「宗祇袖下」

「宗祇袖下」　袖下とは袖に忍ばせて活用する意味で、辞書をいう。続類従本に「常徳院殿進上　宗祇」とあるから、宗祇が足利義尚（延徳元年没）に献呈したことになり、延徳元年以前にある程度形をなしていたと考えられる。現存伝本は繁簡さまざまで、増補・抄出・取捨がたびたび行なわれたと想定される。内容は連歌に用いる語の集成・解説が中心であるが、諸本から抽出できる全体の基本的な構成は百韻の行様ほか基本的心得を冒頭に置き、次に四季の言葉など連歌語彙の集成と式目の基本の部分が置かれ、最後に、『八代集』『伊勢物語』『万葉集』『源氏物語』などに用いられている語彙を収録提示する。翻刻に、中世の文学『連歌論集二』、島津忠夫『連歌の研究』がある。

「淀渡」

「淀渡《よどのわたり》」　発句から挙句に至る百韻の進行方法を例句を挙げて具体的に解説したもので、さまざまな場合を想定したいわば連歌百韻のシミュレーションというべきもの。末尾に、初心者に対する注意や連歌の功徳を記す。跋文によれば、ある児（少人とも）の依頼を受けて書いたとあり、慈円《じえん》の「わが恋はこころづくしにゆく船の淀の渡りのあけぼのの空」のように、今はまだ淀の渡し場にいるが、ついには筑紫へ到着するという気持ちを込めたと書名の由来を記す。明応四年（一四九五）宗祇の奥書の伝本があり、成立はそれ以前になる。本書と対応する百韻連歌『淀の渡百韻』が伝来し、それも宗祇作とされることから宗祇の著作とされるが、内容的に疑義も呈されていて確証はない。翻刻に岩波文庫『連歌論集下』、中世の文学『連歌論集二』がある。

「浅茅」

「浅茅《あさじ》」 明応九年（一五〇〇）前半成るか。赤松家家臣の葦田友興《あしだともおき》の跋文《ばつぶん》によれば、宗祇が越智久通《おちひさみち》に書き与えたという。宗祇の序文があり、連歌に志したのは三十歳を過ぎてからだったという述懐があることはすでに述べた。前半と後半に分かれ、前半では心敬・宗祇・実隆・友興・政弘などの七十二句を掲げ、本歌・本説を重視した付合の取りようを具体的に説く。後半は国別に名所を掲げ、証歌と寄合語とを示す。歌数は百八十七首。影印に、『連歌貴重文献集成六』、翻刻に、中世の文学『連歌論集二』などがある。

「心付事少々」

「心付事少々」 「連歌心付事」とも。文明六年（一四七四）成るか。「年こゆる」に始まり、「鳥のこゑ」まで三十の語句を挙げそれぞれに付けるべき語句を記したもの。末尾に短文で注意書きを記すが、分をわきまえつつもある程度の自由を心がけることによって上達が保障される旨の宗祇らしい見解を示す。翻刻に、岩波文庫『連歌論集下』、中世の文学『連歌論集二』がある。

「発句判詞」

「発句判詞《ほっくはんじ》」 「宗祇発句判詞」とも。宗祇が自作の発句を選び、解説を加えたもの。文明十三年（一四八一）春、周防国山口滞在中に陶弘護《すえひろもり》の臣の相良小次郎弘恒に宛てて書いたものらしい。それぞれの句のたけ・位・風体などを中心に簡潔に解説し、初心者の発句作法に役立てようとしている。句意の解説に及ぶことはないが宗祇の理想とした発句のあり方が知られる貴重な資料。影印に、『連歌貴重文献集成六』、翻刻に、岩波文庫『連歌論集下』、中世の文学『連歌論集二』などがある。

「七人付句判詞」

「七人付句判詞」 これは宗祇個人の著作ではない。十六句の前句に、日与《にちよ》・肖柏・基佐・玄清・宗作・宗長・宗祇の七人がそれぞれ付句し、それに判を加えたもの。主催者と目される日与は本能寺《ほんのうじ》の僧で、『新撰菟玖波集』に十一句入集している。宗祇の跋によれば、ある人が書き出した十六句の前句に、稽古のために人々に付句させ、本能寺で衆議判のように論じたが、日与上人に合点を依頼されたので付墨したものという。延徳二年（一四九〇）から明応元年（一四九二）までの間に段階的に成立したものと思われる。判詞が簡略なため宗祇判を疑う向きもある。影印に、『連歌貴重文献集成七』、翻刻に、国文学論叢第二輯『中世文学・研究と資料』、中世の文学『連歌論集二』などがある。

「連歌秘伝抄」

「連歌秘伝抄」 宗祇作と伝えられるが確証はない。例句作者の範囲から室町中期以後成立。序で儒仏道に拠りどころを求めた連歌の位置付けを行ない、次に平付け・四手付け以下の八体を解説と例句によって示し、て留まり・に留まり以下四十余種のてには付けを同様に示す。例句の作者は救済《きゅうぜい》・頓阿《とんあ》・良阿《りょうあ》・宗砌《そうぜい》・専順《せんじゅん》・行助《ぎょうじょ》らだが、周阿《しゅうあ》の句がなく、心敬が一句のみという偏りがある。宗祇作を示す文言をもつ本があることや、例句作者の人選からも宗祇作の可能性はある。翻刻に、岩波文庫『連歌論集下』、中世の文学『連歌論集二』がある。

「連歌初心抄」

「連歌初心抄」「宗祇初心抄」とも。文明五年（一四七三）宗祇奥書を持つ本があり、宗祇の名はないが寛正三年（一四六二）の年記を持つ本があるので、宗祇のごく初期の著作の可能性がある。日付と作者の関係が複雑で、内容にも出入りがあるので、室町前期に成立した伝書かとも考えられる。書簡形式をとり、跋文によれば、若年の連歌愛好者に与えたものである。前半が初心者の心得九ヵ条、後半が前句に同意の連歌、人により過分の連歌など、主として連歌のあるべき姿、またあるべからざる姿十条から成る本が多い。影印に、『連歌貴重文献集成六』、翻刻に、岩波文庫『連歌論集下』、中世の文学『連歌論集二』などがある。

「初学用捨抄」

「初学用捨抄」「宗祇初学抄」「発句指南抄」とも。遅くとも永正（一五〇四～二一）ごろまでには成立していたことが写本の存在によって確かであるから、ほぼ宗祇の時代の作であるといえる。前半は、発句を詠む心得に続いて十二ヵ月の月ごとに時節の景物を列挙し、それらに対する心の用い方を本歌や参考歌を挙げつつ解説する。後半は、初心者の心遣いとして、連歌の座における注意をさまざまな側面から説く。宗祇作と断定する明徴はないが、周到な論じ方や、後世紹巴が宗祇作として本書の価値を認め推奨していることなど考え合わせると宗祇作を信じる根拠はなしとしえない。諸本が多いが、『続群書類従十七輯下』に収録された「白髪集」の前半部分が本書にあたることは注意する必要がある。影印に、『連歌貴重文献集成六』、翻刻に、岩波文庫『連歌論集下』、中世の文学『連歌論集二』などがある。

「連歌諸体秘伝抄」

「連歌諸体秘伝抄」「宗祇八十体」とも。「撃蒙抄」や「知連抄」に拠った部分があること、出典の判明する例句が『菟玖波集』の時代を下らないことなどから、室町初期にはある程度の形ができていたものとされる。宗祇の奥書を持つものが多いが、作者とする根拠は乏しい。内容は初心者の心得を序として置き、「陰の体」「陽の体」に始まる八十体を例句を挙げて解説し、それらが「新儀八十体」であるとする部分、「連歌てにをはの事」と題して「歌てには」以下四十九の付様について例句を挙げて解説する部分、「句作りの中、てにをはの置所の事」と題して「や」「にて」などの用法を例句を挙げて解説する部分に分かれ、最後に連歌の基本的心得と本書の取り扱いについての注意を跋とする。いくつかの秘伝書の集成と考えられる。翻刻に、中世の文学『連歌論集二』、古典文庫『連歌論新集』がある。

6 古典研究・注釈

宗祇が古典に関する著作を多く著しているのは、単に連歌を詠作する便利からではなく、古典そのものに深い関心があったからである。それについては伝記の記述の中で繰り返し述べたことであるから、それぞれの著作の成立時期を伝記の中で検索し、その成立事情と価値を知っていただきたい。ここで強調しておきたいのは、宗祇の古典学の中で、とりわけ『源氏物語』に関する理解が際立っていたことである。源氏学は一条兼良から多くを得ていたと推測されるが、宗祇の源氏学は兼良の祖述ではなく、独自の見解を示す場合が少なくないことが指摘されている。また、宗祇の講釈を聞いた弟子たちの聞書も広く言えば宗祇の著述となるが、ここでは触れない。

「万葉集抄」

「万葉集抄」 成立事情は不明だが、宗祇の『万葉集』解読がどのようなものであったかが分かる注目すべき著述である。両角氏（『宗祇連歌の研究』）によれば成立は文明六年から同十四年二月までの間の作という。宗祇は「万葉は世あがりてこはごはしきなど申す人、口惜しきことに候、それは万葉の心を知らざるゆへなり」（『吾妻問答』）ほどに『万葉集』を評価していた。『万葉集』の巻順に千百六十余首を抄出し、注を加えているが、仙覚《せんがく》の「万葉集註釈」に多くを負っていることが明らかにされている。宗祇の『万葉集』学習の淵源が知られる事実だが、独自の見解もないわけではない。後世への影響も大きかった。翻刻に、『万葉集叢書十』がある。

「両度聞書」 「古今和歌集両度聞書」とも。東常縁《とうのつねより》から受けた二度にわたる『古今集』についての講釈をまとめたもので、その成立までの状況は伝記の部で時間的な経過とともに記述した。早く寛永十五年（一六三八）に出版され、広く流布した作品であるが、多少テクストとして不安がないわけではなかった。しかし、近年智仁《としひと》親王筆本が翻刻紹介されて（片桐洋一『中世古今集注釈書解題三』）、現在考えられる最善本によって考察できるようになった。金子氏の精細な分析はその大きな成果である（『宗祇の生活と作品』）。多くはそれに譲る。

従来古今伝授が形式や儀式性と一部の難解な語注などが強調される余り、文学的には取るに足りないものと見られてきた歴史的な経緯がある。しかしそれは不当な評価であり、中世における伝授全体が再評価されるべき内実を備えていることが次第に明らかにされている。この聞書も、『古今集』の深い解読が随所に見られるのであり、常縁が都では知られない存在であったにしても、また宗祇との出会いが偶然的なものであっても、二人の《古今読み》による至福の時が生み出した「作品」といえるだろう。ただし文字通りの聞書であって、主要な部分はほとんど常縁の説である。そこに宗祇の見解がないのを以て宗祇のオリジナリティーを疑うのは早計であるし、後年宗祇の『古今集』講釈があれほど高い人気を得たのは常縁の説をよく自分のものにしていたからに違いない。翻刻に『古今和歌集全評釈』『中世古今集注釈書解題三』がある。

「種玉編次抄」

「種玉編次抄」　宗祇の『源氏物語』についての最初の著述で、文明七年（一四七五）十二月成立。内容は、序文と三条西実隆の奥書を勘案すれば、匂宮巻から椎本巻までの五巻について、実隆が宗祇の源氏講釈を聞いた折に、巻の編次が縦横に乱れていて分かりにくかったので質問したところ、それについては近く考えを書きとめたものがあるから後日御覧に入れようといって、一巻を持参したので、早速写させた、というのが成立事情だと分かる。本書において宗祇は兼良の年立てを越える見解を示していると評価されている。影印に、『在九州国文資料影印叢書十一』、翻刻に、『源氏物語古註釈叢刊四』『源氏物語古註釈大成八』『未刊国文古註釈大系十一』がある。

「雨夜談抄《あまよだんしょう》」 本来は「あまよのものがたりしよう」と読むべきものか。「帚木別注」とも。帚木巻の雨夜の品定めのくだりの注釈。自跋に「文明十七のとし文月のはじめつかた」とあるので、『実隆公記』文明十七年七月七日の条に、「抑今朝携箒木巻抄出新作一帖来、一見有興」とある「箒木巻抄出新作一帖」と一致すると考えられている。内容は、帚木巻の冒頭文を掲げて巻名の由来を説き、以下本文の一部を抄出して、その文意の注解を詳細に施している。雨夜の品定めの中にあげられた女性を、以後の巻々に出る女君――末摘花・藤典侍《とうないしのすけ》・軒端荻《のきばのおぎ》・明石上《あかしのうえ》・桐壺更衣《きりつぼこうい》・女三宮・薄雲《うすぐも》女院・夕顔《ゆうがお》・藤《とう》式部妹《しきぶのいもうと》・紫上《むらさきのうえ》・花散里・葵上《あおいのうえ》・朧月夜《おぼろづきよ》などに引き当てて批評しているのは雨夜の品定めの読解のありかたとして注意される。また「草子の地」の概念を使って源氏解読の新しい方向を打ちだしている点も注目すべきである。翻刻に、『続群書類従十八輯下』、『源氏物語古註釈叢刊四』がある。

「源氏物語不審抄出」 明応八年（一四九九）、最後の旅となった越後行に先だって富小路俊通に「雨夜談抄」とともに付託したことが俊通の奥書によって知られる。『実隆公記』明応五年十月十一日の条に、「宗祇法師来、源氏物語内不審抄出持来之」とあるのがこれならば、これ以前に成立していたことになる。百二十余箇所の解読が難しい行文を抄出し、語の解釈に頼るのではなく「心」の文脈をたどることで探り当てようとする方法は、宗祇晩年の成果と考えられる。兼良の説も批判的に取捨し、青表紙本をテクストとして採用すること、虚構の表現に沿った解読法など、源氏学の歴史の上で重要な位置を占めるものと評価されている。影印に『ノートルダム清心女子大学古典叢書』、翻刻に『源氏物語古註釈大成八』、『未刊国文古註釈大系十一』がある。

「伊勢物語山口記」

「**伊勢物語山口記**」巻末に、延徳（一四八九～九二）の初め、周防山口で『伊勢物語』の講釈をしたが、その後で初心の人々から所望されて著した旨の奥書《おくがき》があり、成立事情が明らかになる。巻頭に題号・作者についての序説を置き、続いて二百六首の伊勢所載歌の評釈を行なう。伊勢の本文や語句には全く言及せず、和歌だけを対象としているのは、宗祇ないし中世の『伊勢物語』解読の方法として興味深い。和歌の評釈は、言葉や味読に関心の中心があり、宗祇の古典に対する姿勢が窺える。寛文八年（一六六八）『山口記』の名で版行されて以来流布した。翻刻に『続群書類従十八輯下』がある。

「自讃歌注」

「**自讃歌注**」「自讃歌」は鎌倉時代の秀歌選の一種で、後鳥羽院以下の新古今歌人を中心とする十七人の歌人によるアンソロジーだが、和歌の入門書としてもてはやされ、多くの読者を獲得した経緯を持つ。宗祇がそれに初めて注を加えたのは東国滞在中であったことが、文明十六年（一四八四）十二月の印孝の奥書によって分かる。内容は平易でいかにも入門書にふさわしいが、作意の解明や表現論に及ぶ点は連歌作者としての深い読みがあってのことであろう。江戸時代初期に古活字版として刊行されて以来、たびたび版行された。影印に『京都大学国語国文学資料叢書二十』、翻刻に『立正女子大国文』二・三（昭和四十八年三月、四十九年三月）、黒川昌享・王淑英編『自讃歌注十種集成』（昭和五十二年、桜楓社）、王淑英編著『自讃歌古注総覧』（東海大学出版会、平成七年）がある。

7 紀　行

生涯を旅に暮らした宗祇であるが、意外にも紀行の多作家ではない。大小取り混ぜれば三十回を越える旅行で紀行を残したのはわずか二度である。その理由は明らかにしがたい。しかし、旅行の途次、おびただしい数の発句でそのときそのときの情景や心情を象ってゆくことが宗祇のやり方だったのではないか。句集に残された詞書と句の世界は確かに広く深く読者を旅にいざなう力を持っている。ここに残された二編の紀行は、しかし、それぞれに完成度は高く、特に『筑紫道記』は見事な構成力と達意の行文で、後世に与えた影響はきわめて大きい。

「白河紀行」

「白河紀行」 応仁二年（一四六八）十月、下野国塩谷《しおや》を出発し、陸奥国白河の関を訪れた時の旅行記。旅行後まもなくの成立か。文正元年（一四六六）夏、京都を出発して関東に下っていた宗祇は、太田氏や長尾氏らと交渉をもち、やがて常陸国（武蔵から常陸へは海路であったか）を経由して、応仁二年秋、筑波・日光の旅に続いて、塩谷から那須野・大田原・横岡を経て白河関に至って往昔の旅人を偲び、十月二十二日に同行の平尹盛《ただもり》・牧《ぼく》林《りん》・穆翁《ぼくおう》・旬阿《じゅんあ》と百韻連歌を巻いて再び横岡に戻っているが、その旅行の一部を切り取って紀行に仕立てている。塩谷は宇都宮孝綱《うつのみやたかつな》の居城、白河には結城修理大夫《ゆうきしゅりだいぶ》直朝がいて、その招請を受けた旅行であった。百韻も巻末に付載。翻刻に『続群書類従十八輯下』『大日本史料八編二』、金子金治郎『宗祇旅の記私注』等がある。

『筑紫道記』

『筑紫道記《つくしのみちのき》』 『筑紫紀行』とも。末尾に、文明十二年（一四八〇）十月十二日、山口の宿に帰って記したとある。国々の名所を見たいというかねての願いも、筑波山・白河の関までも叶い、このうえは松浦《まつら》・箱崎《はこざき》あたりを訪れたい気持ちをもっていた宗祇が折しも応仁の大乱によって都に住みわび、大内政弘の招請を得て、弟子の宗歓《そうかん》（のちの宗長）・宗作を伴って出立し、大内氏の居城周防国山口に到着したのは文明十二年六月初めであった。紀行はこの山口到着に始まっていて、京都〜山口間の記事はない。山口到着後、周辺の雅会に日を送り、九月六日に至って山口を発ち、船木に相国寺《しょうこくじ》時代の旧知を訪ね、豊浦宮《とようらぐう》、長門住吉神宮、赤間関《あかまがせき》の阿弥陀寺などを経て、十三日に船出して筑前国若松の港に着く。道中、大内配下の地方武士の介護を受けつつ、十七日に太宰府に到着、聖廟・安楽寺・観音寺《かんのんじ》をめぐり、木の丸殿を経て刈萱の関跡を越え、水城《みずき》の跡を跳め、十九日博多に到り、竜宮寺に宿る。志賀の島、住吉《すみよし》神社、生《いき》の松原などを遊覧し二十九日博多へ帰る。十月になり、箱崎神社・勝楽寺・香椎《かしい》宮・宗像《むなかた》・内浦浜をめぐって若松の津から乗船、壇《だん》の浦を経て、七日豊浦の津に上陸する。大嶺に滞在後、十二日に山口の宿所に帰着する。この間三十六日の旅行であった。記述の中心は筑紫周辺の名所・歌枕とそれについての感慨であるが、そこに書き込まれたおびただしい数の地方武士、寺社の人々が宗祇の一行を歓待しているのを見逃すことはできない。宗祇と大内氏の関係がそれを可能にしたとはいえ、都の著名な連歌師を迎える好士の熱意が十分うかがえる。作中、発句二十句、和歌二十首を含む。旅行全体について援助を受けた大内氏に対する配慮が過剰で、記述にもやや精粗があるが、その構成力と歌枕や古跡についての感慨の密度の高さは中世の紀行のひとつの到達点を示し得ている。「おくのほそ道」などに与えた影響が指摘されるゆえんである。天和三年（一六八三）刊行ほかの版本がある。翻刻に、

『群書類従十八輯』、金子金治郎『宗祇旅の記私注』、新日本古典文学大系『中世日記紀行集』等がある。

8　足跡

変わった表題を掲げたが、奇を衒《てら》うつもりではない。宗祇が旅とともに人生を送ったことは伝記の部で跡付けた通りである。それは、「しばしば旅行した」というような表現ではカバーしきれないものを持つ。いうならば、日本全国に宗祇はいたのである。東国下向が、実は東国を本拠とする生活だったことは明らかにしたつもりである。西国は『筑紫道記』が物語る楽土だった。そして越後は事情が許せば最晩年の生活の場になるはずだった。摂津は京都と同じ比重の生活圏であった。宗祇は《旅行者》ではないのだ。芭蕉のいう「旅を栖《すみか》とす」という古人に最もふさわしいのは宗祇ではないか。あれだけの旅行をしていて紀行が二つしかない、しかも「白河紀行」は片々たる作である。宗祇にとって紀行とは、自己の旅を記録する形式ではなかったというのがその理由だったのではないか。

しかし、それにしても句集や家集の詞書から採集できる地名・寺社名のいかに多いか、いかにバラエティーに富むか、いかに広範囲にわたるかはすでに見てきたごとくである。そのおよそは点と線の作業で結んでゆけるが、思いがけない地名が出てきて、いつどこにいたときにそこに行ったのか不思議に思うことが少なくない。例えば、家集の末尾に次の歌（三〇一番）がある（五九番の歌も同じ時と考えられる）。

高津の人丸に三十六首の歌たてまつりし中に、寄道祝を
するゑの世になりてもむかしありきてふ人をぞあふぐ敷島の道

これは柿本人麻呂終焉の地とも言われる石見《いわみ》の高津《たかつ》であろう。場所が転々としているという伝承があるが、高津の人丸神社は今に鎮座している（現島根県益田市）。宗祇の西国下向、特に山口滞在は高津行きを可能にしたことは疑いないが、『筑紫道記』に全く触れず、途中の歌・連歌もない。三十六首歌を奉納するのだから、ある程度の覚悟や準備があったはずである。それを切り捨てても宗祇は構わなかったとしか考えられない。日本海側は北は越後、南へ下って越中（遊佐氏・神保氏）・加賀（山川氏）・越前（朝倉氏）・若狭（武田氏）と宗祇の人脈がたどれる。全くの仮説に過ぎないが、越後から中国地方の日本海側を船で結んだ地点として高津は考えられないだろうか。

第四　宗祇伝説

1　宗祇説話

岐阜県郡上《ぐじょう》はかって東常縁《とうのつねより》の支配下にあった。居城篠脇城だけでなく八幡町にも宗祇が常縁から古今伝授を受けるためにしばらく滞在したという伝承がある。そのための庵が結ばれていたというのは川沿いの泉のほとりである。泉はいつごろからか「宗祇水」と呼ばれ、各時代の心寄せある人々の手によって守られ整備されて今に至っている。宗祇は確かに同時代者にとって有名人だったろう。その詩心に共鳴して賞揚した芭蕉を初めとして、後世の文雅

宗　祇　水

郡上八幡の長良川に流れ込む吉田川のほとり近くにある。

の士にとっても忘れられない存在であることも理解できる。しかし言ってみれば連歌という理解しがたい中世の詩に携わった文人に過ぎない。それなのにこのような小さな足跡さえも顕彰しようとする人々が絶えないのはなぜだろうか。

今まで見てきたように、宗祇は一介の連歌師に過ぎないのは事実であるが、多くの作品を残し、北は白河・越前・越後、東は関東一帯、西は中国・九州とあまたの旅路に暮らし、都鄙の知己もきわめて多数に上る。しかもその前半生のみならず謎に包まれた言動に事欠かない。人々の関心からこの詩人が消え去ることはむしろ困難だっただろう。歴史上説話に形成されやすい人物と、同じように重要人物でありながら説話の世界に顔を出さない人物とがある。宗祇は前者の代表の一人と考えてよいだろう。

2　紀州出生説

この問題を《宗祇伝説》の項で取り上げるのは少々ためらわれる。というのは、確かに伝記の初めに宗祇は近江の産であると断定的に述べて、他を根拠の薄い説と退けたのだが、紀州に生まれたとする説は早くからさまざまな人々によって唱えられ、次第に生地はピンポイントされるに至り、そこには顕彰の碑まで建立されたほどなのである。だから具体性の乏しい近江説をそれと対照させて再考しなければならないとは考えないにしても、もう少し正面から紀州説を紹介しておく必要があるだろう。なおこの問題については島津氏の紹介と分析がある（島津『連歌師宗祇』）。

近江出生説

　時間的にとらえるならば、「宗祇老布衲、身産江東地」と近江出身を明記した「種玉宗祇庵主肖像賛」の永正四年（一五〇七）に最も近く紀州説を記録したのは、慶長七年（一六〇二）の奥書《おくがき》を持つ「巴聞」（島津氏蔵）の、「根来寺《ねごろじ》ノ三里程辰巳ノ律僧寺ニテ髪ヲソル、母遠江飯尾ノ筋、父ハ紀州小松原ノ猿楽ゾ」である。この書は紹巴《じょうは》（一六〇二没）からの聞書であるから、この説は紹巴が得ていた情報であろう。同じ記事が「連歌新式心前注」（心前は一五八八年没）に見えることも最近紹介され、「肖像賛」から八十年も経たないうちに別の伝承がクローズアップされて、というより紀州説一色になってしまう。

紀州出生説

紀州小松原は宗祇が独吟連歌を献呈した湯河氏の本拠であることがすぐ連想されるだろう。また飯尾氏は「高代寺日記」（国立公文書館内閣文庫蔵）の記事から有力視する意見もある（藤原正義『宗祇序説』）。そのことだけでも魅力ある一説である。句集「下草」に「根来寺にして侍し会に」とあるのも気にかかる。

　以後、紀州説は様相を変えながらより詳しく、具体的に展開してゆく。それを逐一紹

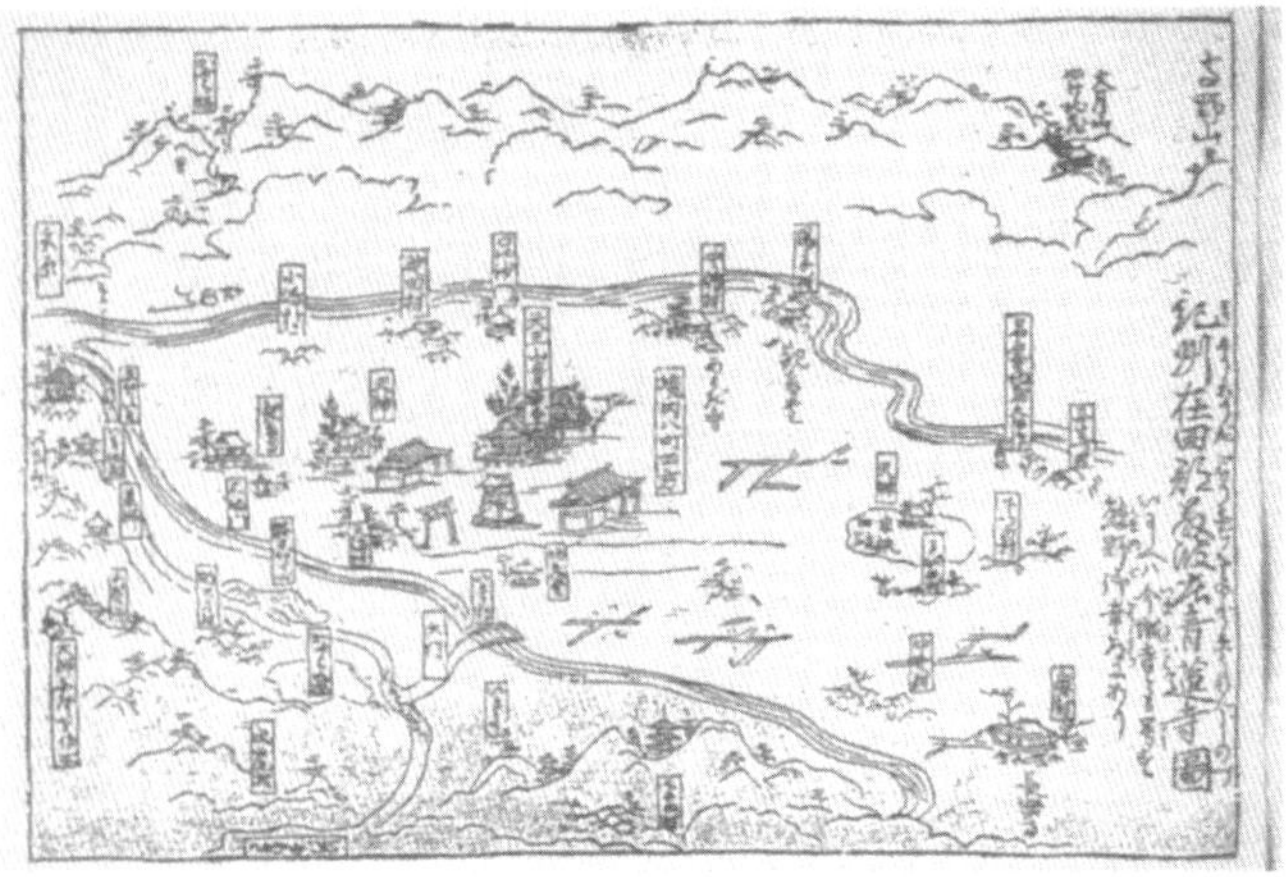

紀州在田郡藤波庄青蓮寺図

絵図の右寄りの「天神」とある箇所に「宗祇旧跡」と注記があり、建物と松の木が描かれている。

介する紙幅はないので、それの総仕上げとも言うべき「表句秘講　宗祇筑紫紀行」付載の「宗はんの宗祇伝」（伊地知『宗祇』所引、成立は慶長十年とも考えられる内容だが疑問が多い）のあらましを紹介しておく。

宗祇の生地は紀伊国有田郡藤波庄《ふじなみのしょう》黍野《きびの》（吉備野）で、又大夫という猿楽の実子である。母は遠江国の井伊《いい》隼人《はやと》の召使の女で、又大夫が遠江国に下向した時井伊に与えられた妻である。宗祇父子が九州に下ったとき、宗祇はある大寺の院主に才能を認められ、歌人になるよう勧められて黍野に帰り、近くの青蓮寺《しょうれんじ》で出家し宗祇と名付けられ、湯河氏に近づき連歌などで仕えた。湯河氏は宗祇を修業のため京都に遣わすが、都は戦乱で浅ましい状態になっていたので、宗祇は美濃に東野州ありと聞いて教えを乞いに下向する。

このような話がかなり詳細に語られている。このほかにも江戸時代にはさまざまな伝承があるのは、当地の辻岡治男氏の「宗祇生誕地の一考証」(平成元年、吉備町教育委員会)に紹介があるのでそれに譲る。

現地には宗祇屋敷跡が特定され、誕生井の石碑もある。青蓮寺も実在する。古絵図には宗祇旧跡と記載があり、そこには天神社が描かれ、傍らに松の木らしい一本の大木もある。しかし宗祇の《伝記》に組み入れるにはまだ資料が不足していると言うべきであろうか。しばらくはやはり宗祇伝説に置いておく。

3 宗祇戻し

芭蕉の奥の細道の旅に同行した曽良《そら》の旅日記「曽良随行日記」は旅の現実と芭蕉の創作とのギャップを物語る貴重な資料だが、芭蕉が『奥の細道』に書かなかった一つに「宗祇戻し橋」がある。曽良は次のように記している。

宗祇戻し橋

白河の町の右、石山よりの入り口、鹿島へ行く道にその橋がある。とるに足りない橋である。昔、結城の殿様が数代にわたって白河を治めていたとき、一家の衆が寄り合って鹿島で連歌の会があった。その中で難句が出て、誰も付けることが出来ず三日も経ってしまった。宗祇が旅の宿でこれを聞いて、連歌会の会場に赴こうとした時、途中で四十歳ばかりの女に出会った。女は宗祇に「なんの用事でどこへ行かれるのか」と聞いた。宗祇がしかじかというと、女は「その難句なら私がさきほど付けました」と言い、

月日の下《もと》に独りこそすめ

が、誰も付けられなかった句で、それに、

書き送る文の奥には名をとめて

と付けたのだと言った。宗祇は感心してそこから帰ってしまった。

宗祇戻しの碑

白河市の町はずれの分かれ道にこの説話を記念していくつかの碑が建てられている。

「月日の下《もと》に独りこそすめ」は不思議な句である。月日は太陽と月とも時間ともとれる、その下にひとり「すむ」というのだが、「住む」のようでもあるし「澄む」のようでもある。どのようにとらえて次の句を考えるか皆が戸惑ったというのは首肯けないことはない。このような、作意が明確に把握できなくて付句が出来ない前句を難句という。これが出現して連歌の進行が止まってしまうことがよくあったらしい。そこに連歌の名手が登場して見事に付け、窮状を救うという種類の説話はいくつも伝えられている。この場合は宗祇がその窮状を救うために出掛けたのにその必要がなくなったばかりか、さしもの名手宗祇が、舌を巻いて踵を返して戻ってしまったというところにギャグ的な面白さがある。

ところでこの女はどう前句をとらえて付けたのだろうか。月日を、□月□日という日付と見たのである。手紙の末尾には日付を書き、署名をするのが通例である。だから□月□日という日付の下に独り住んでいるのが私だとして、書き送る手紙の末尾に名前を書き留めた、としたのである。

話はこれで終わらない。曽良は記してないが、別の伝承（「白河関物語」「白川往昔記」等）では、女が綿を背負っていたので、宗祇が「その綿を売るか」と聞いたところ、女は、

阿武隈の川瀬にすめる鮎にこそうるかといへるわたはありけれ

と一首詠んだので、宗祇はいっそう舌を巻いてしまったというのである。宗祇がなぜ綿を買わなければいけないかなどはこの際問題にならない。「わたをうるか」を地口でとらえて「鮎のはらわたをうるかという」とした話だから、先ほどの難句とは違うだろうが、この女性が言語感覚に優れている話として構成されている。そして、宗祇さえも負かしてしまう作者は常人ではない、鹿島明神の化身であったというオチが付けられているのもこの種の説話の常套である。

宗祇が白河を訪れたのは確かであるし、結城氏の連歌会にも参加しているのは白河紀行の項で見た通りである。後年、白河在住の俳人風光が多年にわたる自分の俳業をまとめた時に、書名を「宗祇戻」(宝暦四年〔一七五四〕刊)としたのも、わが地を訪れた前代の詩人にあやかろうとする意識があったからだろう。

西鶴名残の友

4　宗祇の蚊帳

寺に飼はれる猫は鰹節見すれば身を縮めて逃げ歩き、諷うたひの軒の鶯は口笛の音を出しぬ。されば和歌に師匠なしとはいへど、連俳もその巧者に付き添ひたる人は心ざしなくても自然と道を覚へり。

ある時旅宿にて山家かよひの商人集まりて、「今宵は七月七日、星もあふ夜の天の野、かささぎのわたせるはしといふは、烏くちばしをくわへ合ふてその上の星を渡ることぞ」と子細語れば、いづれも手を打つて、「そなたは下に置かれぬ人、もしは公家の落とし子か」といへば、「我はいやしき身なれどひととせ連歌師の宗祇法師、諸国を修行して給（ママ）ふ時、人の縁は知れぬものなり、東海道の岡部の宿にて相ひ宿、同じ蚊帳に寝た」といふ昔物語おかし。

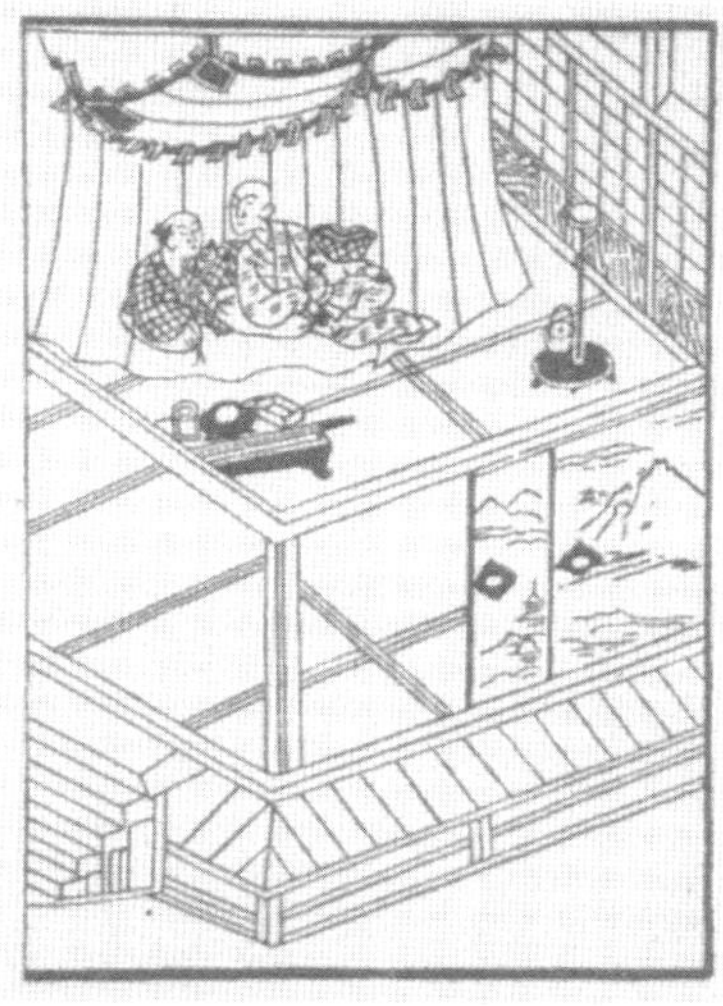

「西鶴名残の友」（版本挿絵）

「西鶴名残の友」の「宗祇の旅蚊屋」の一節である。旅の商人が思わぬ学識を披露し、宗祇と一つ蚊帳で寝て寝物語に聞いた話だと説明するくだりである。ちなみに岡部の宿は、今の静岡県志太郡岡部町、宇津谷峠の西側、慶長七年設置の宿駅という。西鶴はさらに、ある無学無筆の人が伊勢の望一と同じ紙帳（紙製の蚊帳）に寝たところ「それよりおのづから身が俳諧になつ」て付合ができるようになったという類話も紹介している。

宗祇は旅にあることが多かった。旅の途中でさまざまな人と遭遇したのは間違いない。そのカリスマ性から、口をきいただけで何かを得たような気がするのも理解できよう。まして同じ蚊帳で一夜を過ごすのは幸運としか言い様がない。それで連歌の極意が身に付いたと言ったら、うらやましがる人は少なくなかっただろう。

5　宗祇の髭

宗祇法師が諸国修行の時、上総国《かずさのくに》千種の浜をたどり行き、人里を探していると、向こうから大きな男の色黒くすさまじげなのがやって来て、刀を抜き、宗祇に立ちむかい、「つべこべ言わず持っているものをよこせ」と言った。宗祇はおそろしさに声も震え「見たままの乞食修行者でございますのに、なんの蓄えがありましょう。お許し下さい」と言うと、盗賊は怒って、「それならば、身に着けているものを剝ぎ取ってやる」と是非もなく剝ぎ取った。その昔、増賀聖が伊勢に参宮して、太神宮が「名利をすてよ」と仰せがあったのを信じて、身に着けていた物をことごとく乞食に与えて、赤はだかで山へ帰られたのと事かわって、今のつらさをどうしようと震えながら、「それではここを通して欲しい」と言うと、宗祇には長い髭があり、一つかねほどもあったのを、この男はつかんで、「法師の身でこの髭は何の役に立つわけでもあるまい。おれに寄越せ、箒に結って使おう」と言った。宗祇がこの髭を剃らないでいたのは、一つの徳があったからである。香を焚いてそれを聞く時に、香りが髭にとどまって途切れないとしてその髭を愛していたのである。今、盗賊に会って衣装をことごとく剝ぎ取られたのは物の数ではないが、髭を寄越せと言われて宗祇は胸が詰まってしまった。盗賊は早く髭を抜いて渡せと責め立てるので、宗祇は手をすって、

我がためにははきぎばかりは許せかし　塵の浮世を捨て果つるまで

と詠んだところ、この男は手をうって、「さてさてやさしい御坊の詞だ、それに免じてすぐにも許し奉ろう」と、剝ぎ取った衣装を返したばかりでなく、「これからの行く先にもまだ私のような者がいて襲うかも知れない」と人里まで宗祇を送って、いとまごいをして帰った。

この盗賊の心根は大変やさしいではないか。

以上は、「和歌威徳物語」（元禄二年〈一六八九〉刊）に載る話の全文を現代語訳したものであ

「和歌威徳物語」

る。「宗祇諸国物語」（貞享二年〔一六八五〕刊）にもほぼ同文の話が収められているが、こちらはさらに詳しく、改心した盗賊が送って行くと案の定二回盗賊の群れに出くわすが、この男が付いていたので指を差す者さえいなかった、となっているし、宗祇はより立派に描かれていて、盗賊に対して泰然たる態度をとっている。

宗祇が立派な髭を蓄えていたことはいくつか残る肖像画から知られるが、香について深いたしなみがあったのは、実隆や肖柏と世界を共有していたことから理解しやすい。第一部でも紹介したように『実隆公記』には、宗祇から銘香を贈られる記事がしばしば見えることはそれを物語っている。明応五年閏二月二十八日、宗祇は秘蔵の「侍従」という銘の薫物を実隆に贈っている。また同年八月七日には、宗祇自身が調合した「新枕」という銘の合せ薫物を贈られた実隆は「其香甚殊勝」と感嘆している。宗祇は最晩年、都を遠く離れた越後に在ったが、文亀元年七月八日に志野宗信に宛てた書状は、京都で行なわれた名香合についての宗信の報告に対する返書で、そこにはそれに参加できなかった無念さが述べられていて、宗祇の香への傾倒ぶりがよく窺える資料である。

俳諧の世界でも宗祇の髭は句の素材となって、

髭宗祇池に蓮ある心かな　　素堂（炭俵）

髭に焼《た》く香もあるべしころもがへ　荷兮（曠野）

などの句もある。

6　「醒睡笑」の宗祇

「醒睡笑《せいすいしょう》」は安楽庵策伝《あんらくあんさくでん》が寛永五年（一六二八）京都所司代板倉重宗に献呈した笑話集である。落語の元祖と称せられるように、厖大な数の小話が分類されて収録されているが、連歌師にまつわる話もかなり集められていて、宗祇種《だね》もいくつかある。

祇公、信濃路にて山家の草庵に立ちより茶を所望ありつるに、湯のぬるかりければ、

お茶のぬるきは春のしるしか

すなはち亭坊、

むめ過ぎてわがとがのをの花ざかり

「醒睡笑」

亭主の坊主の句の、「むめ過ぎて」は、水で湯を「埋め過ぎて」と「梅過ぎて」を掛け、「とが」は私の罪の意味の「我が咎」と「栂尾《とがのお》」を掛けている。宗祇が茶のぬるいのは水ぬるむ春になったからかと皮肉ったのに対して、亭坊が言い訳を見事にやっての

けたというのであろう。明記してはいないが、さすがの宗祇がやりこめられたという種類の話であるから、宗祇戻し系ということになる。

ほととぎすと宗祇

河内国の交野という所の領主に大塚彦兵衛とかいう、そのあたりで崇敬されている人がいた。宗祇ととりわけ親しく、卯月の初め頃、宗祇が立ちより休息して、いろいろ風流の物語を交わしているうちに、

「なにと祇公はいまだ時鳥の初音をば聞き給はぬや」

「いな、夢にだもおとづれず」とあり。大塚「さらばわれ発句を仕り鳴かせん」とて、

　　鳴けやなけわが領内の時鳥

とあれば、祇公の脇に、

　　孫子をつれてなけ時鳥

第三をする人なし。「とてもの事に沙汰候へ」とあれば、また祇公、

　　とにかくに御意にしたがへ郭公

「醒睡笑」の作者は「時あたり人の心をやぶらんは、興さめて見えぬべし。祇公の挨

拶、いたされ候かな」と賛嘆している。「とにかくに」の句が苦し紛れであろうと、その場を救って大塚に気まずい思いをさせなかったのは宗祇の手柄だと褒めているのである。

宗祇が東国修行の途中の道に二間四面のきれいな堂があった。立ち寄って堂の縁に腰をかけたところ、堂守が言った、「客僧は上方の人候や」、宗祇はそうだと答えると、堂守は天下の宗祇と知らず挑戦的に、「さらば発句を一つせんずるに、付けてみ給へ」と言って、

新しく作りたてたる地蔵堂かな

と詠む。宗祇は、

物までもきらめきにけり

と付ける。堂守は、「これは短いの」と文句を言うと、宗祇は、「そちのいやことにある哉《かな》を足されよ」と言ったという。

土地ではいっぱしの連歌作者ではあろうが、五・七・五の句もしっかり作れず、五・七・五に「かな」という余計な二文字を足してしまったのを、宗祇はとがめもせずに、わざと二文字足りない句を付ける。案の定、堂守は宗祇の句が字足らずだと文句をいうと、宗祇は「あなたの句の余計にある〈かな〉を私の句に足して見なさい」と言う。こ

れで当然、宗祇の句が「金物までもきらめきにけり」となる。前のほととぎすの話と同じく、宗祇が相手を傷つけないようにその場を取り繕う能力の持ち主だという描き方である。そのような宗祇像が中世末期にあったのであろう。

あしなうて登りかねたる　桜井基佐

これは宗祇が揶揄された話で、今までの話とは趣が異なる。桜井基佐《さくらいもとすけ》（永仙《えいせん》）という宗祇とほぼ同時代の連歌作者がいる。正徹《しょうてつ》について和歌もよくしたことは、正徹・心敬《しんけい》らとともに参加した「武家歌合」（康正三年〔一四五七〕）でも分かるが、文明九年（一四七七）ごろから宗祇と同座の連歌が見え、かなりの作者として活躍するのは、斎藤義光氏や島津忠夫氏の調査・整理に詳しい。当然『新撰菟玖波集』に入集が期待される実力者だったと思われるが、結局一句も入らなかった。そこで次の狂歌の登場である。

　桜井基佐といふ人、貧しくして集に入らざることを嘆きて、
あしなうて登りかねたる筑波山　和歌の道には達者なれども　（「遠近草」）

「あし」は勿論「足」と「銭」の掛詞である。これを信ずるならば、基佐は宗祇に賄

賂を贈らなかったために入集が果たせず、それを恨んで痛烈な一矢を放ったことになる。この話は人気があったと見え、「翁草」（寛政四年（一七九二）序）「卯花園漫録」などにも形を変えつつ紹介されて行く。しかし「遠近草」（文禄頃（一五九二〜九六）成立）に先んじて、長享元年（一四八七）の奥書を持つ「人鏡論」に、近江守某が四位を願って叶わなかったので、

あしなくて登りかねたる位《くらい》山《やま》弓矢の道は達者なれども

と詠んで、ようやく四位になった話が近年紹介されるに及んで基佐の話が少々怪しくなってきた。「人鏡論」の歌のもじりとして作られた話で、たまたま基佐が名が知られた人物であったから有名になってしまったので、真偽のほどは分からないというわけである。けれども、基佐の話が近江守某に転用されたと考えられないことでもない。事情はともあれ、『新撰菟玖波集』に一句も入らなかったことは歴然たる事実であるから、当時人々の注目を集めたのは確かで、噂が噂を呼んで説話が成立していったに違いない。その理由の一つが『新撰菟玖波集』ないし宗祇の金権体質であったのではないか。

ところで基佐の入集ゼロについて、島津氏は兼載との関係から興味深い仮説を提出している。それは基佐が心敬門下として一目置かれていたにもかかわらず、関東下向後の

心敬に入門した後輩兼載が次第にのし上がって来て都で活躍するようになり、しかも圭角のある兼載のこととて先輩基佐と対立することが多かったのではないか。『新撰菟玖波集』撰進を挟む明応二年から明応七年まで、基佐の一座した連歌作品が記録に見えないのはその確執を嫌った基佐が都を離れていたからであるとし、そのような事情がもたらした結果であるとする。離京の理由は他にもあったかも知れないが、宗祇ではなく兼載との確執が原因であるというのは、宗祇と兼載との編集をめぐる対立や、両者の同座した連歌の作品から感じられる兼載の跳ね返りぶりを視野に入れることによって、手ごたえのあるものになるように思われる。

略年譜

（記事の出典は本編に譲ってすべて省略した）

年次	西暦	年齢	事蹟および関連事項
応永二八	一四二一		この年、誕生。生国は近江か。紀伊国説もある。若年時相国寺に住す
宝徳二	一四五〇	三〇	この頃から連歌の道に志す。初め宗砌に師事
享徳四	一四五五	三五	宗砌没。専順を師とする
康正三	一四五七	三七	八月一三日、「法楽何路百韻」に一座。発句は専順の「下草と」。宗祇は十句詠む。現存する宗祇最初の作品
寛正元	一四六〇	四〇	この頃、堺の宗友と交渉始まる
二	一四六一	四一	一月一日、専順の発句「天の戸を」で「何人百韻」独吟○九月二三日、北畠被官章棟の発句「岩が根」で「何人百韻」独吟
四	一四六三	四三	三月、尾張国丹羽郡犬山郷政所で「何舟百韻」独吟、発句「払ふべき」
五	一四六四	四四	一月一日、専順の発句「花の春」で「名所百韻」独吟○三月、細川管領家臣安富盛長主催の「熊野千句」に参加。宗匠は心敬
六	一四六五	四五	一月一六日、景瑞院実中主催「何人百韻」に心敬・専順・行助らと同座○四月一六日、奈良大乗院に門跡尋尊を訪問○一二月一四日、細川勝元主催「何船百韻」に賢盛・心敬・専順らと同座
文正元	一四六六	四六	一月一八日、北野会所月次連歌「何人百韻」に能阿（会所奉行）・賢盛らと同座○二月四日、心敬発句「頃や時」の「何人百韻」に行助・専順らと同座○閏二月二〇日、吉野に

			花見、帰途奈良の尋尊を訪問○六月、この頃離京し東国に下向、駿河で宗長に会う。離京に先立ち北野神社・住吉神社に参詣○一〇月、武蔵国五十子で「長六文」を述作
応仁 元	一四六七	四七	一月一日、武蔵国品川の鈴木長敏亭で「名所百韻」独吟、発句「富士のねも」。文明二年とも○一月、宗砌の十三回忌追善連歌○三月、武蔵国五十子で「吾妻問答」（角田川）を述作○秋・冬、越後・信濃回遊、「世にふるもさらに時雨のやどりかな」を詠む＊五月二六日、応仁大乱勃発
二	一四六八	四八	春、藤沢・鎌倉に旅し、遊行寺・鶴岡八幡宮で連歌会○夏、品川で心敬と連歌○秋・冬、筑波・日光・白河を巡り「白河紀行」を述作○冬、品川で心敬・覚阿・長敏らと連歌
文明 元	一四六九	四九	二月、海路伊勢に着き、伊勢大神宮法楽千句、二見浦遊覧の一座に参加○夏、伊勢国司北畠家の二百五十番連歌合に参加○七月一一日、奈良に一条兼良を訪問、兼良・尋尊らと連歌○秋、関東に再下向○一〇月、伊豆三島の陣所の東常縁と書状の往復。応仁二年とも○冬、心敬と連歌
二	一四七〇	五〇	一月一日、独吟百韻、発句「月の秋」。応仁二年とも○一月一〇～一二日、「河越千句」に参加。主催は太田道真。宗祇は第二百韻の発句「遠く見て」を詠む○三月二三日、太田道灌に「吾妻問答」を与える○夏、心敬から『所々返答』第三状を贈られる
三	一四七一	五一	一月二八～四月八日、三島で東常縁から『古今集』講釈を受ける○三月二一～二七日、「三島千句」を独吟○六月一二日、常縁から『古今集』講釈を再度受ける○この頃、常縁から「百人一首」講釈を受ける
四	一四七二	五二	春、常縁より「俊頼髄脳」の正本を与えられ書写○五月三日、『古今和歌集両度聞書』の編集完了。常縁から「門弟随一」の奥書を受ける○一〇月四日、美濃への途次、遠江で堀江賢重と両吟「山何百韻」○一〇月二六日、美濃国革手の正法寺で、聖護院道興准后

			や専順らと百韻○一二月一六～二六日、革手城で専順・紹永らと「美濃千句」に出座
五	一四七三	五三	この春か、美濃国郡上の篠脇城常縁館や妙見社で連歌○四月一八日、「古今伝授」完了の最終奥書を常縁から受ける。場所は郡上か○六月、東国に下り、上野国白井城に長尾景信を見舞う。景信は六月一一日没○八月一九日、近江国大津辺で、宗元らと「三吟百韻」○秋、京都東山桂橋寺に草庵を結ぶか○一〇月八日、奈良に一条兼良を訪問、兼良・尋尊らと連歌。兼良に銭五百疋を贈る
六	一四七四	五四	二月、第一句集「萱草」成る○四月二〇日、近江国柏木で飛鳥井雅親・蒲生智閑らと歌会○五月二〇～二七日、三条西実隆に『古今集』講釈○八月二四日、山科言国、後土御門天皇の命で宗祇連歌を書写
七	一四七五	五五	四月一〇日、山科言国、天皇の命で「宗祇沙汰ノ連歌事」を書写○七月下旬、興俊（兼載）に『源氏物語』を講釈○九月一〇日、奈良に一条兼良を訪問○九月二三～二五日、奈良の千句連歌会に出座○九月三〇日、兼良の連歌会に出座○一二月、「種玉編次抄」を述作。＊四月一六日、心敬、大山の麓（伊勢原）で没す
八	一四七六	五六	一月二八日、幕府の連歌会初めに参加○三月六～八日、美濃で「表佐千句」に参加○四月二三日、種玉庵落成し庵開きの連歌会あり○五月二三日、『竹林抄』編集完了し、序文を一条兼良に乞う＊専順美濃国で没す
九	一四七七	五七	一月二二日、京都の杉重道陣所で大内政弘主従と連歌○四月五日、常縁から切紙伝授を受ける○七月一一～一二日、種玉庵で実隆らに『源氏物語』帚木巻を講釈
一〇	一四七八	五八	春、肖柏・兼載・周麟らと「和漢聯句百韻」同座か○二月、一条兼良から『代始和抄』を受ける○三月下旬、越後へ下向、宗長同行。京都中心の生活になってから第一回の下向

文明一一	一四七九	五九	二月、越後で宗祇講釈の『伊勢物語宗歓（宗長）聞書』成る○三月、越前一乗谷の朝倉孝景に『老のすさみ』を贈る○九月上旬、若狭小浜武田館で千句連歌に出座か○一二月一八日、沼田貞胤家の連歌に賢仲・賢盛らと参加○一二月、卜部兼致から「大嘗会之事」を伝受
一二	一四八〇	六〇	一月二三日、寺井賢仲家の連歌に賢盛・肖柏らと参加○五月上旬、周防（山口）に下向のため離京、宗歓（宗長）同行○六月上旬、山口に下り大内政弘に迎えられる○九月六日、『筑紫道記』の旅に出立、長門国船木の吉祥院で相国寺時代の旧知に会う○九月一〇日、長門住吉神社に参詣○九月一五日、筑前国守護代陶弘詮の館で連歌○九月一八日、太宰府天満宮に参詣○一〇月一二日、山口に帰り、『筑紫道記』を執筆
一三	一四八一	六一	三月、自作の発句一二八句に判詞を加え、周防の相良小次郎に贈る○四月上旬か、山口を出立し帰洛の途につく○夏、第二自撰句集「老葉（初編本）」の編集に着手、年内に成立か○八月一八日、肖柏に古今伝授、一〇月三日伝授完了
一四	一四八二	六二	二月二日、摂津国池田正種亭で連歌○二月五日、同有馬で宗伊と「有馬両吟」○三月二〇日、聖護院道興の長谷坊で、前将軍足利義政主催の連歌に参加○一一月一六日、東常縁、『拾遺愚草』の歌につき別紙口伝を宗祇に贈る
一五	一四八三	六三	四月一八日、卜部兼倶から神道伝授を受ける○夏、美濃・関東を経て越後に下向か（第二回目）
一六	一四八四	六四	九月初旬、帰京して、しばらくの間病臥○一〇月二五日、日野富子の小河殿西御所で将軍足利義尚の連歌会に出座○一一月中旬、宗祇注「自讃歌注」（定稿本）成る○一二月六～一一日、『古今集』講釈。場所は住吉か＊東常縁この頃没か
一七	一四八五	六五	閏三月～一一月、肖柏と共に三条西実隆亭で『源氏物語』講義、翌年に及ぶ○四月一一

			～五月二〇日、『古今集』講釈。於住吉か○六月一日、実隆に『伊勢物語』の講義開始○七月七日、実隆に『源氏物語』の『帚木別注』を贈る
一八	一四八六	六六	一月一一日、実隆亭で『源氏物語』講義○二月六日、摂津住吉社に参籠し連歌○二月八～一〇日、『古今集』講釈。於住吉か○二月二五日、細川政元主催の「千句連歌」に出座。第一百韻発句は将軍義尚○七月、朝倉氏景（四月四日没）弔問のため、越前一乗谷に下向。九月一四日帰京○一〇月二七日、飛鳥井栄雅主催の歌会に参加
長享　元	一四八七	六七	四月一二～二五日、実隆に古今伝授○六月一八日、実隆に古今伝授証明状を送る○七月二〇日、種玉庵で飛鳥井大納言父子、姉小路基綱・実隆らと歌会。二三日も○一〇月九～一一日、種玉庵で宗長・肖柏らと「葉守千句」○閏一一月五～一六日、伏見宮邦高親王御所で『伊勢物語』講釈＊この年宗歓改名して宗長となる
二	一四八八	六八	一月二〇日、実隆に「古今切紙」「源氏物語三ヶ事」等を面授○一月二二日、肖柏・宗長と「水無瀬三吟」を張行し、後鳥羽院の水無瀬廟に奉納○三月二八日、将軍足利義尚から北野社の連歌会所奉行（宗匠）職を命ぜられる○四月五日、連歌会所で宗匠開きの連歌会を催す○四月一六日～、近江の足利義尚の陣所で『伊勢物語』講釈を八回連続で行なう。その間、義尚と両吟百韻○五月九日、越後下向（三回目）のため離京○六月一七日、越後の上杉定昌の墓所に詣で、追悼の「一品経和歌」を供養○七月一〇日頃、越後出立。九月三〇日、帰京
延徳　元	一四八九	六九	三月一日、飛鳥井栄雅亭庭花賞翫歌会に参加○三月二九日、中国下向のため離京。五月八日、山口到着○五月一七日、大内家連歌会に出座。滞在中、大内政弘に『伊勢物語』講釈○九月一七日、帰京。この頃から「打聞」のため奔走○一〇月六日、北野社連歌会所の連歌に宗匠として出座○一二月一日、連歌会所奉行（宗匠）の辞意を表明。後任に

			明智頼連を推挙○一二月一四日、後任は兼載に決定＊三月二六日、将軍義尚没
延徳 二	一四九〇	七〇	三月二六日、種玉庵で常徳院（足利義尚）一周忌追善四要品和歌会を張行。飛鳥井栄雅・冷泉為広・三条西実隆ら来会○八月一七日、後土御門天皇と実隆の両吟百韻に加点を命ぜられる。九月八日にも○九月、「住吉夢想独吟百韻」を完成。発句・脇は前年冬の作○一一月一六日、壬生官務文庫修復のため銭千疋を寄進
三	一四九一	七一	三月二四日、種玉庵で人丸像新図供養和歌会。中御門宣胤・実隆・姉小路基綱ら○四月三日、摂津に下向○五月二日、越後下向（四回目）のため離京。一〇月三日帰京○一〇月一一日、摂津有馬温泉に湯治。肖柏・宗長と「湯山三吟」○一二月四日、宗長・泰諶に『古今集』講釈開始。翌年二月八日完了
明応 元	一四九二	七二	三月、摂津の「千句連歌会」に参加。池田氏主催か。連衆は宗長・肖柏ら○六月二五日、「小松原独吟百韻」○一一月一五日、三条西亭の『源氏物語』論談に参加。会衆は甘露寺親長・実隆・兼載・宗長ら
二	一四九三	七三	三月二〇日、勝仁親王主催の連歌に加点して返上○四月、自撰句集「下草」成る。松木宗綱、「下草」を書写校合して禁裏に進上○閏四月五日、越後へ下向（五回目）。翌年三月帰京
三	一四九四	七四	八月五日、近衛亭の月例和漢会に玄清同道参加○一二月二七日、奈良の尋尊への書状で「新集連歌事」の企画を述べる
四	一四九五	七五	一月六日、種玉庵で連歌撰集成就祈念の連歌会（新撰菟玖波集成就祈念百韻）。連衆は実隆・兼載・玄宣・玄清・宗長・宗坡ら○一月一二日、連歌式目について天皇の質疑に答える○二月一九日、禁裏より実隆を介して『新撰菟玖波集』編集用に宗祇に禁中年々の連歌貸与○三月七日、一条冬良亭の連歌会に参加、玄清同道○三月、この頃より『新撰

			菟玖波集』の撰集に従事○四月二三日～七月下旬、上洛した東素純にこの間断続的に『伊勢物語』『古今集』など講釈。七月一八日、『古今集』相伝証明状を与える○五月一八日、『新撰菟玖波集』編集で兼載と対立。実隆の説得により編集進行、草案成る○六月二一日、『新撰菟玖波集』の中書本成る○八月二七日、天皇の連歌に加点の下命○九月一五日、清書本『新撰菟玖波集』成る。天皇に奏覧、二九日勅撰に准ぜられる
五	一四九六	七六	一月九日、清水寺で「本式連歌百韻」独吟。実隆に自作の連歌（付句発句五〇句）の勅点を依頼○一月一一日、『新撰菟玖波集』完成を感謝し、長門住吉社法楽百首を勧進○二月一五日、実隆に『古今集』の切紙伝授○閏二月一一日、宗祇の句に勅点下賜○閏二月二七日、実隆、長門住吉社法楽百首の奥書を書き、三月二三日奉納○三月、近江で「永原千句」に参加○四月、この月以後に「老葉（再編本）」自注本成り、大内義興に贈る○六月一〇日、離京し堺から紀州へ赴く。七月二七日、帰京○九月一九日、天皇より「連歌嫌物」について下問あり、同二一日解答○九月二五日、姉小路家で『古今集』講釈○九月二八日、実隆に富士山の眺望について語る○一〇月九日、天皇の連歌に加点の下命。加点して一〇日に進上○一一月一八日、自撰句集「下草」改修本成る
六	一四九七	七七	一月一三日、摂津・播磨へ下向、四月二日頃帰京○五月一日、上杉房定（明応三年没）の墓参と房能の家督相続を祝うため越後下向（六回目）。九月四日帰京○九月一九日、天皇の連歌に加点し進上○一一月一九日～一二月一九日、近衛政家・尚通に『古今集』講釈
七	一四九八	七八	一月二六日～二月五日、近衛家『古今集』講釈継続。尚通へ相伝証書授与○二月八日、摂津住吉社へ参詣のため離京○二月二四日、二七日、近衛尚通に『古今集』注釈の秘伝を口授○三月初旬、摂津下向○四月三日、近江下向○六月一七日、天皇の連歌に加点し

			進上○九月上旬、離京、行先不明。一〇月四日帰京○閏一〇月、相国寺で連歌会。発句「吹すてよ落葉を庭の朝嵐　宗祇」○一一月三日、天皇の連歌に加点し進上○一二月、自撰発句集「宇良葉」成立か
明応　八	一四九九	七九	種玉庵で「何人百韻」。発句は宗祇の「身やことし都をよその春霞」で、都を離れる予定を示唆する。連衆は宗長・宗碩・宗坡・玄清ら○一月中旬、摂津下向。二月八日、帰京○二月二五日、細川政元主催の千句連歌会に、肖柏・宗長らと参加○三月一九日、近衛政家亭連歌会に、肖柏・宗長・玄清・宗坡らと参加○三月二〇日、近江下向。四月八日、帰京○五月五日、摂津下向。二三日帰京。六月一〇日、この頃、再び近江下向。一〇月二一日、帰京○七月、三月二〇日より詠み続けた「門人遺戒百韻（かぎりさへ）」成る
九	一五〇〇	八〇	一月二日、種玉庵で発句「わきて見ば」を詠み、連歌の席に出るのをやめる決意をする。春、摂津・丹波・河内・近江などへ下向○四～七月、各所の連歌会に出座○六～七月、離京を前に宗碩・富小路俊通らに後事を託す。また「浅茅」成る○七月一七日、越後下向に出立（七回目）○七月二八日、京都大火、種玉庵焼失○九月頃、越後に着く。＊九月二八日、後土御門天皇崩御
文亀　元	一五〇一	八一	六月七日～九月一八日、越後国府で『古今集』講釈。宗碩、聞書『十口抄』を作る○閏六月一八日、焼失した種玉庵の跡に小庵建つ○九月一日、宗長、駿河から越後国府の宗祇を訪問。その後宗長病む○九月一五日、玄清、三条西実隆を訪問。宗祇が越後から送って来た「古今伝授」の聞書と切紙を実隆に渡す。実隆に対する最後の伝授○一二月一〇日、越後地方に大地震
二	一五〇二	八二	一月一日、宗祇が夢の中で北野天神の啓示を得て詠んだ発句「年やけさ」で連歌○一月九日、宗祇の発句「青柳も」で連歌○二月末、草津温泉で湯治して駿河に帰国する計画

			の宗長に同行を求める○三月、美濃国を目指し越後を出立。宗長・宗碩・宗坡同行○三月二六日、上野国草津に着く。宗長は草津に逗留○四月二五日、伊香保で宗碩・宗坡と「伊香保三吟」。現存する宗祇最後の百韻○五月、榛名山麓浜川（高崎市）の松田宗繁のもとに二〇日余り逗留○六月上旬、武蔵国上戸（川越市）の山内上杉顕定・憲房の陣所に二〇日余り滞在し、千句連歌あり。その後、扇谷上杉朝良の川越に一〇日余り逗留。さらに扇谷上杉の江戸城に行き、重態に陥ったが小康を得る○七月二四～二六日、神奈川の上田館で、最後の千句の連歌会○七月二九日、上田館を出発。途中、寸白に苦しみ、国府津に宿る。東素純、馬で駈けつける○七月三〇日、箱根湯本の旅宿に到着。素純に最後の古今伝授。夜半過ぎ発病、「ながむる月にたちぞうかるる」という句を口ずさみながら息絶える○八月三日、遺骸は輿に乗せて箱根山を越え、桃園の定輪寺の門前に埋葬。道号「天以」○八月一五日、駿府の今川氏親亭で追悼連歌。この頃、兼載、箱根湯本の宗祇終焉の地を尋ね、追悼の長歌を宗長に送る○九月一六日、玄清、実隆に宗祇の死を報ず○一一月六日、宗祇の従者水本与五郎、上京して実隆に宗祇形見の沈香と金、宗長の『宗祇終焉記』を持参し終焉の様子を語る○一一月一〇日、実隆、宗祇の百ケ日に法文の歌二首を詠む

主要参考文献

I　宗祇の作品を読むためのガイド

宗祇が連歌作者であり、歌人であり、古典学者であるなら、やはりその作品・著作を読まなければ宗祇を知ったことにはならないだろう。しかし、その作品は必ずしも十分に紹介されているとはいえない。連歌が《読みにくい》文芸だということもあろう、宗祇の和歌も難解というレッテルが貼られているらしい、源氏や伊勢なら宗祇の注釈を頼らなくても手ごろな注釈書はたくさん出版されている、等々の理由は確かにある。けれども、まだ宗祇の作品――特に連歌百韻の類――に触れておられない読者諸兄はこの際、ぜひ宗祇の「付け方」を手始めに二つ、三つ読んでみてほしい。何と何が「付いている」のか、それらがなぜ「付いている」のか、「付く」ことで詩的世界がどのように変貌したか、を考察してゆくと、連歌に中世の人々がなぜあれほどまでに熱中できたかが理解できるようになると思う。そう、連歌はきわめてエキサイティングなゲームなのだ。そこを嗅ぎ取るには素手は難しい、手に入りやすく、懇切な解説・注釈・現代語訳のある宗祇の連歌作品を紹介しよう。そしてその作品の裏付けとなっている自身の理論も合わせてリストする。

日本古典文学大系『連歌集』伊地知鐵男校注（昭和三五年、岩波書店）

「(宗　祇　連　歌　集)」(『新撰菟玖波集』所収の宗祇句の抄出)
「水無瀬三吟百韻」(長享二年正月二十二日「雪ながら」)
日本古典文学大系『連歌論集　俳論集』木藤才蔵校注(昭和三六年、岩波書店)
「吾　妻　問　答」
日本古典文学全集『連歌俳諧集』金子金治郎注解(昭和四九年、小学館)
「湯　山　三　吟　百　韻」(延徳三年十月二十日「薄雪に」、古注三種を含む)
「宗祇独吟何人百韻」(明応八年七月二十日「限りさへ」、古注二種を含む)
新潮日本古典集成『連歌集』島津忠夫校注(昭和六〇年、新潮社)
「寛正七年心敬等何人百韻」(寛正七年二月四日「頃や時」)
「宗伊宗祇湯山両吟」(文明十四年二月五日「鶯は」)
「水　無　瀬　三　吟　百　韻」(長享二年正月二十二日「雪ながら」)
「湯　　山　　三　　吟」(延徳三年十月二十日「薄雪に」)
「新撰菟玖波集祈念百韻」(明応四年一月六日「朝霞」)
金子金治郎連歌考叢『宗祇名作百韻注釈』金子金治郎著(昭和六〇年、桜楓社)
「有馬両吟百韻注釈」(文明十四年二月五日)
「水無瀬三吟百韻注釈」(長享二年正月二十二日「雪ながら」)
「湯山三吟百韻注釈」(延徳三年十月二十日「薄雪に」、古注三種を含む)

「小松原独吟百韻注釈」（延徳四年六月一日「陰涼し」）
「遺戒独吟百韻注釈」（明応八年七月二十日「限りさへ」、古注二種を含む）
新日本古典文学大系『竹林抄』島津忠夫他校注（平成三年、岩波書店）
「竹　　林　　抄」
新日本古典文学大系『中世日記紀行集』鶴崎裕雄校注（平成二年、岩波書店）
「筑　紫　道　記」
『和語と漢語のあいだ』尾崎・島津・佐竹著（昭和六〇年、筑摩書房）
「宗 祇 畳 字 百 韻」（漢語を必ず一句に一つ詠み込むルールで詠む、変った作品）
日本の古典『歌論　連歌論　連歌』奥田勲校注・訳（昭和五七年、ほるぷ出版）
「吾　妻　問　答」（抄出）
「宗祇独吟何人百韻」（明応八年七月二十日「限りさへ」、古注二種を含む）

II　宗祇作品所収本リスト

本編「第三　宗祇の遺したもの」で紹介した宗祇の著作の各々の末尾に記した影印・翻刻は略記した場合が多いので、以下それらの書誌を出現順に掲げる。出版年は初版時である。なお、「I　宗祇の作品を読むためのガイド」に掲げたものは省略した。

古典文庫『千句連歌集四』鶴崎・木藤・重松・島津編（昭和五七年、古典文庫）

古典文庫『千句連歌集五』奥田勲編（昭和五九年、古典文庫）
古典文庫『千句連歌集六』浜千代・岸田・宮脇・奥田編（昭和六〇年、古典文庫）
古典文庫『千句連歌集七』荒木・島津・寺島・鶴崎編（昭和六〇年、古典文庫）
早稲田大学蔵資料影印叢書『宗祇連歌集』伊地知鐵男編（昭和六三年、早稲田大学出版部）
古典文庫『宗祇連歌集　萱草』小西甚一校（昭和二五年、古典文庫）
貴重古典籍叢刊『宗祇句集』金子・伊地知編（昭和五二年、角川書店）
古典文庫『宗祇連歌集　老葉』小西・水上校（昭和二八年、古典文庫）
『連歌古注釈集』金子金治郎編（昭和五四年、角川書店）
古典文庫『下草〈宗祇句集・宗梅本〉』両角倉一校（昭和五三年、古典文庫）
『連歌貴重文献集成』（昭和五三〜五八年、勉誠社）
岩波文庫『宗祇発句集』（昭和一八年）
貴重古典籍叢刊『新撰菟玖波集　実隆本』横山・金子編（昭和五四年、角川書店）
『私家集大成六　中世Ⅳ』（昭和五一年、明治書院）
『新編国歌大観第八巻　私家集編Ⅳ』（平成二年、角川書店）
古典文庫『連歌論新集』伊地知鐵男校（昭和三一年、古典文庫）
古典文庫『連歌論新集二』伊地知鐵男校（昭和三五年、古典文庫）
古典文庫『連歌論新集三』伊地知鐵男校（昭和三八年、古典文庫）

岩波文庫『連歌論集下』伊地知鐵男編（昭和三一年）
中世の文学『連歌論集二』木藤才蔵校注（昭和五七年、三弥井書店）
国文学論叢第二輯『中世文学・研究と資料』（昭和三三年、至文堂）
『万葉集叢書十』（昭和四七年、臨川書店）
『在九州国文資料影印叢書十一』（昭和五四年、在九州国文資料影印叢書刊行会）
『源氏物語古註釈叢刊四』（昭和五五年、武蔵野書院）
『源氏物語古註釈大成八』（昭和五三年、日本図書センター）
『未刊国文古註釈大系二』（昭和一二年、帝国教育会出版部）
ノートルダム清心女子大学古典叢書『源氏不審抄出』（昭和五七年、ノートルダム清心女子大学国文学研究室古典叢書刊行会）
京都大学国語国文学資料叢書『自讃歌註』（昭和五五年、臨川書店）
『宗祇旅の記私注』金子金治郎著（昭和四五年、桜楓社）

III　宗祇関係研究文献目録

〔凡例〕

1　文中引用したものを中心に、宗祇に関する研究文献をリストした。

2　配列順序は、執筆者名の五十音順とした。

3　同一執筆者内の順序は、初めに雑誌・単行本所収の論文（「　」で示した）をまとめ、次に単行本（『　』で示した）をまとめた。それぞれの中は発表年月日順である。

青木賜鶴子

「『古今径渭抄』の成立とその性格」（『女子大文学』三五、昭和五九年三月）

新井栄蔵

「〈桜町上皇勅封曼珠院蔵〉古今伝授一箱」（『国語国文』昭和五一年七月）

「古今伝授の再検討——宗祇流・堯恵流の三木伝を中心として——」（『文学』昭和五二年九月）

『古今集の世界　伝授と享受』（横井金男と共緑）（昭和六一年、世界思想社）

荒木良雄

『宗　　祇』（昭和一六年、創元社）

伊井春樹

「宗祇奉納住吉社御法楽百首和歌の成立」(『連歌研究の展開』昭和六〇年、勉誠社、所収)
石神秀美
「原本『両度聞書』から校本『両度聞書』へ」(『三田文学』二、昭和五九年三月)
石川常彦
「自讃歌宗祇注の周辺」(『山辺道』二三、昭和五四年三月)
石村擁子
「新撰つくば集中の作者『寿官法師(小槻長興宿禰)』について」(『日本文学』昭和五三年一二月)
「賢盛についての一資料」(『和歌連歌の研究』昭和五〇年、武蔵野書院、所収)
伊地知鐵男
「宗祇の古典研究」(『国語国文』昭和一二年四月)
「宗長の『東路の津登』諸本考」(『長沢先生古稀記念図書学論集』昭和四八年、三省堂、所収)
『宗　　祇』(昭和一八年、青梧堂)
『連歌の世界』(昭和四二年、吉川弘文館)
稲田利徳
「桜井基佐の作品における俳諧的表現」(『連歌俳諧研究』昭和四六年三月)
「別本桜井基佐集について」(『古代中世国文学』昭和四九年二月)
井上宗雄

『中世歌壇史の研究　室町前期』（昭和三六年、改訂版、昭和五九年、風間書房）
『中世歌壇史の研究　室町後期』（昭和四七年、改訂版、昭和六二年、明治書院）
『東　常　縁』（島津忠夫と共編）（平成六年、和泉書院）
井本農一
『宗　祇　論』（昭和一九年、三省堂）
『宗祇　浪漫と憂愁』（昭和四九年、淡交社）
岩下紀之
「陽明文庫本「大手鑑」に押された連歌資料二点について」（『淑徳国文』二五、昭和五九年一二月）
『連歌史の諸相』（平成一〇年、汲古書院）
江藤保定
「宗祇連歌集（翻刻）」（『帯広大谷短期大学紀要』二、昭和三八年三月）
「宗祇連歌作品拾遺」（『鶴見女子大学紀要』九、昭和四六年一二月）
『宗　祇　の　研　究』（昭和四二年、風間書房）
大島貴子
「筑紫紀行と宗祇家集」（『和歌史研究会会報』昭和五二年五月）
奥田　勲
「宗祇独吟何人百韻私注断章」（『聖心女子大学論叢』六七、昭和六一年八月）

「連歌と和歌」(『和歌文学論集』一〇、平成八年、風間書房、所収)
「『新撰菟玖波集』序についての一考察」(『聖心女子大学論叢』九一、平成一〇年八月)
『連歌師―その行動と文学―』(昭和五一年、評論社)
小瀬洋喜
「古今伝授の場所考」(『愛知女子短大国語国文』九、平成五年三月)
小高道子
「東常縁の古今伝受――伝受形式の成立――」(『和歌文学研究』昭和五六年八月)
「東常縁から細川幽斎へ」(『古今集の世界――伝授と享受――』昭和六一年、世界思想社、所収)
片桐洋一
『中世古今集注釈書解題一～六』(昭和四六～六二年、赤尾照文堂)
金子金治郎
「水無瀬三吟評釈」(『国文学』昭和四〇年一二月―昭和四一年七月)
「道の正道のねがひ」(『湘南文学』九、昭和五〇年九月)
「宗祇連歌論の成立――『長六文』と『分葉』――」(『国語と国文学』昭和五九年一月)
「宗祇と常縁」(『国語と国文学』平成四年七月)
「連歌師宗祇の登場」(『国語と国文学』平成六年四月)
「宗祇の父と母と」(『国語と国文学』平成七年七月)

「宗祇の謎――『宇良葉』三百韻を読む――」(『国語と国文学』平成八年九月)
「平和の使徒・宗祇」(『湘南文学』三〇、平成八年三月)
「宗祇越路の旅を考える」(『文学・語学』一五四、平成九年三月)
『連歌師兼載伝考』(昭和三七年、南雲堂桜楓社)
『新撰菟玖波集の研究』(昭和四四年、風間書房)
『宗祇旅の記私注』(昭和四五年、桜楓社)
『連歌古注釈の研究』(昭和四九年、角川書店)
『新版連歌師兼載伝考』(昭和五二年、桜楓社)
『旅と漂泊』(昭和五五年、桜楓社)
『心敬の生活と作品』(昭和五七年、桜楓社)
『宗祇の生活と作品』(昭和五八年、桜楓社)
『宗祇と箱根』(昭和五八年、神奈川新聞社)
『連歌論の研究』(昭和五九年、桜楓社)
『宗祇名作百韻注釈』(昭和六〇年、桜楓社)
『連歌師と紀行』(平成二年、桜楓社)

川添昭二

「宗祇の見た九州」(『中世九州の政治と文化』昭和五六年、文献出版社、所収)

『中世文芸の地方史』（昭和五七年、平凡社）
河村定芳
『東　　常　　縁』（昭和三二年、東常縁顕彰会）
木藤才蔵
「『連歌論集俳論集』解説」（日本古典文学大系『連歌論集俳論集』昭和三六年、岩波書店、所収）
「『連歌論集二』解題」（中世の文学『連歌論集二』昭和五七年、三弥井書店、所収）
「兼　載　と　宗　祇」（『連歌研究の展開』昭和六〇年、勉誠社、所収）
『連歌史論考　上』（昭和四六年、明治書院）
『連歌史論考　下』（昭和四八年、明治書院）
金関丈夫
「新撰菟玖波集作者部類の成立過程を示す宗祇自筆書状」（『連歌俳諧研究』三、昭和二七年八月）
小西甚一
『宗　　　　祇』（昭和四六年、筑摩書房）
斎藤義光
「桜井基佐の連歌――その作品を中心として――」（『大妻国文』昭和六〇年三月）
「桜井基佐の連歌」（『言語と文芸』昭和六〇年六月）
「連歌師専順年譜」（『大妻国文』一七、昭和六一年三月）

「晩年の基佐連歌——付、資料紹介——」(『大妻女子大学文学部紀要』昭和六二年三月)
『中世連歌の研究』(昭和五四年、有精堂出版)
島津忠夫
「連歌師の生活」(『文学語学』昭和四四年九月)
「長六文と吾妻問答」(『国学院雑誌』昭和五三年五月)
『連歌史の研究』(昭和四四年、角川書店)
『連歌の研究』(昭和四八年、角川書店)
『連歌師宗祇』(平成三年、岩波書店)
白井忠功
「東国の宗祇——応仁の乱時代」(『立正大学国語国文』三一、平成七年三月)
勢田勝郭
『連歌の新研究論考編』(平成三年、桜楓社)
高橋育子
「宗祇和歌の基調——『松』と『うき世』への意識——」(『文学・史学』一八、平成八年七月)
田中隆裕
「九月朔日隈江殿宛宗祇の書状をめぐって」(『中世文学』四〇、平成七年六月)
「宗祇書状の伝存について」(『連歌俳諧研究』八九、平成七年七月)

「新出の寿官宛宗祇書状について」(『連歌俳諧研究』九四、平成一〇年二月)
棚町知彌
「宗祇兼載伝稿」(『近世文学 人と作品』昭和四八年)
鶴崎裕雄
「宗長年譜稿――誕生より永正十四年まで――」(『帝塚山学院短期大学研究年報』四四、平成八年)
『戦国の権力と寄合の文芸』(昭和六三年、和泉書院)
寺島樵一
『連歌論の研究』(平成八年、和泉書院)
東 香里
「東常縁から宗祇への古今伝授の時処について」(『国文鶴見』九、昭和四九年三月)
中村太次郎
「宗祇『筑紫道記』の行程について」(『福岡県高等学校国漢部会福岡地区研究誌』二、昭和四一年三月)
橋本政宣
「肖柏と中院家」(『日本歴史』三〇二、昭和四八年七月)
浜千代清
「『水無瀬三吟』注私見」(『文芸論叢』四一、平成五年九月)

『連歌―研究と資料』(昭和六三年、桜楓社)
福井　毅
「新撰菟玖波集と撰藻集」(『皇学館大学紀要』昭和五六年一月)
藤原正義
「宗　祇」(『仏教文学講座』四、平成七年、勉誠社、所収)
『宗　祇　序　説』(昭和五八年、風間書房)
両角倉一
「宗祇の東国下向　その二」(『山梨県立女子短大紀要』一四、昭和五六年三月)
「宗　祇　年　譜　稿」(『山梨県立女子短大紀要』一五、昭和五七年三月)
『宗祇連歌の研究』(昭和六〇年、勉誠社)
湯浅　清
『心　敬　の　研　究』(昭和五二年、風間書房)
湯之上早苗
「広島大学本『連歌故実抄』――いわゆる宗祇初心抄のことなど――」(『連歌とその周辺』昭和四二年、広島中世文芸研究会、所収)
「連歌小句集一・二について」(『中世文芸』五〇、昭和四七年六月)
「宗祇句集『萱草』雑部の問題――俳諧体雑纂部の性質――」(『国文学攷』昭和四七年一二月)

「『祇公の詠草心敬の点削』（太田武夫氏本）――翻刻と解説」（『連歌俳諧研究』四五、昭和四八年八月）
米原正義
「兼　載　と　興　俊」（『連歌と中世文芸』昭和五二年、角川書店、所収）
『戦国武士と文芸の研究』（昭和五一年、桜楓社）
綿抜豊昭
「宗祇『筑紫道記』について」（『筑紫古典文学の世界　中世・近世』平成九年、おうふう、所収）

著者略歴

一九三六年生まれ
一九五八年東京大学文学部国文学科卒業
一九六二年同大学院博士課程中退
東京大学助手、宇都宮大学教授を経て
現在 聖心女子大学文学部教授

主要著書
連歌師―その行動と文学― 明恵―遍歴と夢
歌論―連歌論 連歌

人物叢書 新装版

宗祇

平成十年十二月二十日 第一版第一刷発行

著者 奥田《おくだ》 勲《いさお》
編集者 日本歴史学会
代表者 児玉幸多
発行者 吉川圭三
発行所 株式会社 吉川弘文館
東京都文京区本郷七丁目二番八号
郵便番号一一三―〇〇三三
電話〇三―三八一三―九一五一〈代表〉
振替口座〇〇一〇〇―五―二四四
印刷＝平文社 製本＝ナショナル製本

『人物叢書』（新装版）刊行のことば

人物叢書は、個人が埋没された歴史書が盛行した時代に、「歴史を動かすものは人間である。個人の伝記が明らかにされないで、歴史の叙述は完全であり得ない」という信念のもとに、専門学者に執筆を依頼し、日本歴史学会が編集し、吉川弘文館が刊行した一大伝記集である。

幸いに読書界の支持を得て、百冊刊行の折には菊池寛賞を授けられる栄誉に浴した。

しかし発行以来すでに四半世紀を経過し、長期品切れ本が増加し、読書界の要望にそい得ない状態にもなったので、この際既刊本の体裁を一新して再編成し、定期的に配本できるような方策をとることにした。既刊本は一八四冊であるが、まだ未刊である重要人物の伝記についても鋭意刊行を進める方針であり、その体裁も新形式をとることとした。

こうして刊行当初の精神に思いを致し、人物叢書を蘇らせようとするのが、今回の企図である。大方のご支援を得ることができれば幸せである。

昭和六十年五月

日本歴史学会
代表者　坂本太郎

〈オンデマンド版〉
宗　祇

人物叢書　新装版

2021年（令和3）10月1日　発行

著　者　奥《おく》田《だ》　勲《いさお》

編集者　日本歴史学会
代表者　藤田　覚

発行者　吉川道郎

発行所　株式会社　吉川弘文館
〒113-0033　東京都文京区本郷7丁目2番8号
TEL　03-3813-9151〈代表〉
URL　http://www.yoshikawa-k.co.jp/

印刷・製本　大日本印刷株式会社

奥田　勲（1936～）

ISBN978-4-642-75211-4